독서부자가 된 배달맨

독서부자가 된 배달맨

초판 1쇄 인쇄 2016년 7월 22일
초판 1쇄 발행 2016년 7월 28일

저 자 **정연훈**
펴낸이 **천봉재**
펴낸곳 **일송북**

주소 서울시 성북구 성북로 4길 27-19 (2층)
전화 02-2299-1290~1
팩스 02-2299-1292
이메일 minato3@hanmail.net
홈페이지 www.ilsongbook.com
등록 1998. 8. 13 (제 303-3030000251002006000049호)

ⓒ 정연훈 2016

ISBN 978-89-5732-253-6 (03800)
값 14,000원

이 도서의 국립중앙도서관 출판시도서목록(CIP)은 서지정보유통지원시스템 홈페이
지(http://seoji.nl.go.kr)와 국가자료공동목록시스템(http://www.nl.go.kr/kolisnet)에
서 이용하실 수 있습니다.(CIP제어번호: CIP2016012798)

스펙없고 빽없고. 희망이 없다고 생각하는 청년이여! 독서로 터닝하라.

독서
부자가 된
배달맨

정연훈 지음

일송북

머 리 말

'책 속에 길이 있다'
이 말 한마디가 나의 인생을 바꾸어 놓았다.

　　이 책은 독서법과 인생의 스토리를 담은 책이다. 글 쓰는 법은 배우지도 않았고 책을 출간한다는 생각은 더더욱 하지도 않았던 내가 독서를 통해 변화되고 도전을 꿈꾸게 되면서 시도한 첫 번째 변혁이라 할 수 있다. 그래서 이 책은 도전이요 혁신이다.

　　3년 전, 본격적으로 독서를 시작하게 되면서 독서가 과연 인생을 바꿀 힘이 있을까 의구심을 품은 때가 있었다. 그 결과가 얼마나 좋을지 회의적일 때도 있었다. 책이 활자로만 보였을 때엔 답답하고 포기하고 싶은 마음도 들었다. 하지만 그 독서고개를 넘어서자 책은 활자가 아닌 지혜로 다가왔고 새로운 꿈으로 새겨졌다. 그렇게 삶의 위력을 미치기 시작했다.

독서를 알기 전 나의 삶은 '살아내야만' 하는 타의적이고 소극적이며 끌려가는 것이었다. 하지만 독서가 내 삶을 이끌어 가면서 나의 삶은 '살' 만하고 '잘 살고' 싶은 적극적인 모습으로 바뀌었다. 특히 절망적이었던 삶의 내력 때문에 비관적인 마인드에서 초긍정 마인드로 변화되었다. 아마도 3년간 천 권의 독서를 목표로 책을 읽으며, 책 속에서 만난 수많은 멘토의 위로와 격려, 오래된 지식 속에서 알아낸 삶의 지혜와 진수 덕분이 아닐까 싶다.

이 책은 내 인생의 전부라 단언할 정도로 영향을 끼친 독서의 위력을 나누기 위해서 쓰였다. 처음 책을 대했을 때 어찌할 바를 몰랐던 경험부터, 방법조차 몰랐지만 스스로 시도해 가면서 터득하게 된 독서 노하우, 나름대로 독서법에 대한 발견 등 내가 생각하는 독서법에 대해 솔직하게 담았다. 그와 함께 절망한 가운데 하나님을 만나 변화되고 독서를 통해 더욱 성장하게 된 신앙과 독서의 교차 지점도 만나게 될 것이다.

독서를 통해 도전이라는 무기를 들고 무작정 책을 쓰게 되면서 여러 출판사에 수십 차례 투고를 했으나 출간까지 쉬운 과정이 아니었다. 하지만 그러한 과정에 실망하지 않았던 것은, 이미 독서를 통해 마음가짐에 내공이 생겼고 이 또한 지나가리란 믿음과 언젠가 기회가 온다는 희망을 붙잡고 있어서다. 실제로 어렵사리 만난 출판사를 통해 책을 출간할 수 있게 된 것은 분명히 하나님께서 인도하신 과정이요 그동안의 삶에 대한 보상이란 생각에 감사하다.

바라기는 나의 이런 경험을 더 많은 이들과 나누었으면 한다. 정말 무엇인가 얻고 싶고 되고 싶었기에 수많은 책 한 권 한 권과 씨름했던 날들의 치열함을 책을 통해 경험해 보길 바란다. 또한 전혀 생각지도, 전혀 이루어질 것 같지 않은 일도 도전이라는 무기 앞에서는 불가능이 없다는 진리를 맛볼 수 있다면 더할 나위 없이 좋을 것이다. 그래서 더 많은 이들이 이 책을 통해 또 다른 책을 손에 쥐길 바란다. 독자들의 삶이 변화되길 바란다.

마지막으로 이 책이 나올 수 있도록 도움을 주신 일송북 천봉재 대표님, 부족한 글에 조언해 주신 고수정 작가님과 박대순 작가님, 힘들 때 도와주신 오옥규 사장님에게 감사의 말을 전하며, 살아계신 하나님께 감사와 영광을 돌린다.

2016년 7월
정연훈

꿈도 꾸지 못하던 꿈이 꾸어지다

"꿈이 뭐니?"

"저는 과학자가 되고 싶습니다."

이렇게 대답하던 때가 있었다. 아마도 지금 생각하건대 우리 집 책장에 유일하게 꽂혀 있던 과학 백과사전 책을 재미있게 읽었기 때문에 그런 대답을 했던 것 같다. 그때엔 지구가 돌고 있다는 사실을 세상에 알린 갈릴레이도, 떨어지는 사과를 보고 만유인력의 법칙을 정립한 뉴턴이 대단해 보였고 그들에게 감정이입을 했었다.

과학자의 꿈을 품고 살다가 중학생이 되었다. 그동안 삶의 환경은 상상을 초월할 정도로 변했고 현실은 어두웠다.

"넌 꿈이 뭐니?"

"꿈이요? 음… 없어요."

"짜아식… 꿈도 없어?"

"네…"

"뭐가 되고 싶다거나 무슨 일을 하고 싶다거나 그런 거 있을 거 아냐."

"…, 그냥 사는 거요."

"사내자식이 꿈도 없단 말이야? 쯧쯧…"

불과 몇 년이 지난 뒤엔 구체적인 답변을 할 수 없었다. 상황이 완전히 달라져 있었고 생각도 많아졌다. 어린 시절 꿈이던 과학자가 되려면 무지 공부를 많이 하고 잘해야 한다는 사실을 알게 된 데에다가 무엇보다 암울했던 가정환경이 소망을 삼켜 버렸던 것 같다.

조금 더 컸을 때엔 꿈을 묻는 사람이 없었다. 갑자기 소년 가장이 되어 가난한 시골에서 하루하루 생존하는 나에게 주변 사람들은 꿈을 묻는 것조차 미안해했기 때문이다.

스무 살이 되어 사회라는 직업 전선에 나왔을 때에는 꿈이라는 게 있는지도 모르고 정신없이 살았다. 굶고 살 수 없었기에 일했고 그저 살아야 했기에 먹었던 그 시절, 마음속에 들었던 생각은 요즘 광고카피처럼 '아무것도 하고 싶지 않다. 이미 아무것도 하고 있지 않지만 더욱 격렬하게 아무것도 하고 싶지 않다'는 것이다.

그렇게 꿈을 놓친 채로 살아간 것이 근 20여 년 가까이 되었다. 그러다 보니 뭐가 되고 싶다거나 뭔가 하고 싶다거나 어떤 삶을 살고 싶다는 생각도 없었고 꿈이란 말은 나의 인생에서 사장된 언어나 마찬가지였다. 고백하건대 그런 이유 때문인지 그즈음 나의 삶은 서른 이전에 끝날 거란 근거 없는 확신이 있었다. 더 이상 살았다가는 무료하고 재미없고 무기력할 게 뻔한데 더 살아서 무엇하겠는가.

그런데 인생은 반전의 연속이다. 지금의 나는 서른넷 새해를 넘기고 30대의 중반을 향해 달려가고 있다. 게다가 사라져 버렸던 꿈이라는 단어도 삶의 사전에서 새롭게 횃불을 들고 일어났다.

한번은 오랫동안 알고 지내던 고향 친구가 서울에 올라왔길래 식사를 했다. 불우했던 시절을 함께 보낸 터라 나의 아픔과 슬픔을 알고 있던 친구는 여전히 안쓰러운 눈빛을 보냈다.

"야, 훈아~ 너, 서울서 고생 많지?"

"뭐… 고생이야 누구나 하는 거지."

"그래도 낯설고 물 설은 서울에 와서 혼자 쌔빠지게 고생할 텐데 … 누구 하나 봐 줄 사람도 없이 … 아휴 너도 참."

"그래도 지금 난 행복하다. 가치 있게 살아야겠다는 생각을 하다 보니까 어떻게 살아야 할지 계획도 세우게 되고 그래. 나, 대학도 갈 거야. 그게 첫 번째 꿈이야."

삶의 사전에서 횃불을 들고 일어선 대학 진학의 꿈을 전해 들은 친구는 놀란 표정으로 한참을 바라보았다. 친구의 놀란 표정을 즐기며 새록새록 쌓여 가는 꿈 이야기를 했던 기억이 난다. 그날 친구는 열 번도 넘게 물었다.

"야, 훈아~ 너, 왜 이렇게 변했냐? 그동안 무슨 일 있었냐?"

"응. 일이 있긴 있었지."

꿈에 대해 당당하게 말하고 있는 나는 확실히 예전과는 달라져
있다.

* 날마다 손에 들려진 책이 눈을 통해 읽히고 머리를 통해 이해되며
  가슴을 통해 삶의 동력을 만들어 내고 있다는 것.
* 책을 통해 깨달아지는 지혜와 오래된 지식들로 인해 한없이 겸손
  해지는 것.
* 이 땅에 태어나 조금이라도 다른 이들에게 좋은 영향력을 끼치고
  도움을 줄 수 있는 인간이 되자며 다짐하는 것.
* 또 이런 보잘것없는 깨달음이지만 한 번도 펜을 들어본 적 없는
  내가 글을 써서 사람들에게 알리고자 하는 것.

이 모든 것이 삶의 혁명이자 기적이다. 남들은 어떻게 생각할지
모르지만 이런 기적들을 많은 이와 나누고 싶었다. 그래서 용감하게
펜을 들었다. 수줍음 많은 내가, 보잘 것 없다고 주눅 들어 살던 내
가 이런 용기를 낸 것이 가장 큰 기적이기에 펜을 든 손에 힘이 실
린다. 바라기는, 지금 일어나고 있는 기적들을 많은 청년과 공유하고
싶다. 기꺼이 살아내야 하는 삶에서 살아갈 이유가 있는 삶으로 전
적으로 이끌어 준 고마운 책들과 함께 말이다.

서른넷, 사람의 인생을 하루 24시간으로 볼 때 이제 겨우 오전 7시를 지난 아침 시간이다. 어떤 일이든 계획할 수 있고 무슨 일이든 꿈꿀 수 있기에 '무엇이든 하고 싶다. 이미 무엇을 하고 있지만 더욱 격렬하게 무엇을 하고 싶은' 삶을 살고 싶다.

나는 아무것도 내세울 게 없는 청춘이다. 그 흔한 스펙을 찾아보려야 찾을 수 없는 무스펙자이다. 게다가 덜 여물었다. 여전히 미숙하고 한없이 부족하다. 하지만 끊임없이 생각과 마음을 움직이는 데에는 자신이 있다. 움직이는 기계는 녹슬지 않듯이 녹슬어 뻑뻑한 인생이 되기보다 닳아 없어지는 삶을 위해 부지런히 몸을 눠를 마음을 움직이고 있는 중이다. 비록 길 위에서 흔들리지만 움직이는 과정을 함께 나누고 싶다.

그러니 도전보다 포기를 먼저 배운다는 지금의 청춘들이여! 무스펙자에서 독서하는 돈키호테가 된 독키호테의 스토리에 다함께 참여하시기를. 이 글이 당신을 움직일 수 있는 단 한 방울의 자극제가 되기를 바라며 이야기를 시작한다.

차 례

머리말 … 4

프롤로그 … 7

CHAPTER 1 길 위에 서다

내 직장은 도서관이다 … 19

현재를 즐기다 … 24

꿈은 바쁜 일상 속에서 피어난다 … 29

희망이란 전차에 올라타다 … 36

B.M.W에 탄 멘토들 … 42

10년 후 미래를 꿈꾸다 … 47

CHAPTER 2 절망의 길 뒤에서

한계와 이별로 얼룩진여덟 살 인생 … 55

삶의 수레바퀴 아래서 … 61

책이 말을 걸어오다 ··· 68

그리고 아무도 곁에 없었다 ··· 73

가족, 아픈 손가락 ··· 81

세상의 무게에 눌리며 살아간 날들 ··· 90

철저한 '을'의 세상에서 ··· 96

CHAPTER 3 길에게 묻다

Calling(부르심이 있게 된 순간) ··· 107

책 속에 길이 있다?? ··· 115

〈이방인〉 앞에서 이방인이 되다 ··· 120

배달맨의 책가방 ··· 125

글 앞에 공평함과 겸손함을 알다 ··· 130

천권을 향한 치열한 여정 ··· 136

거북이의 청경우독 ··· 145

가진 것에 비로소 눈을 뜨다 ··· 152

독서로 바뀌는 성품 ··· 160

없을 때 비로소 보이는 것들 ··· 166

CHAPTER 4 길 위에 서다

참된 스승, 반면교사와의 만남 ··· 175

독서고개 넘기 ··· 180

왜 나는 죽어라 읽는가 ··· 186

진격의 리더(reader) ··· 192

읽어라, 그리고 소통하라 ··· 198

매일 쓰는 남자 ··· 204

독서 자가 치유 능력 ··· 211

인생의 이모작을 꿈꾸다 ··· 217

CHAPTER 5 우공이산의 닥치고 독서법!

주 5일 독서법 ··· 225

What to read 어떤 책을 읽을 것인가(독서의 방법과 요령) ··· 231

How to read ··· 239

독서 3대 원칙 (무조건 읽어라, 무조건 기록하라, 무조건 실행하라) ··· 245

독서 슬럼프 뛰어넘기 ··· 256

깊이 있는 독서로 이끄는 '5단계 독서법' ··· 264

에필로그 ··· 274

본문에 등장하는 책과 저자의 별점 정리 ··· 279

정연훈의 닥치고 독서를 통한 독서리스트 ··· 282

길 위에 서다

희망이란 본래 있다고도 할 수 없고 없다고도 할 수 없다.
그것은 마치 땅 위의 길과 같은 것이다.
본래 땅 위에는 길이 없었다.
한 사람이 먼저 가고
걸어가는 사람이 많아지면
그것이 곧 길이 되는 것이다.

– 루쉰의 《고향》 중에서

내 직장은
도서관이다

＊ 나이: 서른 네 살 (미혼)

＊ 이름: 정연훈

＊ 학력: 공업고등학교 졸업

＊ 직업: 영업과 배달을 겸한 영업배달맨

＊ 경력: 각종 배달일 13년차

＊ 가족: 여동생

＊ 재산: 딱히 없음

단 일곱 줄로 줄여 본 간략한 프로필이다. 세상 기준으로 보자면
부끄럽고 보잘것없는 이력서다. 이 짧은 이력을 부끄러워할 때도 있

었다. 뭐 하나 자랑스럽게 내세울 게 없는 짧디 짧은 이력서, 이 허접한 이력서를 받아줄 곳도 없었고 내고 싶지도 않았다. 하지만 지금은 그렇지 않다. 과거는 과거일 뿐 현재가 중요하다는 것을 알고 있기 때문이고 그 현재를 통해 미래를 꿈꾸는 것이 결국 그 사람이 된다는 것을 믿기 때문이다.

이렇게 인생에 대한 자신감을 얻게 된 곳은 도서관이었다. 도서관과 본격적으로 인연을 맺게 된 건 2년 전이다. 책을 읽어야겠다는 마음이 강력하게 들었을 때 찾게 되었는데 동네에 있는 도서관을 찾으려 꽤나 돌아다녔다. 서울 촌놈으로 산 지 10년이 넘어가는 데에다 집값 때문에 사는 동네를 옮겨 다니지도 않았는데 동네 지리엔 영 무관심했던 것이다. 아니 도서관이 어디 있는지도 모를 정도로 지식과는 담쌓고 지냈다는 말이 맞다. 집=〉직장=〉집의 쳇바퀴를 돌다 보니 당연했는지도 모른다.

그러다가 마침내 찾아내게 된 도서관은 참 생소한 공간이었다. 학창 시절부터 공부와는 담을 쌓고 지낸 터라 입에 담기조차 불편했던 그곳, 이제는 그곳이 직장만큼 자주 들르는 아니 거의 매일 가는 곳이 되었다.

이쯤 되면 의아한 생각이 들 수도 있다. 도서관이 개방되는 시간이 9시부터 6시까지인데 어떻게 직업을 가진 사람이 매일 갈 수 있을까. 참 감사하게도 나는 시간이 비교적 자유로운 영업배달맨이다. 게다가 편한 시간에 일을 집중적으로 하여 그날 달성할 목표량의 배달까지 끝내면 그 다음부터는 자유다. 그 자유 시간이 있기에 도서관행이 가능하다.

2년 전 처음 도서관에 갔을 때가 생각난다. 제대로 마음먹고 간 건 그때가 처음인 것 같은데, 조용함과 엄숙함에서 뿜어져 나오는 상대적 박탈감에 상당히 주눅이 들었던 기억이 난다. 저 많은 책이 언제 다 쓰였을까 싶어 휘둥그레진 눈으로 멍하니 바라본 시간도 있다. 그럼에도 읽어야겠다는 끊을 수 없는 소망이 맘속 깊은 곳에서 차올랐고 그렇게 차츰차츰 서가로 다가섰다.

도서관에 가는 시간은 조금씩 차이가 있긴 하다. 일찌감치 영업을 마쳤을 때엔 한 2-3시간 여유가 생겨 좀 더 편하게 독서에 임할 수 있지만 조금 늦게 일이 끝날 때엔 마음이 급하다. 그래도 책 읽는 시간은 거의 지키려고 한다. 하루라도 책을 읽지 않으면 입안에 가시가 돋는다고 했던 안중근 선생의 말뜻을 어렴풋이 이해할 정도는 되었는지 독서의 즐거움을 한껏 만끽하는 일상을 보내고 있다.

도서관 출근 2년째 접어들다 보니 이제는 열람실이나 정보자료실 등이 손바닥 보듯 훤하고 앉아서 독서하는 자리도 거의 고정석이 되었다. 사서 선생님과도 안면 트고 지낼 정도니 이 정도면 도서관으로 매일 출근하는 사람의 자태가 아닐까 싶은데 그럼에도 서가에 꽂힌 책들을 보고 있으면 겸허함 때문에 마음이 쪼그라든다. 마치 지식의 향연을 겉으로만 보고 있어도 주눅이 드는 마음이랄까.

2년 전부터 시작된 도서관행은 일곱 줄만으로 끝내던 나의 이력서를 질적으로 바꾸어놓았다. '모든 이치의 궁리를 따지기 전에 글을 읽어서 그 뜻을 깨우치고 행함이 있은 뒤라야 이치의 궁리를 잘할 수 있다'

율곡 이이 선생의 독서관을 접하면서 독서에 대한 자신이 생겼고, 삼국지의 '여몽전'에 나오는 '수불석권'의 이야기를 통해 독서를 통한 변화를 확신했다.

여몽이 전쟁에서 공을 세우며 오나라 손권에 의해 장군으로 발탁된다. 손권은 여몽에게 책을 읽을 것을 권하는데 그는 핑계를 대며 공부를 피한다. 이에 손권이 후한의 황제 광무제는 바쁜 가운데 손에서 책을 놓지 않으며 위나라 조조도 늙어서도 배우기를 좋아한다는 말을 전하는데, 이에 여몽은 크게 자극을 받고 전장에서도 책을 놓지 않았다.

한번은 옛 친구가 그를 찾아가 이야기를 나누다가 박학다식해진 친구의 모습에 깜짝 놀라니 여몽이 "선비가 만나고 헤어졌다가 사흘이 지나 다시 만날 때에는 눈을 비비고 다시 볼 정도로 달라져야 하지 않은가?"라고 답했다고 한다. 그야말로 수불석권, 손에서 책을 놓지 않았기에 찾아온 아름다운 변화일 것이다.

나 역시 독서를 통해 내 자신을 좀 더 정확하게 볼 수 있었고 보잘것없는 이력서에 '비전'이라는 중요한 한 칸을 더 마련할 수 있었다. 똑같은 현상을 보더라도 글을 읽지 않았을 때에는 아무리 궁리해도 경험 이상의 것을 발견할 수 없었지만 이제는 여러 각도에서 생각하게 되고 다른 사람이 생각하지 못한 부분을 생각하는 등 생각의 다양성을 발견했고, 책 속의 지혜와 만나면서 어떻게 살아갈 것인가를 꿈꾸게 된 것이다.

이제 나의 이력서는 이렇게 바뀌었다.

* 나이: 서른세 살 (미혼)

* 이름: 정연훈

* 학력: 공업고등학교 졸업

* 직업: 영업과 배달을 겸한 영업배달맨

* 경력: 13년 각종 배달일

* 가족: 여동생

* 재산: 책을 통해 얻은 지식

* 비전: 독서를 통해 지식 지혜를 얻고 다양한 배움을 통해 지식과 지혜의 활용법을 깨달아 사회의 리더로 서는 것, 나와 같이 변화를 꿈꾸는 이들의 희망이 되고 돕는 것

현재를 즐기다

나의 하루는 다른 사람보다 좀 길게 사용된다. 새벽 5시, 알람과 함께 잠에서 깨면 교회로 향한다. 새벽예배의 찬양 인도를 맡고 있기 때문에 일찌감치 교회로 가서 인도하고 예배 후 바로 출근한다. 서울생활 13년째 접어들고 있지만 아침을 챙겨 먹는 일은 거의 없는데, 다행히 지금 일하는 곳에서 삼시 세끼를 해결할 수 있도록 배려해 주신 덕분에 든든히 하루를 시작한다.

아침 9시 본격적으로 업무가 시작되면 그때부터 영업맨으로 변신한다. 배달명함 수백 장이 들어 있는 주머니 달린 작업복으로 갈아입고 손엔 전단지를 든다. '전단지 홍보 & 동네 마케팅'이라고 적힌 명함은 상가 사무실에 1:1 홍보를 직접 하는데, 매출을 올려드린다는 명함은 나와 같은 동네 홍보를 필요로 하는 사업자에게 전달하는 것이고 전단지는 내게 일을 맡긴 매장의 배달 서비스 관련 광고물이다.

전단지를 직접 들고 사무실을 찾아가는 영업은 수년 전 시작했는데 주로 소개하는 품목은 커피와 샌드위치다. 사무실에 앉아 업무를 보는 이들에게 전단지를 내밀며 소개하는 일은 철면피만 할 수 있는 것이 아니다. 나는 천성적으로 부끄러움을 많이 타고 내성적인 성향이다. 친구와 사귀는 데에도 시간이 오래 걸리고 사람들 앞에 나서면 머릿속이 백지처럼 하얗게 변하는 특별한 것 없는 성격인데, 아무래도 남들과는 달리 서울생활을 홀로 하다 보니, 또 할 수 있는 일이 제한되다 보니 지금의 일에 충실히 하자는 의지가 감성을 이끄는 것 같다.

환경이 사람이 만든다. 일이라는 생각을 하고 접근하면 '쪽팔림'은 사라진다. 그저 오늘의 영업량을 채우기 위해 몇 군데를 더 돌아야 하는지에 집중한다. 그래서 예상보다 더 많이 주문을 받으면 그 자체로 기쁘고 발걸음이 가볍고, 주문량이 부진하면 점심시간이 임박했는데도 다른 사무실로 향한다. 한 사람이라도 주문을 더 받기 위해서다.

영업을 마치고 매장으로 가서 주문받은 것들을 챙겨 배달을 시작한다. 배달은 오후까지 이어지고 오후에 부족한 부분이 있으면 영업을 하지만 그렇지 않을 때엔 독서로 채운다. 퇴근 시간이 되면 집으로 돌아와 하룻동안 하지 못한 일을 정리하고 글을 쓰기도 하며 잠자리에 든다. 물론 사람들과 만나는 일이나 다른 일이 있을 때엔 볼일을 보기도 하지만 그런 날에는 취침시간이 늦어진다. 독서를 하겠다고 마음먹은 뒤로 생긴 변화인데 나와의 약속이었고 그 약속의 끝에 반드시 변화가 일어날 것을 믿기에 지키려고 노력한다.

겉으로 보기엔 단순한 일상이지만 사실은 그렇지 않다. 날마다 벌어지는 일상이 새롭게 해석되고 다가오기 때문인데, 날마다 만나는 다양한 사람 덕분도 있지만 그보다는 그날그날 달라지는 독서력 덕이 크다.

예를 들면 이런 식이다. 어떤 날에는 제일 먼저 찾아간 사무실에서 신선한 풍경과 만난다. 9시 조금 넘은 시간인데 이미 사무실에 모인 사람들은 업무에 집중하고 있다. 누구 한사람 다른 일 하지 않고 업무에 협력하는 모습이 읽힐 때가 있다. 그런 날엔 그 분위기를 깨고 싶지 않아 얌전히 한쪽에서 기다렸다가 화장실을 다녀오는 직원만 공략하기도 한다. 그날 아침 읽었던 〈18시간 몰입의 법칙〉이란 책의 내용을 떠올리며 몰입의 힘이 가져온 현장의 분위기를 간접 체험하며 즐기는 것이다.

또 어떤 날에는 안 좋은 일을 겪기도 한다. 요즘에는 사무실마다 들어가는 일이 쉽지 않게 번호 키로 묶여 있기 때문에 살짝 눈치를 보다가 직원들이 들고 날 때 끼어서 들어간다. 안 그러면 잡상인이라고 해서 들여보내 주지 않기 때문이다. 그렇게 일단 사무실에 들어오면 티 나지 않게 영업을 하기 때문에 대부분 잘 넘어가는데, 가끔 싫은 소리를 하는 이들과 만날 때도 있다. 신성한 사무실에 웬 잡상인이 들어와서 영업을 하느냐, 영업을 하려면 나가서 하라는 등 불쾌해 할 때엔 정중히 사과하고 나온다. 예전 같았으면 분을 이기지 못해 화를 냈을 수도 있지만 사람은 모두가 다르다. 감정의 버저가 눌려지는 지점이 있기 때문에 그 부분이 건드려졌을 수도 있고 사람을 대하는 처세 역시 다르다는 것을 알기에 이해하고 넘길 수 있다. 사마천의 〈사기이야기〉에 등장하는 사람들의 지혜를 떠올리며 이해하는 시간으로 채우는 등 생각을 넓혀가는 일로 전환하다 보니 일에서도 이해와 몰입도가 높아진다.

이렇듯 매일 만나는 사람도 다르고, 그들을 통해 경험하는 체험도 다르며 그 속에서 접목되는 독서의 내용도 다르다 보니 버라이어티한 일상으로 변한다. 그러다 보니 그날그날이 똑같은 일상이 아닌 일을 즐기게 되는 것 같다.

언젠가 TV 프로그램에 유명한 학자들이 모여 '사람은 행복의 기준을 무엇으로 삼는가'에 대한 토론을 벌였다. 지식인들이 나온 자리다 보니 별의별 기준이 나왔다. 소중한 가족, 돈을 많이 버는 것, 남들이 말하는 성공, 건강, 지식의 습득, 나눔 등 행복할 법한 기준이 다양하게 나왔는데, 정작 그들이 결론적으로 내린 행복의 기준은 그 어떤 것도 아니었다. 그들이 의견을 모은 행복의 기준은 'here & now' 즉 지금 이 자리에서 가장 행복하다고 생각하는 것이 바로 행복의 기준이었다.

만약 사랑하는 자녀와 함께 놀고 있는 시간 행복했다면 그는 가족이 행복의 기준이 될 것이다. 또 다음날 그 사람이 숲길을 걸으며 행복감이 들었다면 혼자 사색하는 일이 행복이 된다. 그러므로 한 사람이 느끼는 행복의 조건은 수없이 많을 것이다. 중요한 것은 현재를 즐길 수 있을 때 그만큼 행복할 일이 많아진다는 말일 것이다.

그 프로그램을 보면서 나는 무릎을 쳤다. 그동안 독서를 통해 행복해지는 방법, 행복을 추구하는 인간의 본성에 대해 읽었지만 추상적으로 다가왔는데 토론을 통해 생각들이 전달되었을 때 마음을 치는 깨달음이 있었다.

'그래, 정말 지금 내가 여기에서 가장 가치 있다고 생각하는 일이 중요한 일이다. 지금 이 순간 행복하다고 느끼는 것이 내가 느끼는 행복이다. 나는 그것을 추구해야 한다.'

이러한 생각이 미치자 현재를 즐기게 만드는 독서가 더욱 소중해졌다. 일상에 새로움을 입혀 주는 독서력으로 인해 현재가 훨씬 다양해지고 다채로워졌다. 동네 영업 마케팅이란 다소 생소하면서도 거친 일을 하지만 한 번도 만난 적이 없는 사람과 만남을 어느 시인의 표현처럼 '가슴 떨리는 경험'으로 생각하는 여유가 생겼고, 어떤 작가가 말한 것처럼 '시린 상처'로 포장하는 재주도 생겼다. 사람들과 부딪힐 때에는 남들은 경험하지 못하는 나만의 처세술을 배우고 있다며 다독이는 지혜도 생겼다.

아는 만큼 세상이 보인다고 했던가. 난 한마디 더 보태고 싶다. 읽는 만큼 세상을 읽을 수 있는 것 같다. 그렇게 현재를 읽어 가는 연습 중이다.

꿈은 바쁜 일상 속에서
피어난다

    세일즈맨으로 시작해서 CEO가 된 분의 이야기를 읽은 적이 있다. 그분은 하루 24시간을 분 단위로 쪼개어 영업을 하곤 했는데, 남보다 악착같이 일을 하면서도 꼭 따로 떼어 놓는 시간이 있었다고 한다. 바로 책 읽는 시간이다. 책 읽는 시간만큼은 칼같이 지켰는데 그 모습을 지켜본 동료들이 충고를 하기도 했다. 그 시간에 한 군데 영업장을 더 돌면 월급의 숫자가 달라질 거라고. 하지만 그는 그 시간만큼은 양보하지 않고 책을 가까이 했다.

    십수 년 뒤 그들은 한 회사의 사장과 직원으로 만나게 되었다. 사장이 되기까지 책 읽기를 멈추지 않았던 행동력이 독서 경영의 기업을 만들어 낸 것이다.

그 이야기를 읽으면서 가슴이 뜨거웠다. 주인공이 나와 비슷한 처지였던 것이 공감되었고 왠지 유명하고 대단한 학자가 아닌 평범한 사람의 변화라서 더욱 와 닿았던 것 같다. 특히나 시간을 쪼개서 사용하는 가운데에서 꿈을 찾고 그것을 이루기 위해 시간을 기꺼이 투자하는 주인공의 삶의 자세를 배우고 싶었다.

사실 2년 전 독서력을 기르기 위해 무작정 독서를 시작했던 때와 비교할 때 나는 달라져 있었다. 독서를 통해 생각이 차츰 열리고 내일에 대한 꿈을 갖게 된 것인데, 그 시작점이 바로 공부였다.

공부라고 하면 하기 싫어하는 것으로 치면 둘째가라면 서러울 정도로 공부와는 담쌓고 지냈다. 시골로 내려가 초중고 시절을 보내면서 그 누구에게서도 공부하란 소리를 들어본 적이 없다. 알아서 척척 잘해서가 아니라 공부하는 것에 대해 관심 쏟아줄 여유도 사람도 없어서다. 그렇다고 대단히 학구열이 강해 알아서 척척 하는 스타일도 아니었기에 학기 초에 받은 교과서는 학기 말이 되기까지 깨끗했다.

학창 시절을 보낼 때에는 왜 공부를 해야 하는지 정말 의심이 들었다. 대학을 갈 생각도 형편도 안 되고 그저 고등학교 졸업장만 겨우 따서 하루빨리 사회로 나와 돈을 벌어야 한다는 생각밖에 없었으니 공부의 필요성은 더욱 느끼지 못했다.

그랬던 내가 책을 읽기 시작하면서 달라졌다. 어느 날 세계사에 관련된 책을 읽게 되었는데 세계 역사를 비롯한 인물, 도시와 학문

풍조 등의 이야기가 복잡하게 얽혀 있었다. 단 두 문장을 읽는데 조사를 빼곤 모두 다 단어가 목구멍에 걸려서 내려가지 않는 것이다.

'이게 뭔 말이야?'

무식이 용감이었을까. 처음엔 용감히 '그래 이건 모두가 모르는 내용일 거야. 작가가 독자 생각을 너무 안 했어' 넘어갔다. 그런데 그렇게 생각한 것은 나의 무식의 소치였으며 지식에 대한 오만함이었음을 깨닫게 되었다. 그 후 손에 잡은 인문학 서적 역사 서적 등을 통해 깨달은 지식의 한계에 좌절감이 들면서 그나마 붙들고 있던 자존심이 와르르 무너졌다.

'아… 정말 공부를 해야겠구나.'

제일 먼저 드는 생각이 공부였다. 이해의 한계에서 오는 자괴감의 단계가 지나자 철학자들의 생각과 사상이 어디에서부터 뿌리가 시작되었는지 궁금했고 그러한 철학사상이 지금의 후대에 미치는 영향이 궁금해지기 시작했다. 또한 어떤 과정으로 퍼져 나갔는지 다른 사상과 어떤 차이가 있는지 등등 제반 지식에 대한 궁금증은 확장되었다.

특히나 좋아하는 사마천의 〈사기이야기〉를 거의 열 번 가까이 읽으면서 선인들의 지혜에 푹 빠져버렸다. 어려운 환경과 모진 고난을 겪으면서도 아버지의 유언을 받들어 역사 속 지혜를 글로 표현한 사마천의 저력에 어디에 있는지 알고 싶었다.

책을 통해 하는 공부엔 한계가 있었다. 물론 책을 쓴 저자들이 그 분야에 대한 전문가임에 틀림없지만 독자와 1대 1로 이야기를 나누며 궁금한 부분을 가르쳐 줄 수는 없다. 그것을 해결해 줄 것은 공부였고 대학 진학으로 방향을 잡았다. 예전엔 대학을 갈 생각도 하지 않았고 대학의 필요성도 못 느꼈지만 확실히 공부하고 싶은 마음이 생기고 공부가 인생을 풍요롭게 하는 데 필요하다는 것을 느끼게 되니 공부에 대한 욕망이 마구 꿈틀거렸다.

'가만… 일반대학을 가려면 다시 수능을 준비하고 시험을 봐서 들어가야 하는데 그러려면 2-3년 준비 기간으로도 모자랄 수 있다. 벌써 교과서에서 손 놓은 지도 15년 가까이 되는 데에다 워낙 기초가 없으니 처음부터 모든 걸 다시 배워야 할지도 모른다. 과연 수능을 보면서까지 대학을 가야 할까.'

알아보니 대학을 갈 수 있는 통로는 의외로 다양했다. 특히 수능을 보지 않고도 대학을 진학할 수 있는 몇몇 학교를 알아보며 참 기뻤다. 공부라는 게 때가 있다며 의지를 꺾는 이들에게 보란 듯이 공부엔 때가 문제가 아니라 의지가 문제라는 것을 보여주고도 싶었다.

어쨌든 그렇게 잡게 된 대학의 꿈은 고교졸업자의 자격으로 지원하여 입학할 수 있는 방송통신대학으로 방향을 정했다. 이제 어떤 공부를 해야 하는지 결정하면 되었는데 그게 또 행복한 고민이었다. 독서를 시작하면서 가장 사로잡았던 중국의 역사는 가장 매력적이었다. 특히나 몇 번이나 〈초한지〉를 읽으면서 가슴이 뜨거웠던 때를 떠올리면 중국 관련 공부를 하는 것이 좋을 것 같았지만,

실제로 독서의 세계로 안내해 준 독서 문헌 쪽 작가들의 묵직한 필체에 이끌려 여기까지 온 것을 생각하면 나 역시 그들과 비슷한 길을 걸어가며 글로써 영향력을 끼치고 싶었다. 그러다 보니 국어국문학과도 꽤나 매력적인 전공으로 다가왔다.

즐거운 고민에 빠졌지만 무척 흥분되었다. 이 고조된 마음을 누군가 나누고 싶었는데 하루는 사회에 만났던 친구와 자리를 함께하게 되었다. 그 자리에서 조심스럽게 이야기를 꺼냈다.

"나, 내년에 대학 가려고 해."

"어어? 대학? 아니 거길 왜? 네 나이에도 갈 수 있냐?"

"그럼. 마음만 먹으면 대학은 누구나 갈 수 있지. 방통대는 온라인으로 강의를 들을 수 있어서 일하면서 공부도 할 수 있어."

"야! 그 골치 아픈 공부를 왜 지금하려고 그러냐?"

"필요하다고 생각하니까 하는 거지."

"야, 그거 하려면 학비도 필요할 거 아냐. 왜 그런 쓸데없는 짓을 하고 그래. 그냥 살던대로 살아. 우리같이 빽 없고 못 배운 사람은 그저 일이나 열심히 해서 돈이나 버는 게 최고야."

가슴 따뜻한 격려를 바랐던 것은 아니지만 주변 사람으로부터 비난에 가까운 이야기를 들었을 때엔 좌절감도 들었다. 뭐랄까. 친구를 보면 그 사람의 수준이 보인다고 하는데 그동안 내 모습도 이렇게 회의적이고 무기력한 모습이었을까를 생각하니 상실감이 올라왔다. 그러고 보니 주변에 이런 일로 의견을 나눌 대상이 거의 없다는 사실을 새삼 깨달았다. 그 흔한 대학 진학을 의논할 대상, 어떤 공부를 해야 나의 인생을 좀 더 다채롭게 변화시킬 수 있을지 조언을 해 줄 사람이 없다는 것만큼 외로운 일도 드물다.

바쁜 일상 속에서 피어난 첫 번째 꿈과 마주하며 나는 복잡한 심정이 되었다. 공부에 대한 꿈을 회복하게 된 데에 대한 기쁨과 함께 그 기쁨을 함께 기뻐해 줄 사람이 없다는 사실을 새삼 깨달은 데에서 온 슬픔이 뒤섞인 감정이었다.

이러한 현실 앞에서 더욱 마음을 다졌다. 그리고 두 가지 생각을 했다. 정말 필요하다고 생각하는 분야의 공부를 끝까지 해 내는 것, 그리고 공부를 하는 목적이 지식의 풍요로움을 더하는 것과 동시에 나와 같이 외롭고 외딴섬처럼 떨어져 꿈을 꾸어 보려는 이들을 도와주는 것이 되어야 한다는 것이다. 나를 위한 공부가 아닌 남을 위한 공부를 해 보자는 생각이 강하게 들었다.

꿈이란 본래 사색하는 가운데 생겨나는 게 아니다. 물론 오랜 시간의 성찰 끝에 품게 되는 꿈도 있지만 나와 같은 생활인에겐 바쁜 일상을 가운데 선물처럼 주어진다. 중요한 것은 그 선물을 잘 받을 마음의 준비가 되어 있느냐 아니냐의 차이가 아닐까 싶다. 아마 독서를 시작하기 전의 나였다면 예전에 꿈을 잃어버렸던 시절을 계속 살아갔을 것이다. 하지만 정말 다행히도 독서를 통해 마음의 문을 열고 생각의 문을 열게 되니 새로운 꿈의 문이 보였다. 그리고 그 문을 확실히 열어야 한다는 확신도 서게 되었다.

독서부자가 된 배달맨

현실적으로 볼 때 영업 마케팅 일도 더 바빠지는 상황이고 개인적인 문제 등 둘러싼 사안이 많아서 살짝 뒤로 밀어두고 싶은 마음도 들지만 그래도 지금이 공부로 채워야 하는 때라는 것을 알 수 있다. 하여 그 마음의 소리만 우선 따라가 보려고 한다.

희망이란 전차에
올라타다

　시골로 가족이 들어가 살기 전 우리 가족은 서울 외곽 지역에서 살았다. 그때 아버지는 노동을 하시면서 며칠에 한 번 들어오시곤 했는데, 그래서 동생과 나는 어머니와 함께 지내는 날이 많았다.

　어린 기억에도 어머니는 엄하셨다. 겉으로 드러내는 표현보다 속정이 깊으신 분이셨기에 우리를 안아 준다거나 애정 어린 스킨십을 한다거나 그런 일이 없었다. 오히려 뭔가 해야 할 일을 하지 않았거나 도의에 어긋난 행동을 했을 때엔 엄히 훈육하셨던 기억이 난다.

　어머니가 해 주신 밥은 맛있었지만 엄하셨기에 그 앞에서 주눅이 들곤 했다. 그래서 어머니가 뭘 물어봐도 제대로 의견을 대답하지 못했고 그 흔한 뭘 먹고 싶은지 뭘 하고 싶은지 물어볼 때에도 똑 부러진 대답을 못했다. 지금 생각해 보면 그 당시 어머니의 나이 20대, 남편의 술버릇과 폭력에 스스로 감당하기에 너무 젊으셨기에 마음을 닫아 버리셨다는 것이 이해되지만 그때엔 그것을 이해하기에 내 나이가 어렸다. 가뜩이나 조용하고 자신감 없던 내가 더욱 목소리를 내지 못하게 된 이유가 아니었을까 싶다.

자신감이 없다는 말은 순둥이 같다는 말이었다. 학창 시절에 순둥이란 말이 따라다닌 걸 보면 깨나 자신감이 없었던 것 같다. 시골에 들어가 살 때에도 동네 분들에게서도 착하다는 말을 자주 듣곤 했는데 그때에는 그 말이 가지고 있는 의미를 잘 몰랐다. 지금 와서 생각하면 '좀 부당하게 대해도 되는' '싫은 소리를 해도 잘 참아내는' 그런 의미로 쓰인 말인 것 같다. 실제로도 내가 기억하는 한 유년시절에는 말대꾸 한번 없이 순종적이었다.

몸이 워낙 허약하다 보니 또래에 비해 몸집도 작았는데 그 몸집이 친구들에겐 시비 거리가 된 적도 많아서 일방적으로 맞기도 했다. 나중엔 악에 바쳐 깡다구 있다는 말을 듣기도 했지만 천성적으로 자신감이 있는 편은 아니었던 것 같다. 그런 성향은 성인이 되어서도 이어졌다.

스무 살이 되어 사회에 나왔을 때 자존감은 나락까지 떨어져 있었다. 동생과 나 단 둘이 남은 험한 세상에서의 삶을 어떻게든 이어가야 했는데 비빌 언덕이 없었다. 그냥 맨 손 맨 몸뿐이었다. 세상과 맞설 자신이 도저히 없었다. 그렇다고 이것저것 다 때려치우고 세상을 둘질 '똘끼' 또한 없었다. 그래서 생각해 낸 것이 있는 듯 없는 듯 사는 것이었다.

자신이 없다는 것은 인생에서 불리한 때가 많았다. 한마디로 내가 가진 무기가 없다는 것을 스스로 인정하는 것으로. 뭔가 싸워볼 마음조차 갖지 않게 된다. 나의 20대가 그러했다. 손에 잡히는 무기 하나 없이 부당한 현실, 바꾸고 싶은 현실에 맞서고 싶은 마음조차 갖지 않았다.

그런데 어느 날 내 손에 펄벅 여사의 〈대지〉가 들려진 이후 조금씩 변화가 찾아오기 시작했다. 현실은 바뀌지 않았지만 현실을 바라보는 눈이 바뀐 것이다.

독서를 하기로 마음먹은 뒤 손에 넣게 된 〈대지〉는 우연찮게 읽게 된 책이었다. 그 당시 책을 선택하는 특별한 기준이 없었던 터라 그냥 도서관에 가서 눈에 보이는 대로 꺼내오곤 했는데, 그렇게 딸려온 소설책이었다. 그러곤 그 책을 읽으면서 지금껏 생애를 통틀어 가장 많이 울었다.

〈대지〉는 가난한 농사꾼인 왕룽이 황부잣집 종을 아내로 데려오는 장면으로 시작한다. 평생 땅에 대한 집착으로 살아온 왕룽과 아내가 된 오린 (또는 아린)이 몰락한 집안을 일으키는 과정을 그린 대하소설인데, 중국 근대사를 몸소 겪으며 부딪히는 가난과 땅이 주는 의미, 평생 가족을 위해 희생한 아내를 향한 뒤늦은 깨달음, 죽음을 맞는 왕룽과 그의 남겨진 아들들의 이야기 등이 그려진다.

이 소설은 목사님 딸이던 펄벅이 중국선교사로 파견된 아버지를 따라 중국에서 생활하면서 보고 느낀 것들을 소설 속에 녹여 낸 작품으로 노벨문학상까지 받았다. 이미 작품성이야 정평이 나 있었기에 그저 신기한 마음으로 읽었지만, 어느 순간부터 여기 등장하는 인물들의 모습에 감정이입이 일어나고 있음을 느낄 수 있었다.

특히 주인공인 왕룽에게 지대한 영향을 미친 아내 오린에 대한 마음이 참 컸다. 그녀는 예쁘게 생기지 않았다는 이유로 남편에게 무시를 당한다. 갖은 고생 끝에 가족을 먹여 살리고 땅을 살 돈을 마련하는 일을 억척같이 해 내지만 결국 남편이 첩을 얻음으로 그녀가 겪을 마음고생은 무척 심했다. 안타까웠다.

게다가 평생을 땅을 위해 또 가족을 위해 희생한 그녀에게 찾아온 병마, 그 병마를 이기지 못하고 세상을 떠나는 오린의 모습은 중국이란 나라가 겪은 다양한 문제를 떠올리게 하지만 나는 그냥 나를 투영시켰다. 가진 것 없고 어쩔 수 없이 현실에 순응하며 열심히 살 수밖에 없었던 인생, 그 모습에 공감이 되기 시작하면서 그녀의 죽음 앞에 덧없음에 울었다.

한참을 울면서 읽고 마지막 장을 넘겼을 때였다. 아까까지만 해도 서글프고 안타까운 감정이 내려가면서 평안함이 느껴졌다. 이상하게 마음이 치유되는 기분이 느껴졌다. 분명히 오린은 죽음을 맞이했고 그래서 슬퍼야 하는데, 그녀가 평생 희생하고 헌신했던 삶이 헛되지 않았음을 적어도 나만큼은 알아주고 있지 않은가 싶은 마음에 괜히 위안이 되는 것이다. 시대를 넘고 공간을 넘어선 그 감정의 공감이 됐던 것 같다.

'어? 이 감정은 뭐지? 왜 내가 이렇게 위로가 되지?'

조용하고 내성적인 성향이지만 눈물이 거의 없었던 나를 펑펑 울린 소설, 그러면서도 위로를 받고 평안함까지 느낄 수 있었던 경험, 책 한 권으로 감정의 간극을 오갈 수 있다는 게 신기하고 신비로웠다.

그러면서 나는 이전의 부끄럼 많고 자신감 없던 스스로를 돌아보았다. 왕릉에게 평생을 지키고자 했던 땅이 있었기에, 가진 것 없고 보잘것없이 무시당하는 오린에게 평생을 헌신하며 지키고자 했던 가족이 있었기에 그들의 인생은 빛났던 것이다. 그렇다면 내게도 지켜야 할 뭔가가 있다는 자체로도 빛날 수 있지 않을까 그런 생각과 함께 스스로를 지키고 싶었다. 그러고 보니 그간 너무 스스로를 내팽개치며 살았음을 깨달았다. 평생을 붙들고 살아야 하는 자신을 소중하게 여긴 때가 거의 없었다는 것을 알았을 때의 당황스러움은 참 컸다.

그날 이후 닫혔던 마음이 조금씩 열리기 시작했다. 스스로 마음이 빗장을 닫고 살았던 삶을 청산하고 뭐든지 해 보려고 다가서는 마음으로 변화를 시도했다. 보는 만큼 세상이 보인다고 했던가, 보려고 하는 만큼 세상은 더 넓은 세상을 보여주었다. 주변에서 자신감을 찾고 뭔가 계속 시도해 보려는 모습에 격려가 쏟아졌고, 하고 싶은 것 해 보고 싶은 일이 눈에 들어왔다. 그중에 하나가 공부의 꿈을 갖게 된 것이고 다소 어두웠던 과거의 내 모습도 껴안을 수 있는 마음의 넓이가 넓어졌다.

울지 않던 내게 감정의 버저를 건드려 준 것도 큰 유익이다. 아마도 책을 통해 내 안에 숨어있던 용기와 자신감이 튀어나온 결과일 것이다. 비로소 절망의 수레바퀴 밑에서 벗어나 희망의 전차에 올라탄 지금, 나는 그 어느 때보다 자신 있게 나를 바라볼 수 있다.

B.M.W에 탄
멘토들

나의 이동수단은 BMW이다. 고급 외제차가 아닌 B(bus) M(metro) W(walking)이다. 걷거나 버스 지하철을 이용하는데, BMW와 함께할 때 필수품은 당연히 책이다. 가방 속엔 거의 2-3권의 책이 들어 있는데 하루에 2-3권을 읽는 것은 거의 불가능하지만 나름 독서의 다양화를 꾀한 나름의 방법이다.

사실 어떤 날 선택한 책은 상상 외로 어려울 때가 있다. 인문학의 고전이라 불리는 책, 전문용어가 꽉 들어찬 과학 관련 책 등 그런 책을 읽을 때엔 그야말로 씨름을 해야 한다. 그렇다고 곁에 사전을 두고 뜻 하나하나를 이해할 수는 없기에 모르는 건 그냥 넘어가며 읽는데 어떤 날은 수십 장을 그냥 넘겨버릴 때가 있다. 그럴 때에는 좌절감에 빠지기도 하고 책을 집어던지고도 싶다.

그런 경우를 대비한 또 한 권의 책은 비교적 가벼운 내용으로 선택한다. 책에 담긴 지식의 가볍고 무거움을 구분할 수 없겠으나 그래도 읽기 편한 책과 그렇지 않은 책은 분명히 있다. 그러니 밸런스를 맞추어 선택하는 것이 필요하다. 2년쯤 되다 보니 이젠 그 정도는 분류할 수 있게 되어 얼마나 다행인지 모른다.

어쨌든 BMW를 이용하면서 나는 수많은 멘토와 만났고 만나고 있다. 그들의 이야기는 다르다. 작가마다 색깔이 있고 주장하는 바가 다르며 한 가지 사안에 대해 작가마다 시선이 다르기에 주장하는 바가 다르다. 하지만 생각의 다양성을 확장한다는 점에서 도움이 된다. 무엇보다 나보다 훨씬 나은 이들이기에 존경할 수밖에 없다.

BMW와 함께 하며 곁에 있어 주었던 멘토들 중에서도 가장 기억나는 멘토는 독서에 대한 의지를 실어준 사람들이다.

독서를 하겠다고 마음먹은 뒤 막상 책을 집어 들고 읽기 시작했을 때 처음부터 진행이 수월했던 게 아니다. 처음엔 진행이 잘되지 않았다. 그나마 20대 중반에 자기계발서를 100여 권 읽은 전적(?)이 있는지라 잘될 줄 알았는데, 분야를 다양화하고 고전을 함께 읽다 보니 쉽지 않았다. 당연히 의욕상실 전 단계까지 갔는데 어느 날 도서관 서가에 꽂힌 책들을 둘러보던 중 문헌학 분류 칸에서 독서법에 대한 여러 책을 보게 되었다.

'이거다' 싶은 마음에 꺼내 들었는데 바로 김병완 작가의 〈48분 독서법〉이었다. 엉겁결에 그 책을 집어 들고 읽기 시작했는데 그 자리에서 거의 일독을 할 정도로 몰입하며 읽었다. 내친김에 독서법 인문고전독서 등에 관한 책만 계속해서 수십 권을 읽어 내려갔다. 그러자 그제야 독서가 왜 중요하고 독서법이 왜 필요한지 눈에 들어오기 시작했다. 무엇보다 그 책들은 바로 바로 실행할 에너지를 주었는데 그들이 제안하는 방법을 직접 실천해 봄으로 내게 딱 맞는 독서법의 기초를 마련할 수 있었다.

그렇게 마련한 나만의 독서법으로 책을 읽다 보니 더디기만 하던 속도도 점점 빨라졌고 무엇보다 그 속에서 만나는 멘토들을 알아가는 재미가 쏠쏠했다.

나를 독서의 세계로 완전히 이끌어준 김병완 작가는 국내 굴지의 대기업 임원으로 있었지만 더 이상 비전이 없음을 깨닫고 3년간 만 권의 책을 읽으며 완전히 바뀌었다. 독서 멘토로서 활동하는 동시에 수십 권의 책을 펴냈으며 자신이 새롭게 찾은 분야에서 활발한 활동을 펼치고 있다. 책을 통해서 뿐 아니라 변화한 생활을 통해서도 본을 보여주고 있기에 그분을 통해 자극을 많이 받았다.

보통은 엄두도 못 낼 엄청난 양의 책을 짧은 시간에 읽어 내려가는 '집중 독서의 법칙'을 통해 독서의 임계점을 돌파하라는 메시지는 가슴을 뛰게 만들었다.

물이 끓는 과정을 보면 계속 불이 가열되는데도 불구하고 물은 어느 정도 온도에 도달하지 않으면 변화가 없다. 하지만 어느 순간 끓는점에 도달하는 순간 기포를 만들어 내며 끓는다. 독서의 임계점 역시 그런 변화의 지점이 된다. 집중 독서는 그 지점을 빠르게 통과할 수 있는 안내자의 역할을 한다는 말에 저절로 책에 손이 갔다.

인문고전의 독서의 세계로 안내해 준 이지성 작가를 만난 기쁨도 상당하다. 〈리딩으로 리드하라〉 베스트셀러를 통해 책에 대한 자세, 읽는 것의 중요성을 강조한 그의 촌철살인은 나의 마음에 시원한 청량감을 주었다.

어디 그뿐이랴. 중국의 저력과 혁명의 아이콘이 된 마오쩌둥의 이야기, 음미되지 않은 삶은 살 가치가 없으며 위대한 성취를 위해 날아가야 함을 말해 준 〈갈매기의 꿈〉에서 만난 멘토들은 그들의 삶을 닮아가고 싶은 마음을 주었다.

평생 백 번 이상 읽겠다고 다짐한 〈사기열전〉의 작가 사마천은 그의 살아온 족적 자체가 큰 위로가 되기도 했다. 사마천, 어찌 보면 불행한 인생을 살아간 사람이지만, 그래도 선인들의 지혜를 기록으로 꼭 남기라는 아버지의 명령을 받들어 효를 실천하는 마음으로 평생을 걸쳐 열전을 짓는다. 그는 남자로서는 치욕스러운 궁형을 당해 수치스러운 삶을 살면서도 일생을 걸고 해야 할 일 사명을 다하는 자세로 후대에 길이 남을 명저를 완성한다. 후대에 길이 빛나는 책을 남긴 사마천은 그가 남긴 글과 함께 그 인생 자체가 멘토가 되기도 했다. 정말 인생에서 중요한 것이 무엇인지, 가치 있다고 여겨지는 일 사명을 다하는 일에 끝까지 최선을 다한 그의 삶이 흔들리며 살아가는 내게 큰 힘이 되었던 것이다. 참 고마운 멘토다.

책을 통해 만난 500여 명에 가까운 멘토가 말하는 바는 제각각이지만 한 가지 주제에 대해 깊이 생각하고 성찰한 끝에 들리는 목소리는 모두 존경할 만하다. 뭔가 치열하게 부딪히며 얻어 낸 한 줄 글을 발견할 때 느껴지는 위대함에 멘토와 만나는 즐거움은 배가가 된다.

지금도 난 BMW를 타고 다니며 멘토들과 만난다. 그 누가 그 많은 멘토와 매일 만나 삶의 진수가 담긴 목소리를 들을 수 있겠는가. 책을 통하니 가능한 일이다.

10년 후
미래를 꿈꾸다

　나에게는 꿈이 있다. 아니, 꿈이 생겼는데 신기하게도 한번 생겨난 꿈은 살아 있는 세포처럼 움직여 세포분열을 하듯 새로운 꿈을 양성해 낸다. 본격적으로 공부를 해서 지식을 쌓아야겠다고 비전을 갖게 된 후 그것을 시초로 나의 꿈은 계속 분열하듯 꿈을 양산해 냈다. 처음에는 다소 황당하면서도 추상적인 꿈도 있더니 꿈도 연마가 되는지 생각하고 상상하는 과정 속에서 구체화되고 현실화되었다.

　꿈은 가장 오랜 시간 몸담은 일을 기반으로 만들어졌다. 스물세 살에 서울에 처음 올라와서 시작한 배달일, 영업마케팅과 배달 분야에서 그래도 10년 넘게 몸담았으니 나름 전문 분야였다. 다른 건 몰라도 영업 배달엔 자신이 생겼고 나름 영업 노하우가 있었기에 이 분야를 확장시켜 나만의 고유 분야로 개척하는 것이 일차적 꿈이 되었다.

그러려면 나만의 노하우를 펼칠 수 있는 매장이 필요했다. 최고의 상권이 밀집한 오피스 스트리트에 간단한 식사와 커피를 만들어 배달할 수 있는 카페식 영업장을 마련하는 것이 10년 안에 이루고 싶은 목표가 되었다.

부모님 품에서 응석을 부리며 가정의 평온함을 경험하지 못해 본 나에게 사회는 차가운 현실이었다. 차가운 이불을 덮고 사회에서 홀로서기 하면서 처절하게 깨달았던 것은 재정적인 독립이었다. 경제적 기반이 탄탄해야 또 다른 꿈도 꿀 수 있는 게 현실이었다. 다른 사람과는 생각이 다를 수도 있겠으나 나는 경험과 환경을 최대한 이용하여 좀 더 가치 있는 삶을 살기 위한 10년 이내 목표를 재정의 독립, 내가 가장 잘하는 분야에서의 독립된 삶, 그러기 위해 돈 모으기로 정했다.

아무것도 모아 놓은 것도, 뒷받침해 줄 기반이 없기에 5년이란 시간이 빠듯할 수 있지만 어느 날 잠자리에 들기 전 수첩을 꺼내 계산을 해 보니 불가능한 것도 아니었다. 재테크 서적을 통해 배운 2-30대 재테크 전략을 흉내 내 보니 잘하면 모을 수도 있겠다는 생각이 들었다. 어떻게든 시도해서 꿈을 이룰 생각이다. 이미 머릿속엔 내 이름을 건 가게의 콘셉트와 영업 마케팅 성공 후의 나눔까지 정리가 되어 있다. 잠자리에 들기 전 성공 이후의 삶을 상상하는 건 시간이 아깝지 않은 나만의 놀이이기도 하다.

독서를 시작하면서 대학진학의 꿈을 갖게 되었다면 10년 뒤 미래를 그려 보는 것 역시 독서를 통해 얻은 결과다. 민들레 영토의 지승룡 대표의 삶이 신선한 자극이 되었다고 해도 과언이 아니다.

민들레영토 창업자 지승룡 씨는 목회생활을 하다가 이혼을 한 후 교회에서 쫓겨났다. 앞길이 보이지 않아 절망 가운데 지냈는데 그때 그가 찾아간 곳은 도서관. 도서관에 가서 2년 동안 2000권의 책을 읽으며 깨달은 진리는 '위기가 곧 기회이다'라는 사실. 이 대표는 자신이 처한 위기와 고난이 곧 기회와 성공의 발판임을 인식하고 문화카페를 개설해서 많은 이의 롤 모델이 되고 있는데 지금은 전 세계적으로 사업장을 확장해 나가고 있다.

그의 이야기를 읽으면서 나 역시 못할 게 없다는 생각이 들었다. 지승룡 대표뿐 아니라 책을 통해 만난 사람들은 자신이 잘하는 분야에서 몰입해서 결과를 만들어 냈거나, 한 가지 일에 지속적으로 일하다 보니 인정을 받았다. 결국 시간과 노력의 문제라는 것이다. 나에겐 아직 시간이 많이 남아 있다는 것도 큰 위로가 되었다.

현실은 언제나 냉정하다. 부지런히 일해서 받는 급여는 오를 기세가 없다. 오늘 당장 일을 못하게 되었을 때 그 손해를 보장해 줄 사람도 환경도 없다. 그럼에도 열심히 할 수밖에 없는 것은 내 안의 꿈들이 계속 분열을 하고 있기 때문이다. 독서를 통해 사고를 정리하고 꿈을 구체화하게 되면서 꿈은 계속 살아 움직여 생각을 상상을 멈추지 않는다.

그러다 보니 시간이 날 때마다 10년 뒤 모습을 상상한다. 나는 강남의 중심지라 불리는 곳으로 진출해 있을 것이다. 한 손에는 책을 또 한 손에는 전단지를 들고 말이다. 가장 주 종목인 샌드위치와 커피를 팔게 될 텐데 하루하루가 새로운 영업장을 개척하여 배달의민족답게 여러 사무실을 다니며 마케팅과 영업 배달을 겸하는 CEO로의 모습을 보여줄 것이다. 나름대로 정의한 성공 '잘할 수 있는 일을 통해 경제의 성공을 누리고 가치 있는 일에 아낌없이 나누는 삶'에 가까이 다가가 있다.

상상을 하는 것만으로도 얼마나 행복한 일인지 모른다. 설령 그 꿈에 100% 다가서지 못했다고 하더라도 쉽게 실망하지 않을 수 있다. 인생의 성공 여부는 시간과 노력의 문제라는 진리를 독서를 통해 깨달은 만큼 언젠가 시간과 노력이 딱 맞아떨어질 때 이루어진다는 것을 믿기 때문이다.

얼마 전 읽었던 〈인생해석사전〉은 그런 점에서 따뜻한 위로가 되었다.

'인생의 골치 아픈 퍼즐 조각 앞에서 두려움 없이 버티고 서서 당당히 맞서고 결국 인생의 행복을 완성하는 사람은 머리가 좋은 사람도, 체력이 뛰어난 사람도, 눈에 띄게 잘생긴 사람도 아니다. 후천적으로 배우고 다듬어가는 사람, 즉 지속적으로 자신을 키우고자 하는 열망이 있는 사람이다. 서른 즈음의 청년에게 정말 필요한 것은 성공이 아니라 성장이다. 성공은 목표를 달성한 순간 과거형이 되지만 성장은 언제나 미래지향적 개념이다. 아직 젊은 나이에 큰 성공을 거둔 사람은 모든 것이 시시해지기 십상이다. 미래를 개척해 나가기 전 오로지 자기 성장에 몰입해야 한다. 비교는 자기 발전의 출발선이다. 다만 비교를 하려거든 다른 사람과 하지 말고 어제 또는 오늘 아침의 당신과 비교하라.'

저자는 우리 청년들이 어떻게 인생을 대해야 하는지, 어떻게 자기 자신을 발전시켜 나가야 하는지 조언해 주고 있다. 책을 읽으며 바로 나에게 해 주는 조언이란 생각이 들었다. 섣부른 성공에 안달하기보다 잘 성장하는 일에 집중하라고. 끊임없이 성장하고 있다는 것을 인정하라고 말이다.

서른넷, 나는 꿈이 고프다. 꽤 오랜 시간 꿈을 잃고 살았지만 지금은 달라져 있다. 생각하면 상상이 되고 상상이 구체화되면 꿈이 되어 나를 지배한다. 이러한 상상을 할 수 있도록 이끌어 준 것은 독서가 분명하다. 하여 꿈을 꾸게 만들어 준 책에 감사하며 흔들릴지언정 꺾이지 않고 두려울지언정 멈추지 않는 것이 청춘의 힘인 것을 믿게 해 준 저자들에게 감사하다.

'나의 경험으로 10년만 자기 가는 길에 전심으로 노력하면 반드시 성공의 터가 잡힌다. 한 가지를 10년 동안 꾸준히 하기란 쉽지 않다. 하지만 돈을 모으든 공부를 하던 기술을 연마하든 10년 동안 전심으로 노력하면 성공하는 게 사실인 것 같다'라고 말하는 김대중 전 대통령의 조언을 양분 삼아 계속 꿈을 꾼다.

CHAPTER
2
절망의 길 뒤에서

길이 없다는 것은 길이 보이지 않는다는 것이다.
길이 없음은 절망을 의미한다.
절망에 익숙했고 희망이 거추장스럽던 시절.
그 시절의 그늘 속에서 길을 잃었다.
길을 잃으면 인생의 좌표도 흔들린다.
그러니 길을 찾아야 한다.

한계와 이별로 얼룩진
여덟 살 인생

초등학교 1학년 어느 날이었다. 그날 어머니는 일찌감치 나와 동생의 외출 준비를 시키셨다.

"훈아 훈아. 오늘 합천으로 가자."

"네? 할머니 집이요?"

"응. 그래. 동생이랑 가는 거야."

이상한 일이었다. 방학 때도 아니었는데 어머니는 뭔가 서두르시며 우리 남매의 손을 붙잡았다. 순간 의아한 생각이 들어 물었다.

"엄마, 아빠는? 아빠는 지금 병원에 있는데?"

"아빠는 뭐? 지금 아파 누워 있는데 치료를 받아야지. 우리 셋만 갈 거야."

더 이상 묻지 못했다. 부모님 사이가 좋지 않은 것은 어린 동생도 눈치 챌 정도였으니 더 이상 아버지 얘기를 꺼냈다가는 혼쭐이 날 게 뻔했다.

영문도 모른 체 가방을 주섬주섬 싸서 어깨에 둘러매고 합천으로 가는 버스에 올랐다. 시골에 계시는 할머니 하면 구수하고 정감 가는 광경을 떠올리지만 내게 할머니는 그다지 보고 싶은 가족이 아니었다. 함께 생활했던 시간이 많지 않아서이기도 하지만 명절 때마다 몇 번 봤던 할머니는 좀 쌀쌀맞았다.

우리 셋은 고속버스에 올랐다. 자리에 앉아 어머니 옆모습을 바라보면서 여덟 살 어린 나이였지만 앞으로 어떤 일이 벌어질지 왠지 불안했다.

'아… 엄마가 떠나면 어쩌지? 우릴 두고 가시면 어쩌지?'

합천으로 가는 버스는 낡았고 길고 지루했다. 어린 아이가 몇 시간이나 되는 버스 여행을 진득하니 앉아서 가는 건 불가능했지만 나는 잘해내고 싶었다. 어떻게든 어머니의 신경을 긁지 않고 기분을 좋게 해드려 마음 상하는 일이 없도록, 불안한 예감이 맞지 않기를 바라는 마음으로 얌전히 자리를 지켰다.

한편으론 아버지가 걱정되었다. 술을 드시곤 심하게 넘어지시는 바람에 머리를 크게 다쳐서 병원에 계셨기에 여간 걱정스러운 게 아니었다. 평상시에는 그렇게 좋은 분이셨는데 술을 자주 드시는 터라 크고 작은 사건 사고가 많았다.

아버지의 직업은 광부이다. 시커먼 탄광에 들어가셔서 채굴 작업을 하시다 보니 일이 거칠고 스트레스를 많이 받아선지 거의 매일 술로 스트레스를 푸셨다. 광산은 대부분 지방에 있기 때문에 한번 일을 가시면 며칠씩 계시다가 왔는데, 올 때마다 술이 거나하게 취해 있었다. 어떤 날에는 고주망태가 되어 오기도 하고 어떤 날에는 다른 분에게 들쳐 업혀 들어오기도 했으니 어머니가 좋아하실리 없었다.

며칠씩 집을 비우고 오랜만에 집에 돌아오신 날이면 우리 집은 그날부터 시끄러워졌다. 어머니는 술에 취해 인사불성이 된 아버지께 '술이 웬수'라며 퍼부었고 술에 취한 아버지는 평소와는 완전히 달라져서 폭언과 폭력을 행사하기도 했다.

"내가 정말 못살겠다. 더 이상은 못살겠다."

못살겠다는 어머니의 넋두리가 커질수록 불안했다. 부부가 싸우기도 하는 것이지만 곁에서 지켜본 어머니는 한계에 다다른 듯 보였다. 어느 날부터인가 바깥출입이 잦아지셨다. 가정을 포기하기로 한 듯 보였다.

그런 상황에서 시골로 내려간다니 내 마음은 불안함에 두방망이질 쳤다. 술을 드시다가 넘어져서 머리를 다친 아버지까지 병원에 홀로 두고 우리끼리 내려간다니 선뜻 이해가 되지 않았다. 꼭 그 순간에 헤어지는 결정을 내려야 했을까 싶은 마음에 버스 안에서 내내 불안해했던 기억이 난다.

다행히 위험한 순간은 넘겼지만 그래도 뇌진탕의 후유증을 조심해야 하는 상황에 있던 아버지가 걱정되었다. 우리가 시골로 가는 것을 알고 계시는 것일까. 불안한 마음도 컸다.

어느새 합천 시골집에 도착했다. 할머니 댁은 경상남도 합천군 율곡면 율진리 가는골, 시골하고도 산골짜기에 7가구밖에 살지 않는 곳이었다. 그때가 1990년대에 막 접어들었던 시절이었는데 가는골 마을은 마치 시간이 멈춘 마을 같았다. 깊은 산 속에 있으니 경치는 좋았지만 자연과 산세를 감상할 여유가 없었고 그저 이마에 주름살이 깊게 패고 그리 달갑지 않은 표정으로 인사를 받던 할머니의 표정만이 강하게 남아 있다.

할머니와 어머니의 데면데면하던 만남은 짧고 건조했다. 할머니는 아무 말씀 없이 나와 동생의 가방을 받아들곤 방으로 향했다. 그 앞에 쭈뼛거리고 있던 나는 어머니와 이별이 코앞에 다가왔음을 감지할 수 있었다.

"훈아, 동생이랑 할머니 집에서 잘 지내야 한다."

".. 엄마, 언제 올 거야?"

" … "

"응? 아빠 병원에서 나오면 같이 올 거지?"

"… 그래."

"꼭 와야 돼. 꼭."

" … "

그날따라 몇 번이나 다짐을 받아 냈다. 어머니는 마지못해 대답을 했지만 더 이상 그곳에 머무르지 않고 서둘러 떠났다. 우리들의 커다란 짐 가방과는 달리 어머니의 가방은 단출한 편이었는데 그 가방을 낚아채고 싶었다.

'엄마, 가지 마세요. 우릴 두고 가지 마세요. 네?'

목구멍까지 이런 말이 차고 올라왔지만 어머니의 지치고 지친 눈빛을 마주하며 도저히 그럴 수 없었다. 지금 생각해 보면 어머니는 그 속에 가진 상처와 아픔, 남편을 향한 불만 같은 것을 차갑고 지친 눈빛으로 표현했을 텐데 어린 나는 잘 몰랐다.

그때 나는 어머니의 손을 꼭 쥐었어야 했다. 아무리 숫기 없고 나약한 아이라 하더라도 용감하게 엄마 손을 꼭 잡고 놔 주지 않았더라면 혹시라도 마음이 변하지 않았을까. 시간이 지난 지금도 그때 아쉬움이 남는 것 보면 후회가 됐나 보다.

어머니와 헤어지던 날, 그러니까 우리 남매가 합천 시골에 남겨지게 되던 날 어머니는 따뜻한 눈빛을 끝내 주지 않고 떠나셨다. 그게 참 가슴이 아프고 슬픈 기억으로 남아 있는데, 다시 어머니를 만나게 된 20년 뒤까지 어머니에 대한 기억이 차가운 눈빛이었으니 어린 시절의 아픈 기억이 참 오래가기도 했다.

그때부터 나는 희망이라는 낱말을 서서히 지웠던 것 같다. 가족을 잃은, 아니 일방적으로 가족이 떠나간 치명적 아픔이 주는 상흔이 너무 컸던 탓인지, 더 소극적이고 주눅이 들어 있는 작은 아이가 되었다.

　나의 여덟 살 인생은 여러 이별을 경험한 날들이다. 엄했지만 그래도 하나밖에 없는 모태가 되는 어머니와의 이별, 희망에 부풀어 지냈던 서울 초등학교와의 이별, 술을 많이 드셨지만 비교적 건강했던 아버지와의 이별, 단란하지는 않았지만 가족이란 틀과의 이별이었다. 내게 남은 건 하나밖에 없는 동생, 늘 인상을 찌푸리는 할머니와 낡은 시골집, 병들어 초라하게 돌아온 아버지, 따분하기 짝이 없는 시골이었다.

삶의 수레바퀴 아래서

유명 작가들의 작품 세계를 보면 유년시절, 특히 시골에서 지내던 때를 회상하며 자전적 글을 쓰곤 한다. 그런 글을 읽다 보면 고향이 주는 신선함과 고향의 푸근함 등이 배어 나와 독자로서 그곳이 궁금하고 가고 싶어진다. 작가의 표현력이 워낙 좋기 때문이기도 하겠지만 고향이라는 단어가 주는 본연의 따뜻함과 푸근함이 있어서이다.

그런데 안타깝게도 나는 그렇지 않다. 여덟 살 때부터 서울에 올라오는 스물세 살까지 16년의 시골생활은 외로움과 우울함의 감정의 깊이를 더해 주었다.

시골에서의 생활은 따분했다. 도시에서 생활하다가 문명의 혜

택을 거의 받지 못하는 시골에서 살려니 불편한 것을 지나쳐 지루했다.

그러던 어느 날 익숙한 목소리가 들렸다.

"훈아. 아버지 왔다."

"아버지~"

시골에 내려온 지 한참이 지난 날 아버지가 시골집으로 오셨다. 사실 그때까지만 해도 아버지가 어머니와 함께 오시지 않을까 아주 조금 기대를 하고 있었는데 역시나 아버지 혼자였다. 그런데 아버지의 걷는 모습이 부자연스러웠다. 한쪽 팔과 다리의 움직임이 자연스럽지 않았다.

"아빠. 아직 다 안 나았어?"

"응. 좀 불편하긴 한데 그래도 걷게 된 것만도 다행이지."

더 이상 물을 수가 없었다. 그래도 아버지가 시골집으로 오신 자체로 좋았다. 이야기할 대상이 한 명 늘어나고 술만 안 드시면 누구보다 좋은 아버지이셨기 때문이다. 또 하나 어머니의 부재로 인해 문득문득 찾아오는 외로움과 슬픔을 채워 줄 대상은 아버지뿐이었다.

아버지는 예전처럼 일을 하실 수 없었다. 광산 일을 하시던 분이시니 농촌에 와서 할 수 있는 일이라곤 남의 농사일 거들어 품삯을 받는 것뿐이었다. 게다가 일곱 가구밖에 살지 않는 시골에서 소일거리는 많지 않았다.

할머니 아버지 나와 동생, 따지고 보면 우리 집에 일을 할 수 있는 전문 인력은 없었다. 농사지을 땅도 변변치 않던 살림에 몸이 불편한 아버지는 간혹 일을 도와주며 품삯을 받는 정도인 데에다 연로하신 할머니는 지병이신 당뇨로 제대로 일을 못하시는 데에다 나와 동생은 너무 어렸다. 그러니 생활은 날이 갈수록 수레바퀴 아래에 짓눌리고 있었다.

가족 간의 끈끈한 정은 점점 사라졌다. 혼자 사시면서 넉넉하진 않아도 그래도 당신 혼자 생활할 정도는 되었던 할머니는 갑작스런 아들네 가족이 합치는 바람에 입이 네 개로 늘었으니 짜증과 화가 났을 것이다.

"얘 애비야. 이렇게 놀고만 있으면 어쩔 거냐? 나가서 뭐라도 일을 해야 할 거 아니냐."

"아이구… 지겨워. 사는 게 사는 게 아니여."

할머니 입에서 나오는 말은 언제나 짜증과 원망뿐이었다. 불편한 몸으로 실패한 인생이 되어 귀향한 아들이 미웠는지 시간이 지날수록 원망은 구박 수준으로 넘어가고 있었다. 나는 그 모습을 볼 때마다 어머니와 아버지가 싸울 때, 어머니가 드세게 아버지를 대하는 모습이 오버랩되면서 불편했다.

그렇다고 아버지를 두둔하는 것은 아니었다. 아버지는 시골에 내려온 뒤에도 자신을 다치게 만든 술을 끊지 못했다. 처음엔 기분 좋게 취하는 정도였던 것이 날이 갈수록 심하게 취해서 들어올 때가 잦아졌다.

"아빠, 술 그만 드세요. 또 다치면 어쩌려고?"

"오냐 오냐. 알았다."

정말 걱정이 돼서 말릴 때엔 그러겠다고 약속을 했지만 술을 끊지 못했다. 할아버지 때부터 술을 많이 드셨다는데 유전적인 영향도 있었나 보다. 어쨌든 이렇게 취한 아들이 못마땅했던 할머니는 날마다 잔소리였고 아버지는 술에 취해 있었고 나는 늘 안절부절못했다.

그때 나는 그 어떤 것에도 마음을 붙이지 못했다. 숫기가 없었기에 새롭게 만난 친구들과도 가깝게 지내지 못한 데에다 마음을 나눌 가족도 없었다. 하나뿐인 동생은 어렸기에 마음을 나눌 형편이 못되었는데, 그때 제일 아쉬웠던 것이 책이었다.

시골로 내려오기 전까지만 해도 우리 집엔 백과사전이 있었다. 과학 시리즈물이었던 것 같은데 어머니가 큰맘 먹고 구입하셨는지, 유년시절에 대한 기억이 날 때마다 그 책이 기억난다. 자주 펼쳐보며 과학자의 꿈을 갖기도 했는데, 시골에 내려올 때 그 책은 처분되었다. 아마 무게가 꽤 되기에 짐으로 부치지 않은 것 같은데, 책 한 권 없는 시골 생활에서 그 책이 그렇게 생각이 났다. 그것을 읽을 때에는 그 어떤 생각도 방해받지 않을 수 있었는데 그런 시간을 가질 수 없다는 게 아쉬웠다.

삶의 수레바퀴는 점점 우리를 더 조여 왔다. 아버지는 시간이 지날수록 가정과 더욱 멀어졌다. 점점 더 술에 의존했고 할머니는 생활에 찌들어갔다.

어느 날, 저녁 시간이었다. 배가 고파 저녁 식사를 기다리고 있는데 문이 열리더니 할머니께서 밥상을 들고 들어오셨다. 술로 배를 채우고 계신 아버지는 벌써 이틀째 들어오지 않고 계셨다. 배가 고픈 게 우선이라 밥상 앞에 서둘러 앉았는데 동생이 소리쳤다.

"할머니, 이게 뭐야?"

"뭐긴 뭐여. 밥이지."

밥상 위엔 흰밥과 고추장 한 종지만 달랑 놓여 있었다. 하얀색 쌀밥에 뻘건 고추장이 색깔이 대비되어 있는데 순간 울컥 뭔가가 차올랐다. 우리 집 형편이 이 정도로 나빴다는 것을 새삼 깨닫게 되는 순간이었다.

"그나마 쌀이라도 있는 게 어디냐. 이거라도 없었으면 늬들 다 굶었어야."

동생은 안 먹겠다고 울고불고 난리쳤지만 나는 고추장을 밥에 비벼서 우겨 넣었다. 반찬 없는 날 어머니가 열무김치에 고추장에 참기름 살짝 넣어 비벼먹기도 했지만 그때의 낭만과 지금의 가난은 같지 않았다. 그저 현실만 있을 뿐이었다.

가난하다는 것이 무엇인지 그날 밥상을 통해 알게 된 뒤로, 가난은 계속 우리 가족을 쫓아다녔다. 나아질 기미는 보이지 않았다. 무슨 일인지 밥을 먹어도 허기가 가시지 않았고 소심한 나의 인생에 있어 최대의 일탈을 감행하기도 했다.

그날은 할머니가 1년에 한 번 돌아오는 할아버지 제사상을 차리고 계셨다. 매일 밤에 고추장만 먹어도 제사상만큼은 제대로 차리고 싶은 마음에 할머니는 쌈짓돈을 아끼고 아껴서 생선도 사고 고기도 조금 사서 정성껏 음식을 만드셨다. 우리가 벌써부터 군침을 흘리고 있다는 것을 짐작하셨던 터라 아예 우리가 들어오지 못하게 문을 잠그고 음식을 만드셨다. 하지만 음식 냄새는 금세 담장을 넘어갔고 나는 더 이상 탐심을 누를 수 없었다. 하여 할머니가 잠시 자리를 비운 틈을 타서 제사상에 놓인 음식을 가로채서 먹어버렸다.

"야야. 훈아. 훈아 여기 놔둔 거 어쨌냐?"

"네? 모… 모르겠어요."

"모르긴..이 못된 놈. 네가 그랬냐? 이게 누구 먹을 건데 이런 짓을 했냐?"

할머니로부터 등짝을 맞았지만 그래도 뱃속이 든든해선지 그날만큼은 잘 견딜 수 있었다. 그 후로 할머니는 돌아가시기 전까지 제삿날이 되면 특히 내 눈치를 보시며 절대 건드리지 말라는 당부와 함께 음식을 장만하셨던 기억이 난다.

훗날 본격적으로 독서를 시작하고 나서 헤르만헤세의 〈수레바퀴 아래서〉를 읽었을 때 그리 행복하지 않던 어린 시절이 떠올랐다. 주인공 한스가 경험한 세계와는 조금 다르지만 영롱한 눈빛의 그를 짓눌렀던 수레바퀴, 그 수레바퀴가 마치 어린 시절 가난의 수레바퀴

독서부자가 된 배달맨

와 비슷하다는 생각이 들어서다. 물론 그건 단순히 가난의 문제만은 아니었을 것이다. 이별과 상실의 아픔, 상처 등이 가난이라는 문제로 한꺼번에 다가왔겠지만 어쨌든 수레바퀴 아래서 보낸 시간을 생각하면 아픔이 크다.

소설을 통해 치유가 되기도 했다. 독일을 대표하는 작가 헤르만 헤세는 자신이 겪은 내면의 고통과 상처를 글로 치유해 나갔다고 한다. 위대한 작가가 느낀 감정의 소용돌이, 시대와 제도가 주는 틀속에서 느끼는 고통은 카타르시스와도 같은 힐링이 되었다.

그 치유의 순간과 감정과 공유하며 나는 어린 날 슬프고 아프고 배고팠던 유년시절을 떳떳하게 말할 수 있게 되었다. 〈수레바퀴 아래서〉는 희망없던 어린 시절에 대한 아픈 기억으로 성인이 된 내게 수레바퀴에 치이지 않도록 이끌어준 작품인 셈이다. 절망의 길 위에서 위로가 된 것이다.

책이 말을 걸어오다

"훈아 책 좀 가져와 봐라."

"네. 거지왕 책이죠?"

"오냐."

아버지는 맨 정신으로 계실 때면 책을 찾곤 하셨다. 알코올중독에서 헤어 나오지 못하던 삶과 책의 매칭이 잘되지 않을 수도 있지만 믿기지 않게 아버지는 책을 좋아하셨다. 시골에서 생활하게 되면서 그나마 있던 책들도 가져오지 못하여 사실 좀 우울했는데, 어느날 몇 권의 책이 생기게 되면서 내 삶도 지루하던 것에서 조금 벗어났다.

당시 〈거지왕 김춘삼〉 이란 책을 우연찮게 얻게 되었는데 그 책을 더 좋아한 분은 아버지였다. 어느 날 책을 집더니 몇 시간째 꼼짝도 않고 읽으셨는데 나로서는 처음 보는 독서의 광경이었다. 그게 참 신기하고 재미있어 물었다.

"아빠, 책 재밌어요?"

"그러엄. 너, 거지왕 김춘삼이 누군지 알아?"

"몰라요. 근데 거지왕이라니.. 왕초 말하는 거예요?"

"하하 그래. 왕초 김춘삼 맞다. 김춘삼이란 사람이 조선 최고 싸움꾼이지만 무척 정의로운 사람이었어. 불쌍한 사람들 위해 대신 싸워 주기도 하는 협객이지. 암…"

그때 한참을 책에 대한 이야기를 나누었다. 지금으로 말하면 독서토론인 셈인데 단 한 번도 아버지와 그런 시간을 가진 적이 없었던 나로서는 생소하면서도 재미있는 경험이었다. 아버지와 오랫동안 한 사람의 삶에 대해 이런 저런 이야기를 나눌 수 있다는 것도 좋았지만 아버지가 책을 읽고 말씀하시는 내용이 존경스러웠기 때문이다.

'아… 나의 아버지에게도 저런 면이 있었구나.'

알고 보니 아버지가 수줍게 밝히신 과거에는 문학 소년을 꿈꾸던 그 시절 그 추억이 있었다. 책을 좋아하고 읽었는데 그 여파로 신문에서 공모하는 창작 글을 올렸는데 당선이 되어 상금을 받기도 했다는 것이다.

"아빠, 정말이야? 글도 써서 상도 탔다구?"

"아.. 그렇다니까."

이 사건은 지루한 시골 생활에 꽤 신선한 자극이었다. 그즈음 나에게도 몇 권의 책이 있었다. 학교 친구들로부터 빌려온 책이었는데, 책을 읽고 싶다는 마음이 컸기에 그 먼 거리 학교를 다니면서 책가방에 책을 싸들고 다녔다. 친구네 집에 있는 책을 빌려 가려면 며칠 전부터 친구에게 허락을 받아야 했는데, 왕복 8km 정도 되는 거리를 걸어서 다녔던 나로서는 부담되는 무게였지만 책 읽는 기쁨과 재미를 포기할 순 없었다.

책가방에 넣어온 책은 〈사조영웅전〉이었다. 〈영웅문〉이라는 책으로도 알려진 이 책을 만난 건 행운이었다. 그 책은 시리즈로 이루어져 있었는데 영웅전이란 타이틀답게 다소 황당하면서도 신출귀몰한 영웅담이 어린 마음에 판타지 세상에 대한 동경을 하도록 만들었다.

거의 열권에 가까운 책을 단숨에 읽으면서 독서에 대한 흥미가 커졌다. 아마 처한 현실이 그리 희망적이지 않았던 탓이었을까, 판타지한 세계를 그린 작품을 읽다 보면 마치 내가 영웅이 된 듯한 기분이 들기도 하고 못할 것이 없는 세상에서 뭐든지 가능한 그런 삶을 그리며 대리만족을 누렸다는 게 맞을 것이다.

시골 생활에서 하나의 기쁨이 된 책 읽기는 한줄기 빛과도 같은 추억이었다. 워낙 시골이다 보니 유일하게 세상 소식과의 통로였던 TV도 제대로 나오지 않았고 책은 취미이자 낙이었지만 아쉽게도 책 읽기가 계속 이어지지 못했다. 일곱 가구밖에 없던 우리 마을에서 학교가 있는 곳까지는 3-40분을 걸어서 고개를 넘어가야 했는데 그만큼 외딴 곳에 있다 보니 책을 구해 오는 일이 쉽지 않았다. 아무리 그럴 수 있다고 했더라도 책 구할 곳도 없었다.

지금은 흔하게 볼 수 있는 도서관이 읍내에는 아예 없었고 학교 내 도서관도 없었다. 학급 내에 몇 권 있는 게 전부였는데 그마저도 새롭게 구입되는 책이 아닌 1학년 때 보았던 책이 고학년 될 때까지 꽂혀 있을 정도로 독서에 대한 인식이 없었다.

그러다 보니 무협소설 영웅소설에 빠져 지내면서 분야를 넓혀가는 독서로 이어지지 못했다. 반찬 하나 구입할 여유가 없는 집에 책을 사달라는 말은 사치였다. 책을 읽으면 그 안에서 떡이 나오냐 밥이 나오냐고 묻는 할머니에게 책은 무용지물이었다.

지금도 아쉬운 것은 그때 유일한 낙이자 해방구였던 독서에 조금만 더 적극적이었더라면 좀 더 새로운 시각으로 삶을 바라볼 수 있지 않았을까 하는 생각이 든다. 친구도 취미도 별로 없었던 내게 유일하게 말을 걸어준 책이었는데 그 부름에 너무 늦게 응답한 것 같아 미안하고 아쉽다. 하지만 지금도 학창 시절을 떠올릴 때 책은 기쁨의 한 구석을 당당히 차지하고 있다.

책은 무생물이지만 호흡과 숨결을 지니고 있다고 생각한다. 자신에게 다가서려는 이에게 다가와 말을 건다. 어떤 사람에겐 날카로운 감정의 속삭임으로도 오지만 어떤 사람에겐 은근한 기쁨으로 오기도 한다. 또 어떤 이에겐 재미와 상상의 모습으로 오기도 하는 등 종류만큼이나 다양한 모습으로 찾아온다. 아주 어린 시절에 오기도 하고 다 큰 성인이 되었을 때도, 백발의 노인이 되었을 때 말을 걸기도 하는데, 처음 책이 내게 말을 걸었던 때에는 학창 시절이었던 것 같다. 아쉽게도 그 기회를 날려 버렸지만 두 번째 책을 말을 걸어왔을 때엔 적극적으로 다가설 수 있었다. 그러고 보면 책은 자신에게 가까이 가는 이들에겐 언제 어디든 마음의 문을 열어 주는 것 같다.

서른이 넘어 〈사조영웅전〉을 다시 펼쳤을 때 마치 타임머신을 타고 15년 전으로 날아간 듯한 기쁨을 기대했다. 그런데 신기하게도 그때의 설레고 기대하던 감정은 사라지고 웃음이 나왔다. 그 웃음이란 열다섯 시절의 나와 만나며 나온 애잔한 웃음이었는데, 그 감정이 참 소중하게 느껴졌다. 그 시절의 다양한 마음과 감정의 조각들이 생생하게 되살아나는 경험을 하며 책이 가져다준 또 한 번의 선물에 놀라울 뿐이다.

책은 우리에게 늘 말을 걸어온다. 그 관심에 예민하게 대답할 수 있을 때 책은 비로소 친구로 다가선다.

독서부자가 된 배달맨

그리고 아무도
곁에 없었다

'할머니가 안 계셨으면 좋겠다.'

머리가 커지기 시작하면서 그런 생각을 했었다. 가난하고 팍팍한 시골에서의 삶에 찌들대로 찌든 할머니의 짜증과 화는 극에 달했다. 우리가 살던 집에선 늘 할머니의 고성이 이어졌고 무능력한 아버지를 향한 질책과 손자들에 대한 귀찮음과 짜증이 말과 행동으로 나왔다. 물론 할머니 자신이 병들어가고 있음에 대한 화도 포함되었을 것이다.

"아이구, 아이구…"

삶의 무게에 짓눌린 할머니의 곡에 가까운 소리는 우리 남매를 주눅 들게 만들고 내적으론 분노로 이어졌다. 그때에는 잘 몰랐는데 할머니는 아프셨던 것이다. 지병으로 앓고 있으셨던 당뇨가 합병증을 수반하면서 움직이는 일조차 힘드셨을 텐데 병원은커녕 꼬박 당뇨병 증상을 앓았으니 얼마나 힘드셨을까.

하지만 할머니를 봉양할 사람은 없었다. 봉양은커녕 그나마 우리가 시골에서 지내는 내내 가장으로서 살림을 지켜야만 했다. 할머니마저 없었더라면 우리 가족은 쫄쫄 굶어 죽었을지도 모른다. 할머니 덕분에 그나마 굶지 않고 살았으니 감사할 일이다.

그렇게 억척스러웠던 할머니는 시간이 지날수록 건강이 나빠지셨다. 약 한 첩 제대로 써 보지 못한 채 당뇨가 깊이 진행되면서 병세가 완연히 나빠졌고 그 길로 완전히 자리에 누우셨다.

"할머니, 괜찮으세요?"

"아이구 불쌍한 것들… 나라도 살아서 챙겨 줘야 하는데…"

할머니는 자리 보존을 하고 나서야 자신의 마음을 드러냈다. 당신 아들의 무능력함에 대한 안타까움을 감추기 위해 억척스러워졌고 안 그래도 버거운 삶에 세 사람의 몫이 맡겨진 데에 대한 부담감 때문에 차가워지신 할머니는 당신이 아무것도 할 수 없는 시점이 되자 미안해했고 불쌍해했다. 하지만 그 마음조차 잘 이해하지 못했다.

그렇게 얼마쯤 앓으셨던 할머니는 결국 하늘나라로 가셨다. 중학교 1학년 때의 일이다. 가까운 사람의 죽음을 처음 경험했는데 대단히 슬프다거나 가슴 아프다는 생각은 들지 않았다. 그렇지만 아침저녁으로 할머니의 기척을 듣다가 그 자리가 비고 음성을 들을 수 없고 온기를 느끼지 못한다는 것은 외로움과 서글픔이었다. 마치 어머니가 시골에 우리 남매를 두고 떠나신 뒤 가슴 속 깊이 들어온 공허함과 뻥 뚫린 감정, 더 이상 내게 오지 않을지도 모른다는 두려움의 감정이 점점 커졌던 것 같다.

할머니의 죽음으로 우리 가족은 더욱 위축되었다. 억척스럽게 살림을 하셨던 할머니가 세상에 없게 되면서 아버지는 더욱 무기력해졌다.

"훈아. 이젠 네가 가장이나 다름없다. 그러니 마음 단단히 먹고."

동네 분들이 하나같이 짐을 얹어 주시는 바람에 나는 당연히 가족을 책임져야 한다는 것을 기정사실화했다. 하지만 할 수 있는 일은 거의 없었다. 나가서 일을 할 수도 없는 노릇이고 이제 중학생인 나를 써 줄 일자리도 없었다.

생활은 예전보다 더 어려워졌고 희망은 사라졌다. '돈이 부족하다'가 아니라 '돈이 없다'는 현실에 두려웠고 내일이 없다는 현실에 우울했다. 중학생, 한참 꿈을 이야기하며 밝게 세상을 볼 수 있는 나이에 두려움과 우울, 불안과 외로움이 가득 찬 삶을 살았다. 제대로 돈을 버는 사람이 없으니 어렵게 어렵게 기초생활수급자로 등록을 하고 나라에서 나오는 보조금으로 한 달을 버티며 살았다. 아버지는 여전히 술에 빠져 지냈다.

"아버지, 정말 술 그만 드세요. 네?"

"그래 그래 알았다. 훈아, 미안하다."

"아버지 때문에 그래요. 그렇게 드시다가 또 다치시면 어쩌려고 그래요."

"그래그래 안 먹는다. 안 먹어."

하지만 아버지는 의지 부족이었다. 아니, 고쳐 보려는 생각 자체가 없는 것 같았다. 뇌진탕 수술의 후유증은 나아질 기미가 보이지 않는 데에다 알코올중독으로 인해 건강은 더욱 나빠져 갔다. 어려운 형편에 병원을 모시고 갈 엄두도 못 내며 하루하루 끼니를 해결하는 것으로 만족하며 살던 우리로서는 병원은 엄두도 못 낼 호사였다.

그렇게 1년여 시간이 지났다. 그때에는 우리 집에 아버지와 나 단둘이 살았는데 여동생은 도저히 함께 살 형편이 못되어 다른 집에 잠시 의탁하고 있는 상태였다. 마침 겨울을 나고 있는 터라 그래도 집다운 집에서 따뜻하게 지내라는 동네 분들의 배려 덕분이었다.

우리 집의 겨울은 냉혹했다. 바깥과 집안 온도가 거의 같을 정도로 냉골에서 지냈는데 불을 뗄 형편도 못되었기에 그냥 두꺼운 이불만 의지하며 살았다.

"얘… 집이 너무 춥지 않니? 난로라도 하나 사지 그러니. 그래도 겨울에 온기가 없으면 안 된다."

동네 어르신들이 걱정 어린 눈빛으로 말을 했지만 도저히 그 몇 만 원을 난로 구입하는 데 쓸 수 없어 그냥 깡으로 악으로 버텼다. 먹는 게 더 중요하기도 했다.

그러던 어느 날이었다. 몹시 추운 한파가 몰아닥쳤다. 두꺼운 이불을 덮고도 으슬으슬 한기에 이빨이 딱딱 부딪힐 정도로 추운 밤을 보내고 있었다. 아버지는 여전히 술을 드시고 계시는지 늦게까지 들어오질 않으셨다. 추운 밤길에 걱정이 되었지만 오시겠거니 하는 마음으로 잠을 청했는데 새벽이 되어서야 아버지의 기척이 들렸다. 역시 심하게 풍기는 술 냄새가 역하여 몸을 돌아누워 잠을 청했다.

"후… 훈아…"

"… "

그 차가운 기운도 싫고 냄새도 싫고 이 추운 겨울에 따뜻한 온기 하나 없는 집에 둘만 있어야 한다는 현실이 싫어 일부러 대꾸를 하지 않았다. 아버지는 술기운에 몇 마디 더 하시더니 이내 조용해졌다. 나도 그냥 잠을 청했다.

몇 시간이나 흘렀을까. 학교 갈 시간이 되어 일어나 씻고 대충 밥을 먹고 나가려는데 새벽에 들어와 주무시던 아버지의 모습이 눈에 들어왔다. 그런데 자는 모습이 조금 다르게 느껴졌다. 술 마시고 주무시던 모습을 숱하게 봤지만 그날은 왠지 숨소리가 약하다는 기분이 드는 것이다.

'이상하다? 숨소리가 왜 그러지?'

문득 이상한 생각이 들어 교복을 입은 채 아버지의 심장 가까이에 귀를 가져다 댔다. 쿵쿵 울리는 심장소리가 현저히 약하다는 기분이 들었다. 숨소리도 약간 거칠다는 기분이 들어 아버지를 약간 흔들어 보았다.

"아빠. 아빠~"

"으.으음…"

아버지는 눈을 뜨진 않았지만 그래도 반응을 보였고 이내 안심이 되어 학교로 향했다. 매서운 추위가 온 몸을 휘감고 있는 정말 추운 날이었다. 학교에 도착해 수업을 듣고 다시 집으로 돌아오는데 괜히 발걸음이 바빠졌다. 아버진 일어나 나가셨을까, 또 술을 마시러 나가시진 않았을까, 날이 무척 추운데 감기는 걸리지 않으셨는지 생각을 하며 집에 도착했다. 부러 큰소리를 내며 방문을 열었는데 아버지의 모습이 눈에 들어왔다.

"아빠 나 왔어요. 아빠!"

" … "

순간 직감적으로 이상한 생각이 들었다. 아버지는 꼼짝없이 누워 계셨다. 단숨에 달려들어 아버지를 마구 흔들어 보았다. 그런데 손끝으로 아버지 살갗의 차가움이 선명하게 느껴졌다. 몸은 이미 싸늘하게 식어 있었고 거칠었던 숨소리는 사그라져 있었다.

"아빠, 아빠… 대답 좀 해 봐요. 네?"

" … "

아버진 싸늘한 주검이 되어 있었다. 그 추운 겨울날 하늘나라로 가신 것이다. 내 나이 겨우 열여섯, 돌아가신 아버지를 곁에 두고 어찌할 바를 몰라 말도 못하고 있었다. 머릿속으로는 할머니 때를 떠올

독서부자가 된 배달맨

리며 뭔가를 해야 한다고 생각했지만 손가락 하나 까딱할 수 없었다.

다행히 동네 분들이 찾아와 뒷마무리를 해 주셨다. 아버지의 죽음은 일곱 가구밖에 되지 않던 마을의 장례로 치러졌다. 우리 집 형편을 모두 알고 계시기에 마을 분들 모두가 장례를 함께 치러 주셨는데 상주가 되어 상복을 입고 있으면서도 실감이 나지 않았다.

"아이구… 아들 불쌍해서 어쩌나… 저런 걸 남겨두고 가면 어째."

동네 분들은 하나같이 나를 붙들고 불쌍해서 어쩌냐며 울었다. 그런데 정작 나는 울음이 나오지 않았다. 아버지의 죽음이 슬프지 않아서가 아니라 그냥 아무 생각이 없었던 것 같다. 가장 나를 괴롭혔던 생각은 그 아침에 왜 아버지를 흔들어 깨우지 않았을까 하는 것이다. 그날 끝까지 아버지를 살폈어야 하는데 그냥 학교를 가버린 것이 끝내 마음에 가시처럼 걸려 풀리지 않았다.

아버지의 죽음을 두고 의견이 분분했다. 언젠가는 알코올중독으로 인해 큰 일이 났겠지만 어쨌든 그날의 사인은 심장마비네, 한번 다쳤던 뇌의 문제였네, 너무 추운 데 자는 바람에 저체온으로 문제가 일어났네 등등 사인으로 추정되는 의견이 많았다. 이미 싸늘한 주검이 되었기에 병원으로 모시지도 않아서 정확한 사인을 알 수 없지만 어떤 것이 되건 죄책감에서 벗어나지 못했다. 어쨌든 내가 좀 더 민첩하게 반응하고 대처했더라면 죽음은 막을 수 있지 않았을까 싶은 마음 때문이었다.

장례식은 쓸쓸하고 외로웠다. 다른 집에 가서 생활하던 동생과 나는 아버지 영정사진 앞을 지키며 모든 이의 동정과 안타까움을 받아내고 있었다. 연락이 잘 닿지 않던 어머니에게도 아버지의 부음을 알렸지만 끝내 어머니는 오지 않았다.

참 불쌍한 인생을 마감한 아버지를 마지막 떠내 보내면서 정말 송구스러웠다. 한도 많고 서러웠을 아버지에게 따뜻한 아침상 한번 차려 드리지 못하고 술 한 잔 드리지 못한 것이 죄송했다. 좀 더 따뜻하게 대화를 나누지 못한 것이 죄송했다. 따뜻한 마지막을 드리지 못해 죄송했다.

이제는 정말 천애고아가 되었다는 생각을 하니 더욱 우울했다. 더 이상 의지할 어른이 없다는 현실이 무섭고 두려웠다. 장례식을 마치고 차갑게 식은 방에 들어와 앉았는데 그제야 아버지가 계시지 않은 텅 빈 방의 공허함이 온 몸으로 느껴져 왔다.

"아버지… 아버지 흐흐흑…"

그제야 주체할 수 없는 눈물이 쏟아졌다. 무섭고 두려웠다. 세상 천지에 나 혼자만 덩그러니 남겨졌다는 무서움이 얼마나 컸는지 참 많이도 울었다. 손 한번 잡아드리지 못하고 쓸쓸한 임종을 맞게 한 데에 대한 죄송함의 눈물, 왜 나는 소중한 사람들을 차례로 떠나보내야 하는지 억울함의 눈물, 보고 싶어도 다시는 볼 수 없다는 영원한 그리움의 눈물이 뒤섞여 나왔다. 아무도 없는 집에서 눈물을 닦아줄 사람 하나 없는 방에 웅크려 그렇게 아버지와의 이별을 고했다.

가족,
아픈 손가락

할머니와 아버지의 죽음은 곧 사랑하는 사람을 잃어버린 상실감을 전해 주는 것과 동시에 내가 가장이 되었다는 사실을 끊임없이 알려 주었다. 그것이 열여섯 소년에겐 커다란 짐이었다.

"오빠, 난 오빠랑 둘이 살래. 그 집에서 나올 거야."

"꼭 그래야겠어?"

"굶어도 오빠랑 같이 굶는 게 나아. 세상에 우리 둘 밖에 없는데 왜 헤어져서 지내?"

다른 집에서 돌봄을 받고 있던 동생은 아버지가 돌아가신 뒤 나와 함께 살겠다고 나섰다. 생각 같아선 그 집에서 더 지냈으면 했지만 그래도 동생은 그게 아니었나 보다. 한편으론 그래도 동생이 있다는 게 위로가 되기도 했다.

하나밖에 없는 여동생은 내가 끝까지 보살펴야 할 가족이었다. 비록 학생이고 아무것도 할 수 없지만 그럼에도 함께 있기를 원하는 동생을 위해 같이 사는 것을 결정했다. 오빠로서 아니, 가장으로서 가족이 원하는 대로 해 줘야 한다는 마음이 컸다.

그렇게 시골집엔 열여섯 살짜리 오빠와 열세 살 동생의 생활이 시작되었다. 동생은 어린 초등학생, 나는 겨우 중학생이었다. 둘이 살겠다는 이야기를 들은 동네 분들은 땅이 꺼져라 걱정을 했지만 정작 우리는 둘이 사는 걸 걱정하지 않았다. 생각해 보면 할머니 집으로 내려오게 될 때부터 이미 세상이 녹록치 않다는 것을 알았는지라 그나마 세상살이에 대한 깡이 있었던 것 같다.

다만 문제는 생활비였다. 둘만 남은 집의 생활비는 기초생활수급자로서 받게 되는 보조금이 전부였다. 얼마 되지 않는 돈을 아껴 쓰며 최저 생활을 했다. 그 나이 또래 아이들이 누릴 수 있는 것은 기대도 안 했지만 그래도 부모의 보살핌을 받는 친구들을 볼 때엔 가슴 저리게 부러웠다. 아버지는 하늘나라로 가셨으니 그렇다 쳐도 우리 남매를 떠나간 어머니는 한번쯤 찾아올 법도 한데 소식 한통이 없었다.

그때에는 정말 원망스러운 마음이 들었다. 어린 동생이 밤마다 엄마를 그리워하며 눈가가 촉촉해지는 것을 보면 나조차도 마음이 울적해지는데 어떻게 그렇게 모른척하면서 살 수 있는지, 우리가 정말 아무것도 아닌지 궁금했다. 아마 그리움이 마음 깊숙한 곳에 있었기 때문일 것이다.

우리는 한 해 한 해를 버텼다. 서로를 의지하며 생활하면서 부모님이 정말 필요할 때면 면 서로를 더욱 위로하며 그 순간을 넘겼다. 동생의 초등학교 졸업식 날엔 오빠인 내가 작은 꽃다발을 들고 참석했고, 나의 중학교 졸업식엔 동생이 찾아와 부모님의 빈자리를 대신 채워 주었다. 권리보다 의무를 먼저 배운 우리 남매에게 질풍노도의 청소년기는 신세 편한 낱말이었고, 삶은 현실이요 전쟁이란 말이 차라리 실감났다.

곁에 의논할 상대가 아무도 없다는 것은 난감하게 만들기도 했는데, 중학교를 졸업하고 공업 관련 고등학교에 진학해 자동차 관련 학과를 선택했을 때에도 모든 건 스스로의 결정이었다. 그러고 보면 초등학교 시절부터 어떤 결정과 선택을 하는 데에 누군가의 조언을 받은 적이 없다. 그러고 싶지 않았던 게 아니라 알다시피 주위엔 의논 대상자가 없었다. 먼저 살아간 이의 경험과 조언을 들을 수 없는 건 정말이지 외로운 일이었다. 사람과 사람이 더불어 살아갈 수 있다는 평범한 행복에 대해 참 많이 생각하던 시절이었다.

한번은 동생과 살기 시작한 지 얼마 되지 않았을 때 고심 끝에 동생에게 말을 꺼냈다. 아무리 생각해도 동생은 여자 아이인 데에다 어른들의 보살핌을 받는 게 더 낫지 않을까 싶은 마음 때문이었다.

"아무리 생각해도 너… 나랑 둘이 사는 것보다 시설에 들어가는 게 낫지 않겠니?"

"시설? 뭐… 고아원? 싫어!"

"아무래도 아무것도 없는 우리 집보다 시설이 낫지 않겠어? 여자 애니까 챙겨 줄 것도 있을 텐데… 내가 매일 가서 보면 되잖아."

"괜찮아. 난 그냥 오빠랑 지낼 거야. 그 얘긴 다시 하지 마."

"알았다."

똑 부러지는 성격인 동생은 가족은 함께 지내야 한다고 시설을 거부했다. 죽이 되든 밥이 되든 상관없다며 말하는 모습을 보며 일찌감치 철든 여동생을 보았다. 동생과 티격태격도 많이 했지만 그래도 우리는 서로를 기대고 부대끼며 우리밖에 없음을 철저하게 느끼고 살았다.

시골 동네라도 어버이날이 되면 카네이션 하나쯤 달고 다니는 어르신들의 모습을 볼 때면 할머니 아버지가 떠올라 훌쩍거렸고, 돌아가신 아버지의 생신날이면 아버지가 남겨 두고 가신 유품을 꺼내 놓기도 했다. 그렇게 외로움과 그리움을 보듬으며 살았기에 나에게 가족은 아픔이었다.

고등학교 생활이 시작되고 얼마 안 되었을 때였다. 공업고등학교는 내 적성이 맞지 않았다. 하지만 성적도 그렇고 대학을 갈 것도 아니란 생각에 아무렇게나 선택한 학교는 그저 왔다 갔다 하는 곳이었다.

하루는 한참 수업 중에 있는데 담임선생님이 교실 문을 열고 들어와 나를 부르셨다.

"정연훈! 얼른 동생 학교로 가봐야겠다."

"네? 아니 왜…"

"동생이 다쳤다는구나."

순간 눈앞에 아무것도 보이지 않았다. 1초도 안 되는 짧은 시간 속에 '아… 왜 나한테 이런 일이 계속 일어나지? 왜 내 주변 사람들은 계속 다치고 사라지는 거지? 왜?' 이런 의문이 강하게 들면서 다쳤다는 동생이 너무나도 걱정이 되었다. 전해 들은 내용으로는 창문을 닦다가 균형을 잃고 낙상했는데 3층에서 떨어진 거라 다리가 부러져 크게 다쳤다는 것이다. 그 아픔을 혼자 감당하고 있을 동생을 생각하니 불쌍한 마음과 안쓰러운 마음이 들며 나도 모르게 눈물이 줄줄 흘렀다.

"연훈아. 괜찮을 거야. 네가 오빠니까 담담해야지. 어서 가 봐라."

"네…"

한번 흐르기 시작한 눈물은 주체할 수 없이 흘렀다. 동생의 학교까지 가는 내내 울음이 그치지 않았는데, 막상 학교로 가서 만난 동생의 상태는 더 심각했다. 한눈에도 크게 다쳤음을 알 수 있을 정도였는데 그래도 담대한 동생은 묵묵히 아픔을 참고 있었다.

병원에 간 동생은 바로 입원 수속을 밟았고 치료에 들어갔다. 3층에서 낙상했기 때문에 뼈를 많이 다쳤고 잘못하면 잘 걷지 못하게 될 수도 있다는 무시무시한 얘기도 들었다. 정말이지 정신이 하나도 없이 동생만 무사하기를 바라고 있을 때 의료진의 한마디가 정적을 깼다.

"그런데 부모님은 안 계시니? 그럼… 동생 병원비는 어떡할 거니?"

" … "

슬퍼할 틈도 없이 현실의 공격이 들어왔다. 막막하다는 말의 의미가 무엇인지 그때 정확히 알 수 있었다. 누구 한사람 의지할 곳도 없는 상황, 우리가 처한 상황이 딱 그랬다. 병원비를 어떻게 해결할 건지 묻는 사람 앞에서 한마디도 하지 못한 체 고개만 푹 숙였다. 나중에 갚겠다는 말도 할 수 없었다. 해결할 수 있는 방법이 없는데 무슨 염치로 그런 말을 한단 말인가.

정말 마음이 아팠다. 부러진 다리 때문에 고통스러워하는 동생의 표정을 보고 있는 것도 아팠고 단 둘 뿐인 세상의 무정함에 아팠다. 가족을 지켜야 한다는 의무감과 함께 그래도 가족이 있음에 감사해야 한다는 생각이 교차했다.

"저… 정말 죄송한데요, 저희 둘만 살고 있거든요. 그래서 정부보조금으로 살아가고 있는데 치료비를 구해야 해요. 정말 염치없지만 며칠만 시간을 주시면 제가 꼭 구해보겠습니다."

"그래. 하지만 오래 기다릴 수는 없다."

며칠의 말미를 얻은 나는 동생을 곁에서 지켜 줄 수 없었다. 어떻게든 치료비를 구해야 한다는 생각에 친척을 찾아가기도 하며 동분서주했다. 하지만 다들 살기 바빴는지 차가운 반응 뿐이었다.

그때 고맙게도 몇몇 주변 분이 나서 주었다. 우리가 소년소녀가장이라는 사실을 적극적으로 말하며 구청에 도움을 구했는데 다행히 우리와 같은 처지에 있는 이들을 돕는 제도가 있다는 것을 알게되었고 치료비를 마련할 수 있었다.

어렵게 마련한 치료비 덕분에 끝까지 치료를 받은 동생은 잘못될지도 모른다는 의료진의 겁에도 씩씩하게 재활운동에 임했고 완전히 나았다. 다시 예전처럼 걷게 되었을 때 얼마나 기뻤는지 모른다.

지금도 동생을 볼 때면 자연스럽게 걸음걸이에 눈에 간다. 누구보다 예쁘고 씩씩하게 성장한 동생은 자신이 선택한 분야에서 열심히 일하며 살고 있다. 당차게 자기 삶을 살고 있는 동생이 고마운데 오빠를 넘어서 아빠와 같은 마음이 있어서일까, 뭔가 더 해 주었으면 좋았을 텐데 하는 아쉬운 마음이 든다. 정상적으로 걷게 된 것만으로도 감사하지만 그때 부모 없는 설움 돈 없는 설움에 마음고생은 하지 않았을지 미안한 마음이 크다.

이 미안한 마음은 20년 뒤 어머니와 재회한 자리에서 좀 다르게 폭발했다. 나의 또 다른 아픔인 어머니를 다시 만난 건 헤어진 지 20년이 지나서였다. 그동안 소식이 끊겨 알 길이 없었는데 고모님과 어떻게 연락이 닿았는지 어머니가 무속인이 되셨다고 했다.

자식 된 도리로 찾아뵙는 게 맞다는 생각에 동생과 찾아갔고 20년 만의 재회는 담담했다. 내 얼굴을 보신 어머니는 울음을 터트리시며 '미안하다 훈아'를 연발하셨지만 그때까지만 해도 내 마음은 딱딱하게 굳어 있었다. 어머니와의 몇 년 남짓한 추억을 좋은 얼굴로 말하기엔 그간의 우리 남매의 삶이 너무 비참했고 힘들었기 때문이다.

"어떻게 지냈니? 굶고 살지는 않았어?"

"기초수급 보조받으면서 살았어요. 동생이 시설에 가기 싫어해서 둘이 같이 살았어요."

"그랬구나. 고생 많았지? 몸은 건강하니?"

"그럭저럭 굶고 살지는 않았어요. 저는 건강하구요 동생은 3층에서 떨어져 다리를 다쳤는데 다행히 나았는데 그것 빼곤 괜찮아요."

어머니는 계속 미안해하시며 우셨다. 아마 그때 그 이야기를 하면서 나는 원망을 하고 싶었던 것 같다. 가장 힘들었을 때 곁에 계시지 않았다는 것을 상기시키며 아프게 하고 싶었는지도 모른다. 순간 내가 비열하다는 생각이 들기도 했다. 하지만 아무리 나이가 서른이 되었어도 그때의 서운함은 표현하고 싶었다.

그날 우리는 담담하게 재회를 마칠 뻔했지만 함께 술잔을 기울이게 되면서 비로소 속의 감정을 털어놓았고 감정을 털어놓을 수 있었다. 한번 감정이 쏟아져 나오게 되자 밤새도록 부둥켜안고 울며

20년의 공백을 조금이나마 이해로 채웠다. 그러자 비로소 동생을 지켜 주지 못할 뻔한 미안함과 두려움을 어머니께로 폭발시켰다.

"제가 얼마나 무서웠는지 몰라요. 제 곁에 사람들은 모두 떠나거나 아프거나 세상을 떠나는 것 같아서 두려웠어요. 동생도 그렇게 될까봐."

"훈아… 미안해. 네가 얼마나 힘들었겠니."

그날, 어머니와 재회를 하게 되면서 꽁꽁 숨겨 둔 속을 조금이라도 풀어낼 수 있었던 걸 다행으로 생각한다. 물론 20년이란 세월의 공백을 한 번에 쓸어내릴 수 없지만 그럼에도 나에게 가장 아픈 손가락인 가족은 평생 지고 가야 할 몫이란 생각을 확실하게 해 둔 사건이었기 때문이다. 그래서 지금도 가족을 떠올릴 때마다 기쁘고 행복함보다는 애잔함이 더 크다. 어쨌든 그 모습도 가족이다. 그 가족이라는 힘없는 울타리가 오늘날 나를 버티게 만들어 주고 있고 좀 더 제대로 살고 싶은 힘을 주고 있어서다.

세상의 무게에 눌리며
살아간 날들

"무슨 책을 많이 읽으세요?"

독서를 본격적으로 하게 되면서 나를 아는 사람들은 어떤 종류의 책을 읽는지 계속 묻는다. 사실 아직까지는 여물지 않은 단계라 손에 잡히는 대로, 눈에 들어오는 대로 읽는 편인데 지금까지 기록한 독서노트의 내용을 보면 아무래도 성공 스토리를 많이 읽은 것 같다. 유명인의 자기계발서도 있지만 평범한 소시민에서 열심히 노력하여 성과를 내고 이들의 이야기도 많다. 아무래도 나와 비슷한 환경에서 어려운 과정을 이겨 내고 뭔가를 이뤄 낸 스토리에 자연스럽게 끌리는 것 같다. 세상에 무게에 눌려 희망 없이 사는 삶을 경험한 데 대한 동질감이랄까 그런 게 느껴지는 것이다.

스무 살, 고등학교를 졸업하고 사회로 나왔을 때 처음 들었던 기분은 막막함이었다. 울타리 하나 없이 가장이라는 무거운 추를 목에 달고 바다에 빠진 기분이 들었다. 하지만 학창 시절에 비해 이제는 뭐라도 해서 경제활동을 할 수 있다는 생각에 아무 일에나 매달렸다.

"저… 일하고 싶어서 왔습니다."

"그래? 학교는 다녔냐?"

"네. 종합고등학교 졸업했습니다."

"그래? 그럼 학교에서 기술도 좀 배웠겠다?"

"그게… 제가 자동차학과를 나왔는데 제대로 할 줄 아는 건 없습니다. 여긴 철공소니까 가르쳐 주시면 열심히 배울게요."

첫 번째로 얻은 직장은 철공소였다. 소년 가장이라 군대도 면제되는 바람에 일할 수 있었는데 어떤 일을 하고 싶다는 생각도 없이 그저 돈을 벌 수 있는 곳을 찾다 보니 철공소였다. 말 그대로 밤낮으로 무거운 쇠를 만지는 곳, 가장 노동다운 노동을 체험했다. 철공소에서 일하는 분들은 모두 쇠 만지는 일에 닳고 닳은 분이라 그런지 힘든 일도 척척 해내는 듯 보였다.

철공소 일은 겨울엔 차가운 쇠를 다루기에 엄청나게 춥고 여름에는 끓는 온도로 쇠를 용접해야 했기에 더위와의 싸움이었는데 가뜩이나 신체적으로 약했기에 깡으로만 버티는 데에도 무리가 있었다.

"어이. 이리 와서 이거 좀 옮겨봐."

"예."

"아니, 그것밖에 못 옮겨? 아이구 청년이 그렇게 힘을 못 써서 어떡하려고 그래."

한편으론 동생 같은, 아들 같은 사람을 걱정하는 것 같으면서도 또 한편으론 무시당하는 기분이 들어 속이 상했다. 하지만 첫 번째로 얻은 직장이고 이젠 사회로 나와 생활을 책임져야 한다는 중압감이 상당했기에 어떻게든 버텨야 했다. 악착같이 한 달을 버텼다. 이미 손 여기저기엔 불에 덴 자국이 많았고 밤새 끙끙 앓다가 일어나면 온 몸 구석구석 안 쑤신 곳이 없었다.

"이봐, 한 달 동안 욕봤네. 여기 월급."

세상에 태어나 스스로 일을 해서 번 월급은 30만 원이었다. 그 얄팍한 봉투를 손에 들고 왈칵 눈물이 날 뻔 했다. 악으로 깡으로 버티며 쇠를 만졌던 한 달의 시간의 가치가 30만 원에 불과하다는 사실에 대한 실망감도 있었지만, 세상 물정 몰라도 너무 모르는 스무 살 청년에게 사회는 정말 녹록한 곳이 아니고 냉정한 곳임을 단적으로 보여주었기 때문이다.

얄팍한 월급봉투를 통해 냉정한 현실 세계를 깨달은 뒤로 점점 냉담한 사회인이 되어가고 있었다. 어느 한 사람도 나의 삶을 걱정해 주지 않으며 도움을 주지 않을 것이란 사실을 절실하게 느끼며 돈을 벌기 위해 일을 했다.

그렇게 1년을 철공소에서 버티고 다른 직장으로 옮기게 되었다. 철공소에서 옮긴 곳은 새시 공장, 이곳 역시 새시 작업을 하는 곳이라 노동력이 필요했는데 처음에 몸을 쓰는 일을 시작해서였는지 두 번째 잡은 직장에서도 고된 것은 마찬가지였다. 그래도 하나 월급이 더 나아졌다는 데에 위안을 삼았는데 이마저도 1년을 못 버티고 그만두었다. 힘든 노동을 견디지 못했다기보다 주변에 아무도 없다는 상실감이 안정감을 주지 못하는 것 같았다.

사회인이 되었다고는 하지만 진짜 사회인이라는 의미는 없었다. 내게 일은 그저 노동의 가치를 돈으로 환산해서 받는 수단이었다. 그 일의 신성함과 의미를 제대로 알려줄 만한 대상이 없었던 것이다. 혼자서 생각하고 혼자서 결정하는 일은 지극히 자연스러운 일이 되었는데 하루는 공장 일을 마치고 동생이 있는 집으로 돌아오면서 적성이라는 것을 생각하게 되었다.

'내가 이 일을 하면서 한 번도 재미있다고 생각했던 때가 있었나?'

아무리 더듬어 봐도 그런 때가 없다는 사실을 알게 되었다. 아무리 돈을 벌어야 하는 가장의 자리에 있지만 그럼에도 친구들 중에는 일이 재미있다고 하는 녀석들이 있는데 왜 나는 힘겹게 일을 해야 하고 의미도 재미도 없이 살아야 하는지 억울한 생각이 들었다. 거기까지 생각이 이르자 날렵한 내가 그나마 잘할 수 있는 일을 찾아보자는 생각이 들었고, 그때 생각한 것이 배달이었다.

그 길로 일자리를 알아보니 마땅한 배달 자리가 있었다. 중국음식점 배달이었는데 음식을 배달하는 일은 이전의 무거운 노동에 비해 훨씬 수월하고 또 한군데에 있기보다 돌아다니는 일이라 자유를 원하던 시기와 맞아 떨어졌다.

그렇게 소위 철가방이 된 이후 배달 일은 지금까지 이어졌다. 업종은 계속 바뀌고 그동안의 인생 굴곡에 따라 요동도 있었지만 말이다. 어쨌든 철가방이 되어 오토바이를 타고 시내 구석구석을 누비며 배달원으로 살면서 한때 중국집 사장이 되는 꿈을 꾸기도 했다. 오빠가 철가방으로 다니는 모습에 한창 예민한 여고생 동생이 싫을 법도 한데 동생은 싫은 내색 한번 없이 담담하게 받아들여 주었다. 우리 남매에게는 살갑지는 않았어도 둘밖에 없다는 끈끈한 정이 있었다. 아무리 더 좋은 직장을 찾아 더 큰 도시로 가고 싶어도 혼자서 생활할 동생을 차마 혼자 두고 갈 수 없었기에 학교 마칠 때까지는 배달 일로 버텼다. 조금 더 나아진 월급봉투와 일의 수월함 때문인지, 아니며 동생을 가르쳐야 한다는 책임감 때문인지 중국집 배달원 생활을 2년 가까이 이어갔다.

동생이 대학에 붙고 대구에 있는 학교로 가게 되었을 때 우린 비로소 서로의 독립을 위해 각자의 길로 나서기로 했다. 동생은 대구로, 나는 그 길로 서울로 올라왔다. 합천은 워낙 작은 도시였고 일자리도 많지 않았지만 뭔가 환경을 바꿔보고 싶다는 마음으로 선택한 서울은, 내가 처음 사회라는 곳에서 느꼈던 냉정함을 다시 경험하게 해 주었다. 그래도 스무 살 시절 어리숙한 상태가 아니라 4년간의 사회생활에 잔뼈가 굵었는지 어떤 일이든 닥치면 할 수 있다는 내공이 약간은 생긴 것 같다.

서울에 오긴 왔지만 아무도 반겨 줄 사람도, 함께 의논할 대상도 없었다. 지금까지 그랬던 것처럼 혼자 살 집을 마련하고 직장을 알아보고 모든 것을 혼자 해결해야 했다. 지금도 그때 생각하면 단 한 사람이라도 의논할 인생의 선배가 있었으면 외로움이 덜했을 텐데 아쉬운 마음이 든다.

서울은 너무도 추웠고 을씨년스러웠다. 세상이라는 무게의 짓누름이 너무도 커서 밤마다 에먼 이불만 둘둘 둘러싸며 살던 날, 나와 동생은 키 없이 정처 없이 떠도는 배와 같은 신세였다.

철저한
'을'의 세상에서

언제부터인가 갑과 을, 세상이 이분화되는 것 같은 기분이 든다. 특히나 경제적인 부분에서 사람을 고용하는 측의 갑과 고용당하는 을의 관계는 자조 섞인 웃음코드로 변화되기도 하지만 씁쓸한 기분이 드는 것도 사실이다.

굳이 따지자면 나는 을이다. 고용당하는 근로자로 살아가고 있기 때문인데, 지금은 삶에 대한 자세가 완전히 달라져서 주어진 환경을 극복하고 좀 더 나아지려는 방향으로 움직이고 있지만 그전까지는 그렇지 못했다. 무기력한 을의 세계에서 헤어 나오지 못하던 10여 년의 시간은 참 내게 아픔이기도 하다.

동생이 대학 진학과 함께 독립한 뒤 나는 서울행을 택했다. 그래도 인구 밀집이 높은 서울에 일자리가 상대적으로 많을 거란 기대 때문에 올라온 게 맞다.

처음 서울에 발을 디뎠을 때엔 나름 각오도 있었다. 합천에서 어렵게 배달 일을 하면서 모은 돈을 어느 정도 쥐고 올라왔기에 거처할 곳을 마련하고 일자리를 얻어 생활하면 혼자 사는 건 어렵지 않다고 판단했다. 그래서 일단 가장 하기 수월하고 익숙한 배달 자리를 골랐다.

서울에서 다시 시작된 철가방 생활, 서울은 넓고 복잡했고 만나는 사람도 다양했다. 아무것도 모르는 시골 촌뜨기라서 마음고생도 있었다. 같은 철가방이지만 그 속엔 나름 레벨과 계급이 존재했다. 우습게도 사소한 일자리에서도 지연 학연 뭐 그런 게 존재한다는 게 신기할 따름이었다. 당연히 나는 중심 세력에 끼지 못했다. 촌놈 출신 아닌가.

상황이 이렇다 보니 스트레스가 심했다. 어떤 사람은 대놓고 반감을 드러내기도 했는데 지금 생각하면 그것이 기 싸움이었지만 당시로서는 그게 그렇게 분하고 억울할 수 없었다.

한번은 다른 배달원이 대놓고 무시하는 듯한 발언을 했다. 시골에서 올라온 촌놈이 서울물을 다 흐린다는 식으로 비아냥거리며 내뱉는 말에 나도 모르게 끓어오르는 분노를 참을 수 없어서 그 자리에서 주먹이 날아갈 뻔했다. 한바탕 큰 싸움으로 번질 수도 있는 일이었는데 워낙 몸집이 작고 위협적이지 않았는지 나의 부라린 눈빛에 상대방은 그냥 입만 삐죽거리며 돌아설 뿐이었다. 그때 할 수 있는 최고의 방어는 욕설뿐이었다.

한바탕 감정 싸움이 벌어지고 난 뒤엔 걷잡을 수 없이 화가 밀려왔다. 괜한 분노가 차오르고 이런 대접을 받으니 차라리 밥을 굶는 게 낫다는 생각에 그들과 어울릴 생각도 안하고 그 자리에서 일을 그만두고 실업자가 되었다.

서울에서의 생활은 점점 더 방탕해져 갔다. 배달 일을 하면서 어울리게 된 사람들과 만나 술을 마시고 혼자 사는 집에 들어가면 밤새도록 게임을 즐겼다. 역시 할아버지 대로부터 이어져온 알코올중독의 유전자가 흐르고 있어서일까, 술로 인한 방탕한 생활이 점점 길어졌고 술을 마시면서도 나는 과거사가 걱정되었다.

'이러다가 나도 알코올중독 되는 건 아니겠지?'

이런 생활은 몇 년간 이어졌다. 처음엔 그나마 괜찮았던 방의 크기가 점점 줄어들었다. 월세가 좀 더 낮은 곳으로 옮겨 다니며 서울의 유혹에서 헤어 나오지 못했다. 수중에 돈이 떨어지면 그제야 일어나 일자리를 구해 몇 개월간 일을 해서 돈을 벌고 또 돈이 모이면 그 돈을 까먹으며 술과 게임에 빠져 방탕하게 시간을 보냈다. 대학 생활을 하고 있는 동생의 생활비를 보태는 일만 겨우 해결할 정도로 꿈도 희망도 없는 철저한 '을'의 마인드로 살았다.

계속 비틀거리는 삶을 살면서 한편으론 과연 어떻게 살아야 하는 것인지 고민은 되었다. 목표 없이 그저 하루 벌어 하루 사는 삶은 제대로 된 삶이 아니라는 것을 스스로 느끼고 있었지만 그것을 해결할 방법도 사람도 없었다.

사실 생각 같아선 그렇게 20대의 삶으로 인생을 마감하고 싶었다. 30대에도 이런 삶이 계속 이어진다면 이것만큼 끔찍한 일도 없다는 생각 때문이었다.

그렇게 겨울을 맞았다. 벌써 스물여덟 살 적지 않은 청년의 시기로 접어들고 있을 때였다. 특별한 직업도 없이 떠도는 인생을 살면서 잊지 못할 사건을 경험했다. 그때 나는 백수였다. 그동안 배달을 하면서 벌어 놓은 돈으로 집안에 틀어박혀 먹고 자고 게임하는 백수였는데 웬만하면 나가는 것도 싫어하였기에 외출도 자제하고 살았다. 그런데 그날은 하도 친구가 나오라고 성화를 하여 외출을 하게되었다.

지하철역을 향해 가고 있을 때였다. 두 사람이 내게로 다가와 말을 걸었다. 처음엔 날 아는 사람인가 싶어서 자세히 쳐다보았지만 전혀 모르는 이들이었다.

"어머, 인상이 되게 좋아보이세요."

"아… 네…"

"복이 있어 보인다는 얘기 많이 들으실 것 같은데 어떠세요?"

"복이요? 아. 아니에요."

"어머 왜요. 정말 덕 있게 생기셨는데…"

갑자기 친근하게 다가서는 그들과 몇 마디를 주고받다 보니 어느

새 그들과 함께 이야기를 나누고 있었다. 약속이 있다는 나를 놓아 주지 않던 그들은 '도'를 아냐고 물으며 도를 알아야 진리에 이를 수 있다는 그럴싸한 말을 하며 친근하게 접근했다. 그때 나는 도를 터득함으로 진리에 이를 수 있다는 말보다 나를 알아봐 주고 친근하게 다가서는 그들의 친절에 넘어갔던 것 같다. 친구와의 약속도 지킬 수 없었다.

그날 이후 대순진리회에 들어갔고 1년이나 도를 닦았다. 생활은 점점 피폐해졌다. 도를 깨달으면 온 우주 만물의 이치를 깨닫고 새로운 사람으로 변화할 수 있을 거란 생각은 공격적인 포교 활동으로 이어졌고 누구보다 열성적인 포교자가 되어갔다.

처음엔 그럴싸한 교리에 정신을 빼앗겨 마치 그것이 진리인 것처럼 열성적으로 빠져 들었는데, 그 조직에는 나와 같은 청년이 꽤 많았다. 멀쩡한 직업을 가지고 들어온 사람도 있고 나처럼 외롭고 힘든 삶을 살고 있는 사람도 있었다. 그러나 하나같이 그곳에 들어가면 열성분자가 되어 포교 활동을 했다. 아니 그래야만 되는 시스템 속에 사람을 집어던져 넣으니 처음엔 좋아해서 했던 일이 나중엔 피 터지는 경쟁이 되고 시기와 질투로 이어졌다.

워낙 뭐 한 가지에 빠지면 거기에만 쏟아 붓는 성격 탓에 포교 활동은 그 당시 나의 전부나 마찬가지였다. 그저 길을 다니며 내가 유혹받았던 것처럼 무조건 사람들을 만나서 도를 아시는지 묻고 설명하고 데려와 입교시켰다. 처음엔 도의 진리에 빠져서 열심이었고 다음엔 잘했고 치켜세워 주니까 잘했고 나중엔 빠져나갈 수 없어서 잘해야만 했다.

그들의 교묘한 작전에 넘어가 가진 것을 전부 잃게 된 것은 그나마 행운이라고 할 수 있다. 그들의 조직은 물질이 절대적으로 필요했기에 일꾼 신도들뿐 아니라 모든 신도의 물질을 거두어 갔다. 스스로 바치도록 유혹을 하지만 결국 바치지 않으면 안 될 정도로 환경을 만들어 놓고 '이래도 안 내놓을래?' 하는 심정으로 칼날을 들이댔다. 결국 가지고 있던 보증금을 비롯한 돈을 모두 바쳤다. 완전한 무일푼 신세가 된 것이다.

그럼에도 돈에 대한 강요는 더 심해지고 함께 생활하는 사람들과의 경쟁 구도로 마음이 계속 불편해질 즈음 어느 날 정신이 번쩍 들었다. 과연 내가 믿고 있는 이 종교가 과연 진리인가 싶은 마음이 든 것이다. 그나마 이성적인 눈이 남아 있었던 것이 다행이었다. 하여 포교 활동을 빙자해서 거리에 나와서 PC방으로 향했다. 과연 내가 믿고 있는 종교는 어떤 것인지 그제야 궁금한 나머지 여러 정보를 찾아보기 시작했다. 인터넷만 열어봐도 대순진리회라는 종교에 대해 무수한 이야기가 쏟아져 나왔다. 여기저기 당했다는 내용의 글들을 읽어보며 '나도 당했구나. 완전한 사이비종교에 빠졌구나' 라는 생각이 강하게 들었다.

잘못을 깨닫기까지 1년이란 시간이 흐르고 난 뒤 비로소 나는 탈출을 감행했다. 알다시피 사이비 종교 집단의 특성상 빠져 나오는 건 거의 불가능하다. 하지만 잘못된 것을 안 이상 그대로 있다는 것은 내 자신에게 비겁한 일이며 삶을 파괴하는 짓이란 생각에 핵심 자들을 찾아가 소신을 밝혔다.

처음에는 그렇게 웃어 주고 잘해 주던 자들이 눈빛이 변했다. 손을 뿌리치며 나가는 어깨를 우악스럽게 잡곤 놓아 주질 않았다.

"이거 놓으세요. 전 갑니다."

그 길로 뒤도 돌아보지 않고 가는데 갈 곳이 없었다. 이미 방값은 그쪽으로 다 털렸고 수중엔 아무것도 없었으니 기거할 곳도 없었다. 천만다행히 친구 자취방에 얹혀 살게 되었다. 그들은 끈질겼다. 자신들의 입장에서 배신한 포교자를 혼내 주고 싶었는지 날마다 찾아와 위협과 협박을 해댔다. 이 정도쯤이야 감당해야 할 몫이란 생각에 묵묵히 맞아 주기도 하면서 버텼다. 더 이상 빼낼 것 없다는 것을 알게 된 그들은 매일같이 오던 횟수를 이틀에 한 번, 사흘에 한 번 줄이더니 나중엔 발걸음을 끊었다. 몸과 마음에 상처가 남았지만 이쯤해서 끝나게 된 걸 다행으로 생각할 뿐이다.

그러는 사이 악몽 같던 시간이 흐르고 스물여덟 생일을 맞았다. 세상에 태어난 날을 단 한사람도 축하해 줄 사람 없이 맞이하는 건 서글픈 일이었다. 지금까지 혼자 맞는 생일도 괜찮았는데 그해는 유독 더 힘들었다.

아무것도 모르는 친구와 느지막이 라면을 하나 끓여먹는데 눈앞에 놓인 라면그릇을 보고 울컥 감정이 차올랐다. 나의 20대가 이

독서부자가 된 배달맨

렇게 덧없이 의미 없이 흘러가는가 싶고 세상에 태어나 30여 년 시간을 보내면서 라면 한 그릇으로 때우는 인생이란 사실에 눈물이 났다.

'과연 나의 30대가 있기나 한걸까? 나는 이 세상에 태어난 이유가 있기는 한걸까?'

이러한 화두는 20대를 마무리하는 시기에 다가왔다. 산전수전 다 겪고 서른을 목전에 둔 청년에겐 좀 무거운 화두였고 절망적인 화두였지만 그때 그렇게 끝 간 데까지 감정의 끝을 마주할 수 있었던 건 행운이었다. 더 이상 바닥이 없으니 차고 올라갈 일만 남았다는 한 가닥 희망을 보았기 때문이다.

세상을 주도하지 못하고 주도당하며 살아가던 철저한 '을'의 시절, 그 시절은 아프고도 날카로웠다. 인생의 상처지만 상처 없이 성장하는 청춘이 어디 있을까. 지금도 가장 어둡고 절망적이며 우울하고 침울했던 시기를 보내던 서울 어느 변두리 친구 네 집에서의 삶을 떠올리곤 한다.

길에게 묻다

해 아래 새로운 것이 없다.
사람은 모두 부족한 존재다.
오래된 지식 앞에 겸손히 무릎 꿇고
만고의 진리 앞에 고개를 조아려야 하는 존재들이다.
지식과 지혜도 새로운 것이 없을 수 있지만
인간의 깨달음과 지식 지혜가 합해질 때엔 또 다른 확률과 가능성을 낳는다.
그것이 누군가에게 길이 되고 진리가 된다.

Calling
(부르심이 있게 된 순간)

나에겐 30대의 삶이 없다고 생각하며 되는대로 살던 20대가 지나고 겨우 겨우 정신을 차리고 배달을 시작했을 때였다. 이성적으로는 정신을 차리고 길을 찾아보자는 생각이 들었지만 감정적으론 그렇지 않았다.

당시 나는 심각한 불안 증세를 앓고 있었다. 되는대로 살며 알코올에 취해 살기도 했고 게임에 중독되어 살기도 했으며 이상한 종교에 빠져 가진 것을 잃게 되는 파란만장한 경험을 해서였을까, 마음은 한없이 상처를 입고 있었나 보다.

'저 사람 눈빛이 왜 저러지? 날 속이려고 그러나?'

새롭게 시작한 배달 일을 통해 수많은 사람과 만나면서 겉으론 괜찮은 척 웃었지만 속으로는 불안함이 미칠 듯이 조여 왔다. 온통 지뢰밭을 걷고 있는 기분이랄까, 사기 치는 사람 무서운 사람 배신하는 사람 온통 세상에 그런 사람들뿐인 것 같았다. 늘 방어적인 자세로 살다 보니 사람들의 좋은 모습을 보는 것이 아닌 극단적인 모습을 먼저 보는 습관이 생겨버린 것이다.

언젠가 누군가 강아지를 키워 보라고 해서 키웠던 적이 있는데, 자기를 키우던 주인이 아닌 다른 사람에게 안기자 무척 불안에 떠는 눈빛을 보냈다. 그 눈빛을 보는데 마치 나를 보는 것 같았다. 소심한 성격에 매일 손해 보고 상처받을까 불안해하는 모습 말이다. 그런 모습이 너무 싫었지만 마치 숙명처럼 붙어서 떨어지지 않는 주홍글씨 같았다고나 할까.

이러한 불안함은 시간이 지날수록 커졌다. 사람들의 시선과 말들이 부담스러웠고 혼자 있는 시간이 많아지니 우울증도 생겼다. 이런 감정을 잊고 싶어 중독성 강한 것을 찾게 되는 악순환이 이어졌다. 결국 신경정신과를 찾았다.

'사회공포증과 우울증'

내게 내려진 진단은 이랬다. 한줌의 약물이 주어졌고 무작정 긍정적인 생각을 하라는 처방이 내려졌다. 할 수 없이 약을 복용했다. 약을 먹을 때에는 잠시 마음이 안정되는 것 같았지만 심한 피로감과 온 몸에 힘이 빠지는 부작용이 있었다. 그렇게 약을 6개월 정도 복용하게 되니 약에 완전히 의존하는 상태가 되었다. 약을 한 번이라도 먹지 않으면 신경이 예민해져서 바깥에 나가는 일도 힘들 정도가 된 것이다.

'차라리 죽어 버릴까? 아니지. 죽으면 하나뿐인 동생은 얼마나 슬플까? 그리고 내 인생은 너무 불쌍하고 허무한 것이 될 거다.'

완전히 번아웃이 된 상태로 시간이 지났다. 한편으론 '더 이상 약을 먹지 말아야 한다'는 생각이 들었고 또 한편으론 '제발 이 불행한 삶에서 벗어나고 싶다'는 생각이 들었다. 뭔지는 몰라도 이렇게 허무하게 끝날 인생이 되고 싶지 않았다.

그러던 어느 날이었다. 새로 시작한 배달 일을 하던 중 우연히 교회에서 나눠 주는 전도지를 보게 되었다. 전도지에는 지금 갈 길을 몰라 방황하고 있는 이들에게 영원한 진리가 되는 복음을 전하고 싶다고 쓰여 있었다. 배달을 하면서 전단지를 나눠 주는 일을 하던 터라 길거리에서 나눠 주는 전단지는 꼭 받는 편인데, 그날은 받고 그냥 버리는 게 아니라 끝까지 전도 전단지를 읽게 되었다. 평소에도 숱하게 받았던 전단지였음에도 그날 '갈 길을 찾아 헤매는 영혼'이란 말이 가슴에 박혔다. 바로 나의 상황을 그대로 적어 놓은 글이었기 때문이다.

어디로 가야 할지 몰라 방황하는 영혼이었던 나는 그 길로 교회로 향했다. 뭐든 찾고 싶었고 길을 알고 싶은 마음으로 스스로 찾아간 것인데 그곳에서 놀라운 일이 기다리고 있었다. 어린 시절 시골에서 살 때 시골 교회에서 나눠 주는 간식에 눈이 멀어 잠깐 교회를 다닌 적이 있었기에 무신론자는 아니었지만 그렇다고 복음에 대해 알고 있지 않았다. 듣기는 했지만 내 것으로 받아들이지 않았는데 그날은 달랐다.

믿음으로 예수님을 구주로 맞고 구원받았음을 입으로 시인하는 일이 일어났다. 20년 전 동네 교회에서도 알았던 예수님이지만 그때 만난 예수님은 달랐다. 나를 기다린 듯 만남은 따뜻했고 평안했다.

그동안 사람들의 시선마저도 불안해하며 눈 마주치는 일이 괴로웠던 내가 십자가를 똑바로 쳐다보았고, 교회에 온 다른 이들과 인사를 나누고 있었다. 이대로 가다가 죽을지도 모른다고 불안해하던 마음에 평안함이 임했다. 그 평안함은 현실적인 문제가 모두 해결되어 얻게 되는 평안함이 아닌, 그냥 마음 깊은 근원에서부터 솟아오르는 평안함이었다. 이제껏 한 번도 느껴 보지 못한 평안함이었다. 순간 마음이 탁 풀어지면서 어깨에 한가득 지고 있던 짐 덩어리가 떨어져 나간 느낌이 들었다.

스물여덟 살 되던 해, 나는 최악의 상황에 시달리고 있었지만 최고의 만남을 얻었다. 마치 먼 길을 돌고 돌아 이제야 진리 앞에 섰다는 기쁨이 솟았다. 무엇보다 세상 어디에도 영원한 내 편이 없으며 나를 돌봐줄 이가 없다는 외로움에서 놓여 나고 있는 자신을 바라보는 신기함이 가장 컸다.

하나님으로부터 부르심—우리는 그것을 콜링(calling)이라 부른다—이 있었을 때의 짧고 강렬한 인상은 바로 지속되지는 않았다.

물론 교육을 받으며 마음이 뜨거워지기도 했지만 나도 모르게 예전의 생활로 돌아가고 있음을 알게 되었다. 아무래도 신앙을 갖게 된다는 것은 세상과 구별되는 삶으로 가는 것인데, 그러려면 사람의 자유의지가 가동되어야 한다. 우리에게 의지를 허락하신 분이 그것을 잘 사용하길 원하시기 때문인데, 그때까지만 해도 그 능력을 잘 활용하지 못했던 것 같다. 한마디로 멘탈이 약했던 것이다.

하지만 마음을 추스르고 동네 마케팅 및 배달 일을 새롭게 시작하면서 생활이 조금씩 변화해 나갔다. 신앙생활은 아직 제대로 하고 있지는 않았어도 복음을 받아들이고 난 뒤 내 모습을 좀 다르게 보게 되었기 때문이다.

'나는 선택받았으며 누구보다 존귀하다.'

신앙을 통해 스스로에 대한 정체성을 깨닫게 되자 되는대로 사는 인생의 항로가 잘못되었음을 알게 되고 그래서 좀 더 존귀한 사람으로 살아가기 위한 필요성을 깨닫게 되었다.

물론 신앙으로 거듭나기까지 조금 더 오랜 시간이 필요했지만 차츰 일에서 자신을 얻어 갔다. 서울에 올라와 생활하는 동안 한군데 정착하지 못하고 짧게는 한두 달 길어봤자 5-6개월 다니던 직장생활을 청산했던 나였다.

직장생활을 지속적으로 못했던 과거를 돌이켜보면 감정을 억제하지 못해서 박차고 나온 때가 많았다. 배달 일이라는 것이 거칠다면 거친 일이다. 항상 모르는 사람과 만나야 하고 배달하는 측과 배달을 받는 측과의 부딪힐 수 있는 가능성이 있다. 어떤 사람은 마치 아랫사람 대하듯 하기도 하고 대놓고 무시하기도 하는지라 그럴 때면 심사가 꼬이기도 하고 차오르는 분노로 말이 막 나가기도 했다.

그래도 손님이고 고객이니까 백번 양보 한다 쳐도 같은 동료들끼리 겪는 인간 갈등은 참지 못했다. 젊은 나이에 서울로 올라왔을 때 직장에서 만난 이들과의 갈등은 꽤 깊었다. 이상하게 서울 출신이 아니라는 것을 마치 무슨 하자가 있는 것처럼 대할 때면 화가 났다. 뒤늦게 들어온 나를 향해 쓸데없이 선을 긋고 대놓고 왕따를 시키는 분위기, 같은 동료임에도 뭔가 차별받는 느낌을 받을 때면 어김없이 감정의 버튼이 눌려졌다.

감정심리학 분야의 글을 읽다 보면 누구에게나 감정의 버튼이라는 게 있다고 한다. 버튼이 눌려지는 상황이 사람마다 다른데 그것이 눌려질 때 화가 폭발한다는 것이다. 물론 감정의 조절이 잘되고 있는 사람의 경우 잘 헤쳐 나갈 수 있지만 그러한 조절 능력이 떨어지는 이들은 감정의 소용돌이에 휩쓸려 사람들과 갈등을 유발한다는 것인데, 그때까지만 해도 나에게는 그러한 조절력이 없었다.

그렇다 보니 나의 아킬레스건, 감정이 폭발해 버리는 버튼이 눌려질 때면 어김없이 분노를 표출했다. 내 속엔 끝까지 부모의 보호를 받지 못하고 버림받았다는 아킬레스건이 있었다. 이 사실을 아는 사람은 별로 많지 않는데 주변에서 '쯧쯧' 혀 차는 소리만 들어도 어린 우리 남매가 어렵게 살아갈 때 동네 분들이 불쌍하다는 염려를 해 주신 것이 떠오르며 가슴이 쓰렸다. 그들의 걱정과 염려에 자존심이 상했고 그렇다고 별다른 도움도 주지 않으면서 동정어린 시선을 보내는 게 싫었다. 무시해도 괜찮은 연약한 존재로 생각되는 것 같아 '그래 얼른 커서 스스로 살 거다'라고 주먹을 쥐었다.

이러한 과거로의 기억이 가슴속 켜켜이 쌓이다 보니 조금만 무시당한다거나 부당한 일을 눈앞에 두면 이성이 말릴 틈도 없이 감정이 먼저 나와 버렸다. 그래서 인내하거나 지혜롭게 해결하려는 노력보다 실컷 욕을 해 주고 일을 그만두거나 그 자리를 회피해 버리는 식의 삶에 익숙해졌던 것이다.

그런데 신앙이 마음속에 들어온 후, 나의 존재, 누구보다 나를 사랑하고 계시는 창조주가 계신다는 것을 인정하게 되면서 마음은 누그러졌다. 또한 직장 내에서 겪는 갈등 특히 사람 때문에 겪게 되는 인간 갈등이 상대방 때문이라며 탓하는 마음이 컸는데 그 마음에서 벗어나게 되었다. 옷깃을 움켜쥐고 열지 않았던 손이 조금씩 풀리게 되었다고나 할까. 점점 사람들과의 관계에서도 참게 되고 감정의 버튼이 눌러지겠다 싶을 때면 피하는 지혜도 생겼다.

다시 한 번 하나님의 부르심을 받았을 때엔 그 지혜가 더욱 깊어졌다. 그 부르심을 다시 경험하게 된 것은 교회에 나가고 1년 정도 지났을 때였다. 바쁘고 피곤하다는 이유로 교회를 피하던 내게 교회에서 만난 한 분은 정말 최선을 다했다. 계속 연락을 주셨고 좋은 말씀도 해 주시곤 하셨는데, 하루는 너무 미안한 마음에 커피나 한잔 하자고 만났던 게 인연이 되어 엉겁결에 수련회까지 참석하게 되었다.

지금도 그 수련회에서 경험한 것들을 생생하게 기억하는 것은 그 자리에서 철저히 정체성을 회복했고 이전의 나와는 다른 나로 변화할 것을 결심했기 때문이다. 누군가에게 영원히 사랑받는 존재이며 누구보다 사랑받는 존재로 영원한 생명을 약속받은 시간은 이제껏 30여 년 가까운 시간을 통틀어 가장 가치 있고 유익한 일이었다. 그때 엄청난 눈물과 감동을 쏟으며 감정의 카타르시스를 경험했다.

이러한 신앙의 체험은 말씀, 즉 성경을 보도록 이끌었다. 지금 나는 독서라는 길 위에서 어떻게 삶을 살아갈 것인지 무엇을 위해 살아야 하는지 고민 중인데, 성경은 올바른 길을 찾아갈 수 있는 길잡이가 되고 있다.

누구에게나 부르심의 순간이 있다. 콜링은 마음의 부딪힘으로 온다. 그 순간이 순식간에 다가오는 것 같지만 그 사람을 향한 부름은 예정되어 있다는 생각이 든다. 받아들일 준비가 되지 못했기 때문이다. 아마도 나에게는 길을 찾아 헤매는 시간, 절망으로 길을 잃고 헤매는 시간이란 준비 과정이 필요했던 것 같다. 그 과정을 겪어냈을 때 부르심에 응할 수 있었고 마음의 부딪힘의 소리를 들을 수 있었다. 준비 과정이 꽤 길고 재미없지만 그래도 이젠 그 과정까지도 웃으며 고백할 수 있게 되었으니 꽤 단단해진 셈이다.

책 속에
길이 있다??

나는 배달맨이라는 별명이 좋다. 중국집 배달 일을 할 때에도 어떤 동료들은 철가방이란 말을 싫어 했지만 나는 괜찮았다. 실제 철가방을 든 배달맨인데 그게 뭐 어때서 그런가 싶다. 어떻게든 생활을 해야 하는 사람의 입장에서 남에게 어떻게 불리는지는 그리 중요하지 않다. 일을 하는 데에 이런 마인드를 가진 덕분에 좀 더 적극적으로 일에 접근할 수 있었던 건 다행이라고 생각한다.

서울에 올라와 한군데에 진득하니 붙어서 일하게 된 것은 지금 하는 분야인 동네마케팅에 몸담게 되면서부터다. 좋아하는 일에는 무서울 정도로 달려드는 성격이지만 그렇지 않을 때엔 마음을 붙이지 못하는 성향 때문인지 서울에 올라온 뒤의 생활은 늘 불안정했다. 한마디로 적성을 찾지 못했던 것 같다. 게다가 한차례 절망의 시간까지 보내며 무너졌던지라 희망이 사라진 그 시기에 찾게 된 신앙은 삶을 변화시켜 나갔다. 신앙을 갖게 되면서 롤러코스터 같던 생활은 조금씩 안정을 찾아갔고 본궤도로 돌아온 안정감을 주었다.

그즈음 우연찮게 동네 마케팅과 배달을 접목한 지금의 일을 알게 되었고 그 일을 시작하게 되었다. 그때까지만 해도 동네 마케팅이란 단어도 생소하고 어떻게 해야 하는지도 모르는 상황이었는데, 배달을 하면서 오며가며 만난 좋은 형님을 통해 그 세계에 대해 알게되었다. 배달계의 블루오션과도 같다는 느낌이 들었다. 그러곤 주저없이 일을 시작했다.

스물여덟이 되어 시작하게 된 일은 동네에 있는 가게의 매출을 올려주는 마케팅 영업이다. 동네에 얼마나 많은 영업장이 있는가. 그 영업장들에 손님이 찾아와 매출을 올려야 하는데, 그렇지 못한 곳이 훨씬 더 많다. 목이 좋지 않아 손님의 발걸음이 뚝 끊긴 곳도 있고 홍보가 덜 되어 장사가 안 되는 곳도 많다. 바로 이런 곳이 영업이 필요한 곳이다. 이런 매장에 동네 마케팅을 통해 매출을 올려 주는 일을 하는 것이다.

처음 선택한 곳은 커피전문점이었다. 목이 좋지 않은 카페 입장에서는 한명이라도 손님이 와야 하는 형편이었기에 나의 제안을 흔쾌히 받아들였다. 커피전문점까지 오기 힘든, 오기 귀찮은 회사원들에게는 대신 커피를 홍보하고 배달해 주는 가교 영업을 하겠다고 하니 환영이었다.

　일단 계약을 맺고 일을 시작했다. 지금까지 배달만 해 봤지 영업이라는 것은 처음 해 보는 일이었기에 만만치 않았다. 모두가 출근하고 한 1시간 정도 지난 오전 10시 즈음, 흰 와이셔츠에 양복 입은 회사원들 사이로 점퍼 차림의 영업사원이 전단지를 돌리는 일에는 대단한 용기가 필요했다. 조용한 실내로 들어가 한 사람 한 사람에게 영업 내용을 설명하고 주문까지 받는 일은 용이한 일은 아니었다.

　"안녕하세요. 커피와 샌드위치 전문점입니다."

　"그런데요?"

　"네?… "

　말문이 막혀 홍당무가 된 채 뒤돌아 나올 때도 한두 번이 아니다. 처음엔 뻘쭘해서 쭈뼛거린 채 옆에 서 있다가 도망치듯 빠져나올 때도 있었고, 아예 문 앞에서 회사원들에게 저지당해 들어가지 못할 때도 있었다. 하지만 생업이라고 생각하고 덤벼드니 못할 게 없었다. 시간이 지나다 보니 사무실에 소리 없이 침투하는 노하우도 깨닫게 되고 사람과 대면할 때 어떻게 해야 하는지 스스로 깨닫게 되는 등 일에 차근차근 적응해 나갔다.

　"안녕하세요 커피와 샌드위치 전문점입니다."

　"그런데요?"

　"직접 사 드시러 가는 거 귀찮으시죠? 계신 곳에서 주문하시면 배달도 직접 해드립니다. 한번 이용해 보세요."

"어머 그래요?"

영업은 이렇게 말이 연결되면서 시작되었다.

그렇게 새로운 일에 적응해 나가던 어느 날이었다. 동네 마케팅 일을 시작한 지 2년여 시간이 흐른 뒤였는데 그날에도 아침 영업을 위해 어느 건물 엘리베이터에 올랐다. 맨 위층에 있는 사무실부터 훑어 내려올 생각으로 꼭대기 층을 누르고 올라가고 있는데, 엘리베이터 안에 '오늘의 명언'이라고 쓴 경구가 붙어 있었다.

'책 속에 길이 있다.'

아마도 그동안 이 문장은 적어도 수십 번은 보았을 것이다. 그만큼 흔하니 흔한 경구가 된 글인데 그날 아침 그 글귀는 마음의 노크도 없이 심장으로 훅 들어왔다.

'책 속에 길이 있다고? 내가 그렇게 궁금해 하고 알고 싶어 하던 진리가 책 속에 있다는 걸까? 아… 정말 그런 걸까?'

순간 주위가 환하게 밝아지면서 주변에서 불꽃이 파파박 터졌다. 잊고 있었던 책장이 눈앞을 스치며 지나갔고 그 시간은 좀 더 오래전으로 흘러가 어머니와 함께 살던 집에서 보았던 백과사전까지 이어졌다. 잠깐 동안이었지만 과학도서 시리즈를 읽으며 과학자를 꿈꾸던 어린 시절이 떠올랐고, 중고등학교 시절 친구로부터 빌려본 무협소설을 읽으며 키득거리기도 하고 판타지한 세상을 꿈꾸기도 했던 때가 생각났다. 어디 그뿐이랴, 서울에 올라와서도 잠깐 읽였던 자기계발서의 내용들이 마구 교차됐다.

'맞아. 나한테도 그런 때가 있었는데… 아니지. 길이 있다는데 지금도 늦은 건 아니지. 지금이라도 시작해 볼까?'

갑자기 마음속이 뜨거워지면서 책 속에 길이 있다는 경구가 살아 움직이기 시작했다. 정말 책을 읽으면 그동안 채워지지 않았던 마음속 빈자리가 채워질 것 같다는 막연한 기대감이 끓어오르기 시작했다.

'그래 이 말대로 한번 책을 읽어 보자. 앞으로 내가 살아가야 할 길에 대한 대답을 찾을 수 있을지도 모른다.'

잠깐 동안이지만 꼭대기 층으로 올라가는 동안 스스로 결정을 내렸다. 그동안 제멋대로 살아갔던 인생에 지겨웠던 것 같다. 내일을 기약할 수 없는 삶, 내일이 기대되지 않던 삶에 지쳤던 것 같다. 이제는 오늘보다 내일이 더 기대되는 그런 삶을 꿈꿔 보고 싶었다. 지나간 과거, 지나온 환경은 내가 바꿀 수 없지만 앞으로는 나의 노력여하 시도 여하에 따라 바뀔 수 있다는 것에 확신을 얻고 싶었다. 그리고 그 확신은 책을 통해 이뤄질 수 있을 거란 희망이 있었다.

그날 내 마음 속에 들어온 '책 속에 길이 있다'는 경구는 지금까지 나의 삶을 지배하고 있다. 다행히 좋아하는 것에는 미치도록 몰입하는 성격 덕분에 독서에 여태껏 몰입할 수 있게 되었으니 길을 찾을 확률은 더욱 커졌다.

〈이방인〉 앞에서
이방인이 되다

내가 사는 집에는 살림이 거의 없다. 하지만 없는 살림 중에 그나마 비중을 차지하는 것이 책이다. 서울에 올라오면서 자기계발서를 가열차게 읽었던 때가 있었다. 배달 일을 하며 사회생활을 이어갔지만 기분 내키면 직장을 그만두고 다시 일을 시작하는 등 들쭉날쭉 하던 때였다. 그럴수록 희망을 갈구했는데 지금보다 더 나은 길이 있음을 믿고 싶었다. 그런 점에서 자기계발서의 특성상 끊임없이 '잘할 수 있다. 너는 될 수 있다. 더 나아진다'라는 메시지를 보내다 보니 그것을 읽으면서 내실없는 희망만 채웠던 것 같다. 자기계발서가 나쁘다는 것이 아니라 내공이 없는 나 같은 청년은 조심해야 할 거란 얘기를 하는 것이다.

그때엔 무조건 책을 사야 한다는 자존심 같은 게 있었는지 소위 베스트셀러라 불리던 자기계발서를 계속 구입했고 집에 100여 권 가까이 쌓여 있었다. 쌓아놓은 책을 보면 괜히 지식이 쌓인 것 같아 뿌듯한 기분이 들었다. 물론 별다른 변화는 일어나지 않았다. 변화할 준비가 안 되었던 것 같다. 책은 그저 허한 마음의 위로였던 것이다.

독서의 불을 잠시 활활 지피던 자기계발 독서가 사그라질 즈음 형편은 더욱 어려웠다. 사이비 종교단체에 돈을 털어 넣고 무일푼으로 친구 집에 얹혀살게 되었고 짐들을 어떻게든 처분해야 했는데 제일 큰 문제가 책이었다. 100여 권의 비중이 꽤 컸는데 그때엔 될 대로 되란 식의 심정이 되어 박차고 나온 종교단체에 기증을 해버렸다.

나는 다시 가난한 청춘으로 돌아왔다. 지금도 그때를 생각하면 억울한 마음에 잠이 안 오곤 하는데 책의 소중함과 책 한 권의 귀중함을 고스란히 건넨 아쉬움 때문이다.

책 속에 길이 있다는 경구를 통해 진짜로 책을 읽어야겠다고 생각한 뒤로 책을 찾아다녔다. 서점에 가서 책을 사야겠다는 생각이 들기보다 어디든 책이 있는 곳에 가서 빨리 책을 펼쳐 보고 싶은 마음이 들었다. 하여 찾은 곳이 도서관이다. 그때까지의 삶을 통틀어 도서관을 스스로 찾았던 것이 처음이었다. 서울에 올라와 산 지 수년이 흘렀지만 사는 동네에 도서관이 있는지 없는지조차 모르며 살왔던 내가 스스로 도서관을 검색하게 된 것이다.

뭐든지 읽어 보자는 마음으로 찾아간 도서관은 고요했고 정숙했으며 낯설었다. 도서관에 계시는 분들이 사서라 불린다는 것도 모를 정도로 무지했으니 읽을 책을 찾는 건 더 어려웠다. 그 많은 책이 언제 저렇게 쓰였을까 싶고 누가 저걸 다 썼을까 놀라웠다. 특히 많은 종류의 책을 분류해 놓고 분야별로 검색해서 책을 찾는 일은 미로를 헤매는 듯하여 아예 그런 과정은 포기해 버렸다.

'뭘 읽지? 어떤 책을 읽어야 하나?'

흔들리는 눈동자로 책을 향해 이리저리 고개를 돌릴 즈음 손에 잡힌 책은 카뮈의 〈이방인〉이었다.

'그래 처음부터 나한테 딱 맞는 책을 찾는 건 무리일 거야. 일단 읽어 보자.'

어떻게 해서 프랑스 실존주의 철학자인 카뮈의 작품을 손에 넣게 되었는지는 알 수 없으나 어쨌든 제목이 주는 생경함, 왠지 유명 작가의 알려진 작품이란 자부심을 느끼고 싶었는지도 모른다. 아니, 아예 생각 없이 집어든 작품이 세계적인 작품이었다는 게 맞을 것이다.

〈이방인〉은 평범한 샐러리맨인 뫼르소가 어머니의 장례를 치른 다음날 즐거운 일상을 보내는 것부터 시작한다. 그러다가 해변에서 친구를 알게 되고 그 친구를 돕는 과정에서 친구와 싸우고 있는 아랍인을 권총으로 쏘아 죽이게 된다.

재판에 회부된 뫼르소의 재판이 시작되는데 그 과정에서 죄를 뉘우친다기보다 일상에 무관심한 태도를 보이고 세상의 부조리에 대응하며 속죄의 기도와 교계사를 거부한 체 고독한 이방인이 되어 사형집행일을 기다리면서 끝이 난다.

책 속에서 길을 찾아보려고 시작한 독서치곤 꽤 무거운 내용이었다. 독서의 맛을 알게 된 지금 그 작품을 읽게 될 때 느끼게 되는 다양한 생각을 그때에는 할 수가 없었다. 그저 '아… 한 권을 끝냈구나' 그런 마음이 더 컸던 것 같다. 솔직히 〈이방인〉 앞에서 낯선 이방인이 된 것도 사실이지만 그래도 좋았다.

카뮈가 그토록 유명한 작가라는 사실도 나중에서야 알았고 〈이방인〉이 그의 처녀작이라는 사실도 나중에 알았지만 오히려 그때에는 아무 배경 지식 없이 책을 읽을 수 있어서 고정관념이나 통념 같은 게 없었기에 내용에만 집중할 수 있었다.

도서관에 앉아 책을 한 권 다 읽고 마지막 장을 넘겼을 때 그 어느 때보다 행복했다. 서른 해 동안 살아오면서 이제까지 느껴보지 못한 뿌듯함과 행복감이었던 것 같다. 비록 누군가 책에 대해 질문을 한다거나 생각을 묻는다면 제대로 대답할 자신은 없었지만 그저 스스로 만족하고 기분 좋아지는 시간이란 것만으로도 충분했다.

'아… 다음엔 또 뭘 읽지?'

스스로 알 수 있었다. 어떤 일을 정말로 좋아하는지 아닌지 판단하게 되는 기준은 다음에도 계속 그 일을 하고 싶어지는지, 어떻게 발전시켜 나가고 싶은지 스스로 계획하게 되는가에 달려 있다.

처음 독서다운 독서를 시작하게 된 그날, 스스로 도서관 문을 나서는 게 아쉽고 내일 다시 와서 어떤 책을 읽을지 확률의 맛을 볼 기쁨이 있었다. 그 후로 계속된 독서를 통해 책을 선택하는 시간도 짧아졌고 비교적 수준에 맞는 책을 선별하는 노하우도 생겼지만, 누군가 가장 영감을 허락해 준 책에 대해 묻는다면 망설임 없이 카뮈의 〈이방인〉을 꼽고 싶다.

독서부자가 된 배달맨

배달맨의
책가방

돈이 없었다. 한동안 무일푼으로 영업 배달 일을 시작하게 되었지만 예전과 달라진 게 있다면 없어도 행복한 삶이 되었다는 사실이다.

"뭐하냐? 오늘 저녁에 한 잔 하자."

"안 돼. 일 있어."

독서를 시작하게 되면서 생활 패턴도 변화해 갔다. 할 것 다하고 놀 것 다 놀다 보면 정작 해야 할 일을 못할 때가 너무 많았다. 그러려면 포기하는 것도 있어야 하는데 그때 약속 대신 독서를 선택한 건 정말 잘한 일이다.

처음 얼떨결에 〈이방인〉을 읽고 난 뒤 책에서 손을 뗄 수도 있었다. 이해할 수 있는 문장보다 이해되지 않은 문장이 더 많았기 때문인데, 그럼에도 독서에 길이 있다는 경구는 묵직한 삶의 추처럼 달려 마음의 중심을 잡아 주었다.

'참고 한 번 해 보자. 정말 길이 있는지 읽어 보자'

이런 오기가 생겼던 것도 같다. 그렇게 한 권 두 권 괴롭게 독서를 시작하고 난 뒤 변화가 느껴졌다.

'오늘은 도서관에 가서 뭘 읽지? 사회 과학 쪽 분야를 볼까?'

어느새 도서관 행을 계획하고 책을 무엇으로 정해야 할지 즐거운 고민을 하고 있는 나를 보게 되었기 때문이다. 일을 마치고 또는 오후 시간 근무가 일찍 끝날 때면 누가 뭐라 해도 도서관으로 향했다. 이왕 마음을 먹었으니 끝까지 해 보자는 오기도 있었지만, 생각해 보면 경제적으로도 엄청난 유익이었다.

책 한 권을 읽는 데 소요되는 시간은 많게는 5-6시간 적게는 3-4시간이었다. 하루에 한 권을 읽으려면 짬짬이 틈나는 대로 읽어야 겨우 뗄 수 있는데 그러려면 당연히 다른 약속은 아예 하지 않는 게 낫다. 게다가 책을 구입하는 것이 아닌 도서관에서 먼저 읽어 보는 검증을 거친 뒤 구입해야겠다 싶을 때 사면 되는 것이다 보니 하루에 들어가는 용돈은 차비가 전부였다. 아무리 생각해도 시간 대비 효과가 최고라는 생각이 들면서 독서의 매력은 더했다.

"야… 무슨 책을 읽겠다고 그래. 그냥 놀아, 놀아."

처음에 책을 읽고 있다는 말에 대부분의 반응은 이랬다. 평소

모습과는 딴판이니 이런 반응이 오는 건 어쩌면 당연했는지도 모른다. 그때 이렇게 반응하곤 했다.

"술 먹고 노느라 돈 쓰는 것보다 책을 읽으면 돈 절약 에너지 절약이야."

다들 이 말에 대놓고 부정할 수 없었기에 받아치지는 못했지만 그럼에도 입을 삐죽대며 그래도 재미를 찾아 떠난 지인들이 대부분이었다. 안타까웠지만 깨닫지 못하면 어쩔 수 없는 일이다.

우리나라 국민들이 책을 안 읽어도 너무 안 읽는다는 사실은 이미 알려진 바다. 어느 기사를 보니 우리나라 독서율이 OECD 국가 중 최하위를 차지했다고 하는데, 국민 100명 중 33명이 1년에 1권도 읽지 않을 정도로 심각한 독서문맹률을 기록했다. 도서 구입 비용도 월평균 1가구당 2만 원 조금 넘는 비용, 한 달에 한 권 정도 구입한다는 말이 된다.

이런 현실 앞에서 일본의 유명한 학자가 했던 말은 생각해 볼 만하다. 그는 자신의 저서를 통해 일본이 아무리 위기라고 하지만 그래도 독서율이 높고 독서하는 분위기가 계속되는 한 결코 망하지 않는다고 장담했다. 독서의 힘이 민족의 우수성을 높이고 지속성을 유지시킨다고 믿는 것이다. 그 글을 읽으며 다시금 독서의 끈을 조였던 기억이 난다.

돈이 없어도 가능한 것이 없을까. 예전에는 무조건 돈을 벌어야 한다는 강박관념 같은 게 있었기 때문에 생각 속에 '돈' '돈' 했던 때가 있었다. 돈이 있어야 살 수 있다는 단순한 논리에서였는데 도서관에 출입하게 되면서 돈이 없어도 더 가치 있는 것, 돈이 없어도 가능한 일이 많음을 알게 되었다. 아니 오히려 돈을 버는 것보다 한 차원 높은 행위, 지식을 얻고 정보와 지혜를 얻을 수 있기에 훨씬 가치 있는 일이었다.

현대 경영학의 창시자인 피터 드러커 박사는 대학 재학 시절 도서관에서 닥치는 대로 책을 읽었다고 한다. 그 후 그는 새로운 주제와 새로운 시각 새로운 방법에 대해 열린 자세를 갖게 되었다고 했다. 아마도 그런 이유로 현대 경영학의 대부라 불리며 여기저기 드러커 경영학이 인정받고 인용되는 게 아닐까 싶다.

한 가지 생각에 고집스러운 마음을 갖는 것이 아닌 개방적인 자세를 갖춘 사람은 다양한 방식 다양한 생각을 인정하고 받아들인다. 책의 세계가 워낙 다양한 생각이 오고가는 세계라서 그렇다.

나 역시 도서관에 출입하게 되면서 변화했다. 점점 독서가 돈을 버는 일만큼 가치 있게 다가왔다. 아직까지 돈을 넘어선 가치를 깨닫는 경지에까지 이르지는 못했지만 노동과 독서의 가치를 평등하게 두었다는 사실만으로도 발전했다고 생각한다. 독서가 실질적인 경제 행위를 하는 것도 아니지만 마음 깊숙이 올라오는 뿌듯함과 차오르는 생각들과 마주할 때 인생이 가치 있다는 것을 느낄 수 있다는 것에 감사했다.

언젠가 읽었던 〈독서는 절대 나를 배신하지 않는다〉라는 책에

독서부자가 된 배달맨

이런 글이 나온다.

'책을 읽는다는 것은 한 사람이 깊은 내공을 쌓는 데 필요한 재료의 질과 양을 더하는 행위다. 내 생각이 다른 사람의 생각과 부딪히기도 하고 자연스럽게 섞이기도 하면서 과거와는 다른 새로운 생각이 탄생한다.'

과거 상처투성이의 절망의 길에서 한참동안 방황하던 삶에서 이제 비로소 길 위에 선 나는 서른 즈음이 되어서야 인생을 가치 있게 살아가는 것에 눈을 떴다. 그때까지만 해도 삶이라는 레일 위에 제대로 서 있었다기보다 비틀거리며 선로를 이탈했다면 이젠 이정표라는 것을 바라보려 허리를 곧추세운 시간이었다. 책은 특별한 방법을 알려 주진 않았다. 이렇게 가라 저렇게 가라 지시해 주지 않았지만 그들이 사는 세상, 누구보다 치열하게 고민하고 고생하여 얻은 지식을 조건 없이 내 주었다. 그 고마움을 잊어서는 안 된다. 아마도 이러한 진리는 세기가 바뀌어도 변함이 없었는지 고대 소크라테스도 그래서 돈이 없어도 가치 있는 삶을 살게 만드는 책읽기에 대해 이렇게 말하지 않았을까 싶다.

'남의 책을 많이 읽어라. 남이 고생해서 얻은 지식을 아주 쉽게 내 것으로 만들 수 있고 그것으로 자기 발전을 이룰 수 있다'

글 앞에 공평함과
겸손함을 알다

신앙인으로 거듭나게 된 시기는 독서 인생을 결심하게 된 때와 거의 일치한다. 어찌 보면 신앙의 체험이 독서로 이끌었다고 해도 과언이 아닐 정도로, 그때 나의 잃었던 영감을 건드린 독서로의 초대는 신앙과 맞닿아 있다. 그즈음 인류 역사의 최고의 책으로 평가받는 바이블을 통해 진리를 탐구하는 일에 관심을 갖게 되었고 좀 더 분야를 넓혀 가고 싶다는 바람과 함께 시작한 독서였기 때문이다.

독서를 본격적으로 시작하게 되자 독서와 신앙생활은 굉장한 시너지 효과를 냈다. 보통 신앙은 영혼에 관계된 것으로 보고 독서는 인격에 관련된 것으로 본다. 어떤 사람은 신앙이 우선이고 신앙과는 별개로 인격을 가꾸려 독서를 한다. 꼭 신앙에만 대비시키지 않아도 독서를 인격 함양의 하나로 보는 성향이 강하다.

그런데 둘의 관계는 굉장히 가깝다. 신앙생활을 해 보니 독서가 신앙생활의 깨달음을 얻게 하는 중요한 요소가 되고, 반대로 독서를 통해 성경의 진리가 어느 순간 깨달아지기도 하는 경험을 수없이 하기 때문이다.

성경을 읽을 때 누구나 그 앞에서 공평하다. 독서 역시 마찬가지로 읽는 대상 앞에 지극히 공평하다. 지식과 지혜는 누구에게나 공평하게 열려 있기 때문이다. 또한 글 앞에 서면 글을 이해하기 위해 더 많이 더 깊은 생각해야 하고 그것을 깨닫기까지 인격을 낮추게 되어 겸손할 수밖에 없다. 그래서 글 앞에 누구나 공평하고 평등하며 겸손해질 수밖에 없다는 말을 하는 것 같다. 다만 사람의 마음에 따라 글을 통해 얻어지는 지혜가 빛을 발하기도, 사장되기도 한다.

독서를 시작하면서 조금 과격한 표현을 빌려, 닥치는 대로 읽었다. 체계도 잡히지 않았을 뿐더러 스스로 체계를 잡아가는 것이 가장 좋은 방법이라고 했기에 손에 잡히는 대로 읽었는데, 그런 가운데 잡게 된 책이 〈베뢰아 사람〉이 있다. 신기하게도 자신의 상황과 딱 맞는 책을 만났을 때 느끼는 희열이란 세상의 수많은 기쁨 중에 특별한 것이다. 베뢰아 사람을 읽었을 때의 느낌이 딱 그랬다.

이 책은 복음을 증거한 바울을 통해 강력한 복음과 증거를 든고 보았지만 성경을 상고하고 성경에서 믿음을 얻는 모범적인 신앙인 베뢰아 사람들에 대한 이야기를 쓴 책이다. 베뢰아 사람들은 체험을 통해 믿음을 갖게 되었지만 믿음의 근거를 성경에서 찾았다. 말하자면 생명을 얻되 더 풍성히 얻는 신앙생활을 했던 것이다.

이 책을 읽는 가운데 성경을 읽는 것, 말씀의 기록을 이해하고 그 속에서 근거를 찾아가는 것이 중요하다는 확신을 갖게 되었고, 그것은 독서와 깊은 관련이 있다는 것을 알 수 있었다. 신앙생활의 출발을 체험으로 시작했어도 그 후엔 말씀의 근거와 풍성함으로 따라가야 한다는 책의 내용처럼, 성경을 읽고 기타 다양한 독서를 통해 주관적인 체험과 사고의 틀을 벗어나 광대하고 무한한 영적 세계를 균형 있게 바라볼 수 있는 믿음을 소유하라는 조언은 큰 힘이 되었다.

나의 독서생활은 일반 독서를 하는 것과 성경을 읽는 것을 병행하며 진행되었다. 책의 종류가 너무도 많고 분류도 다양하며 내용을 이해하는 정도도 천차만별이지만 성경은 단 한 권인데도 그 속에 들어 있는 내용과 이해의 정도가 여러모로 달랐다. 그날의 감정에 따라, 그때그때 영적인 감성에 따라 달랐다. 글로 표현되어 바뀌지 않는 내용임에도 시간, 상황에 따라 달랐다. 어제는 이렇게 느껴졌던 내용이 오늘은 다르게 느껴지는 등 변화무쌍한 다양한 의미를 담고 있다. 그것이 전혀 이상한 일이 아니며, 생각이 다양한 것이기에 경험할 수 있는 특권이란 생각이 들었을 때엔 이전과는 다른 희열이 느껴졌다. 생각하는 동물을 호모 사피엔스라고 했던가. 독서를 하면서 나는 독서하는 인간이 되었음에 감사했다.

지금까지 2년간의 독서를 이어오면서 성경은 두세 번 통독했는데 어떤 부분은 아직도 제대로 이해가 되지 않는 곳도 있고 어떤 곳은 그 어떤 책보다 재미있고 흥미롭고 스릴 있다.

더 좋은 것은 첫 번째 읽었을 때 그냥 넘어갔던 부분이 두 번째 읽을 때엔 확실히 이해가 되어 기쁨에 환호하기도 하고, 두 번째 읽었을 때 은혜와 감동을 받았던 장면이 세 번째 읽었을 때엔 그와는 다른 면으로 이해되어 또 다른 생각으로 전환되는 것에 감격했다. 아마도 이해의 폭을 넓혀 주시고 지혜를 주시는 은혜도 있지만 독서를 함께 병행하면서 다각도로 이해하고 생각할 수 있는 폭이 넓혀졌기 때문이 아닐까 싶다.

책을 읽는다는 것은 그 속에 담긴 정보를 파악하는 이상의 의미를 지닌다. 다른 사람의 생각과 경험을 비교하고 수용하게 되면서 자기중심적인 사고와 경험으로부터 벗어나 객관적이고 보편적인 사고와 경험을 갖게 된다. 성경과 독서를 병행하면서 이러한 읽는 행위가 주는 효과는 더욱 커졌다고 생각한다.

성경은 고전 중에 고전이라 불린다. 인류 역사상 최고의 고전이라 불리는 것은 말씀이 진리이기 때문인데, 그와는 조금 다른 고전을 읽으면서 수백 년 어떤 것은 천 년 가까이 지나도록 후대에 읽혀

지고 있는 이유를 생각해 보았다.

〈사기열전〉이나 〈손자병법〉, 〈국가론〉, 〈목민심서〉 등과 같은 세기를 넘어선 고전을 접하면서 드는 생각은 지금의 상황과는 전혀 다른 그 시절로 거슬러 올라가 그때의 기준으로 써 놓은 글인데도 전혀 어색함 없이 받아들여지며 날카롭게 심장을 베는 지식과 지혜의 칼날이 있다는 것이다. 플라톤의 〈국가론〉을 통해서 말하는 국가의 의미가 철학적이지만 흔들리는 지금 세대에 필요한 지침이 되고 근본으로 돌아가 생각할 거리를 제공하는 오래된 지식에 머리를 조아리게 된다.

그러한 글을 접하면서 우리는 과거와 현재의 시간을 연결하고 생각의 폭을 넓히며 변치 않는 진리 지혜의 보고를 교과서로 삼고 변화한다. 글이 주는 시너지 효과가 후대까지 지속적으로 이어질 것이기에 이 안에 희망이 있는 게 아닐까 싶다.

성경 말씀 중에 '있는 자는 더 있게 되고 없는 자는 그 있는 것까지 빼앗기게 되리라'는 구절이 있다. 나는 이 말씀이 독서에도 해당된다고 생각한다. 읽는 자는 더 깨닫게 되고 읽지 않는 자는 가지고 있는 지혜마저 사라져 버리게 될 지도 모른다. 생각하지 않기 때문이다.

지금도 글 앞에 나는 가장 나다운 모습이 되려고 한다. 물론 아직 턱없이 부족한 독서력 부족한 이해력 때문에 당당하진 못해도 글 앞에서 누구나 공평하고 평등하며 겸손할 수밖에 없음을 알고

있기 때문이다. 가장 나답고 나다운 모습을 찾게 해 준 독서가 지금
내 인생 가장 큰 이슈가 되는 이유다.

천권을 향한
치열한 여정

　나는 미친다는 말을 싫어한다. 무엇에 미쳐 있다는 표현을 들으면 왠지 정신이상자가 연상되어 거부감이 들곤 했는데, 그런 이유로 서가에 꽂힌 '무엇 무엇에 미쳐라'라는 제목의 책엔 손이 가지 않았다. 이것 역시 고정관념이었을 것이다.

　그런데 독서를 시작하고 나름 독서법을 정립해 가는 과정에서 미친다는 말이 좋아졌다. 좋아하는 것에 미칠 수 있다는 것의 의미를 알았기 때문이다. 또한 '미치다'는 말이 어딘가에 이르다는 의미의 미치다의 의미도 함께 가지고 있으니, 어딘가에 미쳤다는 것은 그만큼 좋아하여 목표에 이르게 하는 힘을 준다는 생각으로 바뀌게 되었다.

지난 2년간 나의 삶은 독서에 미쳐 있는 삶에 가까웠다. 자신 있게 미쳤었다는 말은 못하겠다. 과연 주변에서 미쳤다고 할 정도로 앞뒤 가리지 않고 빠졌는지 스스로 판단할 수 없기 때문인데, 어쨌든 독서를 시작하고 나서 나를 아는 사람들로부터 자주 미쳤다는 말을 들었으니 이쯤 되면 독서에 살짝 미쳤다는 표현은 써도 무방하지 않을까 싶다.

처음부터 그랬던 건 아니다. '그래 독서… 책 속에 길이 있다는 게 맞을 거야. 독서… 좋지.' 했을 때에는 여유 있을 때 여유 있게 책을 읽었다. 그런데 차츰 독서의 맛을 알아가고 신앙생활을 통해 독서가 진리에 가깝게 다가가는 데 효과를 주며 삶을 변화시키는 단초를 제공한다는 확신이 서면서 생각이 바뀌었다. 뭔가에 도달하기 위해서는 포기하는 것이 분명히 필요할 테고 그러려면 시간과 노력 의지가 필요했다. 본격적으로 미치기 위한 노력이 필요했던 것이다.

그즈음 독서력에 불을 지핀 책과의 운명적인 만남이 있었다. 지금까지 거의 4-5독 정도는 했던 책으로, 김병완 작가가 쓴 〈48분 기적의 독서법〉이었다. 독서에 대한 생각이 마음에 끓어오르게 되면서 궁금했다. 나만 이렇게 헤매고 있는지, 어떻게 어떤 책을 읽어야 하는 것인지 길잡이가 필요했다. 그때 문헌정보학 쪽을 살피게 되었고 그곳 서가를 가 보니 온갖 독서법에 대한 책이 다양하게 나와 있었다.

'여긴 신천지구나. 이런 분야가 있었다니…'

놀라움으로 빼어든 책은 각종 독서법에 대한 것이었다. 하루 1시간 독서, 기적의 독서법, 초의식 독서법 등 독서로 삶이 변화된 많은 저자의 독서에 대한 노하우가 방긋 웃으며 반겨 주었다.

'아… 어떤 걸 읽지? 뭐부터 읽을까.'

그때만큼 즐거운 고민도 없었다. 다들 나와 비슷한 삶의 길을 걷고 있었던 저자들이 쓴 책이었으니 동병상련을 느낀 건 당연했다. 세상에 누군가 나와 같은 생각을 하고 같은 고민을 하고 있다는 것을 아는 순간 세상은 더욱 가깝고 편안하다.

〈48분 기적의 독서법〉은 그런 점에서 1순위에 속한다. 이 책을 쓴 김병완 작가는 그 이력이 화려하고 독특하다. 국내 굴지의 대기업에서 소위 잘 나가는 회사원으로 살다가 어느 날 이렇게 사는 삶은 자신에게 큰 의미가 없으며 좀 더 의미 있는 삶을 찾기로 결심했다. 그렇게 찾은 곳이 도서관, 그는 도서관을 매일 같이 가서 책읽기에 3년의 시간을 보냈다. 하루종일 도서관에 박혀 책 읽기에 시간을 투자한 그가 읽은 책은 만 권, 사람이 평생을 다해도 만권을 읽을까. 보통 사람이 천 권 읽기도 불가능한 시대에 그는 만 권을 독파했고 그로 인해 글쓰기를 통해 독서법에 대한 시리즈를 내고, 자신만의 연구소를 내걸어 새로운 삶을 살고 있다.

〈48분 기적의 독서법〉에서는 저자가 왜 책을 읽어야 하는지, 어떻게 읽는 것이 효과적인지 방법을 알려 준다. 하루에 48분만 투자하면 3년 안에 천 권을 독파할 수 있고 그 독서력을 바탕으로 또 다른 일을 추진하며 자신만의 영역을 확보할 수 있음을 자신 있게 소개하고 있는데, 과연 자신의 생생한 독서경험담을 녹여 놓아선지 책을 읽는 내내 나는 가슴이 뛰었다. 그처럼 독하게 책을 읽고 싶었고 찐하게 느끼고 싶어졌다.

벤치마킹 한다는 말이 있다. 모델이 될 만한, 혹은 따르고 싶은 사례를 자신의 상황에 맞춰 적용하는 것을 의미하는데, 48분 독서법은 벤치마킹의 좋은 사례가 되었다. 그때까지만 해도 독서 초기였기에 거의 백지상태나 다름없던 나로서는 무작정 따라 읽기로 시작했다.

일단 하루의 시간표를 계획할 때 독서시간을 염두에 두고 무조건 시간 확보를 해 나갔다. 지하철을 타고 왕복하는 시간, 직장에서 시간이 날 때, 또한 집에 돌아왔을 때까지 무조건 3-4시간은 확보하여 책을 읽어 나갔다.

독서 시간표

* 지하철: 1시간(왕복)

* 직장: 2-3시간

* 집: 30분

* 평균: 3-4시간

이렇게 써 놓고 책상 위에 붙여 놓으니 왠지 책임감이 생기고 의무감에 불타올랐다. 게다가 가슴에 독서열을 불태운 책을 읽은 지 얼마 되지 않았던 터라 그 불길이 식지 않게 하기 위해서라도 장치는 필수였다.

아침 7시가 조금 넘어 지하철을 타고 가다 보면 지옥철일 때가 많다. 특히나 출퇴근 시간에 많은 직장인이 밀집된 가운데로 들어가 책을 꺼내 펴는 일이 불가능할 때도 있다. 어떤 날에는 밀리듯 들어가서 서 있기조차 불편한 상황이라 책을 펴지 못할 때엔 중간에서 내려 책을 읽다가 2-30분 후 조금 사람이 빠진 지하철에 올라타 책을 읽으며 출근하기도 했다. 스스로에 다짐에 다짐을 하며 채찍을 가하다 보니 한 달 두 달 시간이 가고 그것이 습관화되어 갔다.

가방 속엔 늘 2-3권 읽을 책을 넣고 다녀 무거웠지만 한 장 한 장 책장이 넘어갈 때면 덩달아 기분이 가벼워졌다. 일을 마치고 집에 돌아와서는 처음에는 책 한 권에 매달려 끙끙대던 예전과는 달리 종류를 다양하게 읽으면서 선택의 폭을 넓혀 갔다. 그러다 보니 어쩌다(?) 어려운 석학들의 책을 만날 때 쥐가 났던 두뇌활동을 조금 말랑한 글이 상쇄시켜 주는 등 나름의 완급조절이 되더란 이 말이다.

아무리 좋은 책이라 해도 죽어라 피곤하게 일하고 집에 돌아와 잠자는 시간을 쪼개 읽는 시간은 그리 달가운 것은 아니었다. 좋은 콧노래도 한두 번이지 매일 밤잠을 2-3시간씩 자면서 어떤 날에는 그마저도 채우지 못한 체 책을 읽고 출근을 하면 몸이 천근만근이었다. 읽었던 책 내용도 제대로 기억이 나지 않을 때도 잦았는데 그런 날이면 무척 속이 상했다. 어떻게 시간을 낸 것인데 내용도 기억 못하고 이해도 못했다니 괜한 헛수고를 했다는 생각에 좌절감이 들었다.

무엇보다 하루에 3-4시간은 독서에 투자하기로 마음을 먹은 뒤론 독서 제일주의 생활이 되었기에 일하는 것 외에 모든 것은 절제하고 피해야만 했다. 서울에 올라와 시간 날 때마다 자주 애용했던 컴퓨터 게임은 시간을 가장 많이 잡아먹는 장애물이었기에 아예 컴퓨터를 켜지도 않고 멀리하려고 했다. 전화기 게임기 술과 친구들 모두 절제해야 할 대상이었다.

"끝나고 한잔 합시다."

친구나 동료들이 술 마시자고 제안하면 뿌리칠 핑계를 대는 것에도 한계가 있었다. 한두 번은 다른 약속이 있어서 안 된다고 빼지만 그런 일이 잦아지니 아예 사실대로 터놓고 말하기도 했다. 대놓고 빈정거리는 사람도 있고 대단하다고 격려해 주는 사람도 있었지만 부정적으로 바라보는 사람이 더 많았던 것 같다. 사람의 심리는 본래 부정적인 심리가 더 민감하게 작동한다고 하는데, 안 좋은 쪽으로 보고 부정적인 면을 확대해서 보려는 경향 때문인지 비아냥거리는 말투를 견뎌내는 일은 좀 힘들기도 했다.

어떤 날에는 회식을 마치고 돌아와 독서를 하기도 했다. 회식의 특성상 술 한두 잔씩 하기도 했는데 신앙생활을 하면서 술을 끊어야겠다고 생각했지만 그게 잘되지 않았다. 인간관계의 폭이 좁았던 나로서는 그것이 그나마 사람을 만나고 사귀는 통로가 되었는데 그 것마저 통제하다가는 어떡하나 싶은 마음에 결단을 내리지 못했던 것 같다. 하여 회식을 하고 난 다음 집에 돌아오면 정신이 몽롱하기도 하고 어떤 날에는 취하기도 했다. 그런데도 마음 한 쪽엔 독서에 대한 결단이 채찍질하고 있었기에 쓰러져 잠을 청하지 못했다.

'아.. 빨리 술이 깨야 돼. 오늘 양은 다 채우고 자자.'

이미 마신 알코올은 쉽게 분해될 생각을 안했는데, 그런 때엔 사우나로 달려가 목욕을 하고 돌아와 독서를 서둘러 마치고 잠자리에 들기도 했다. 얼마 뒤 건강 서적을 읽으면서 술 마시고 사우나 가는 것이 얼마나 나쁜 일이라는 것을 깨달은 뒤론 아예 술을 끊었다.

참 신기한 것은 습관이 행동을 지배하고 정신을 지배한다는 것이다. 억지로라도 책을 읽는 습관을 들이다 보니 어느새 지하철을 타면 일단 책부터 펴는 게 자연스러워졌고 책 읽기를 방해하는 환경은 저절로 제거하는 나와 마주하게 되었다.

서른 살 즈음에 시작한 독서는 나와의 치열한 싸움이자 고독한 행복이었다. 누구 한사람 알아주는 사람 없더라도 상관없었다. 지금까지 스스로 자라고 있다는 생각을 해 본 적이 없었는데 책을 읽고 난 뒤부터는 성장하고 성숙해 가고 있다는 자부심에 잠자리에 들면서도 씨익 웃곤 했다. 그러다보니 어느 때부턴가 기대감이 생겼다.

고전문학을 대하는 작가들의 한결같은 칭송을 읽어 내려갈 때엔 하루빨리 그 책을 빌려와서 그들의 생각을 공감하고 싶었다. 세계를 여행한 작가들의 여행 후일담과 세계문화를 접목시킨 글을 읽을 때엔 가보지 못한 나라를 상상하며 한껏 상상의 나래를 펼치지도 했다. 때때로 철학자들의 생각을 대할 때면 100% 이해하지 못할지언정 그들의 철학의 언저리에서나마 서성거리고 싶은 마음에 페이지를 못 넘기고 안타까워 할 때도 있었다.

나의 얄팍한 상식과 깊은 지식과 충돌하는 데에서 자괴감이 생길라치면 어김없이 독서법에 관한 책을 펴들었다. 그냥 스스로 터득한 방법인데 내겐 그만큼 치열한 자극제가 필요했다. 자극제는 누군가의 격려도 아니었고 단 한 번도 만나 보지 못한 책 속의 격려자가 전부였지만, 그들이 글로써 전달하는 격려의 힘은 대단했다.

'1000권의 책을 읽으면 누구라도 책을 쓸 수 있을 만큼 지혜가 쌓이고 사고가 확장된다. 이는 양이 질을 능가하기 때문에 가능한 일이고 48분 기적의 독서법을 통해 얻은 깨달음을 실천하는 사람이라면 누구나 가능한 일이다. 누구라도 작가가 될 수 있고 누구라도 경영자가 될 수 있으며 누구라도 투자자가 될 수 있다. 그 방법만 터득하고 제대로 실천한다면 말이다. 자신이 최고라고 생각하면 현실에서 그렇지 않다 해도 대뇌에서는 그런 사람으로 착각한다. 결과적으로 뇌 안에서 먼저 최고가 되는 것이고 뇌는 그런 기준에서 몸과 행동을 지배한다. 결국 "나는 이런 사람이야"라고 규정하면 정말 그런 사람으로 변해가는 '자기 규정 효과'가 엄연히 존재하는 것이다.

인생을 바꿀 수 있는 힘은 자신에게 있다. 자신을 믿지 못하면 아무리 많은 노력을 기울여도 세상은 자신을 돕지 않을 것이다. 스스로 믿는 자를 도와주기 때문이다.

'최고를 갈망하고 최고가 되고 최고임을 선언하라'

책을 통해 만난 이 글귀는 마치 내 곁에 와서 '넌 최고가 될 수 있고 스스로를 믿고 읽어 봐' 라고 격려해 주는 듯했다. 그 결과 2년이란 시간이 꿋꿋하게 지나갈 수 있었다. 재물에만 빈익빈 부익부가 있는 게 아니라 독서에도 마찬가지로 빈익빈 부익부 현상을 실감하며 보낸 2년간의 치열한 여정은 좀 더 성장한 나로 이끌었다.

독서부자가 된 배달맨

거북이의
청경우독

촉나라의 제갈공명은 그리 좋은 환경에서 자란 사람이 아니다. 부모님을 일찍 여의고 자신을 거둬 줄 삼촌까지 돌아가시자 초려를 짓고 들어가 밭일과 독서로 소일을 하며 지냈다. 당시 풍전등화와 같은 전세 속에서 훌륭한 이들과 교류하면서 철저히 자신에 대한 준비를 이어갔는데 그때 자신의 상황, 즉 갠 날에는 밖에 나가 농사일을 하고 비 오는 날엔 책을 읽는 청경우독으로 시간을 헛되이 보내지 않았다.

훗날 촉나라의 유비가 찾아와 삼고초려로 촉나라를 위해 일해 줄 것을 부탁하여 삼국통일을 도모하게 된 명장이 되기까지에는 타고난 재능도 있었지만 청경우독의 삶, 즉 재능을 드러내기 전 부지런히 일하고 독서를 쉬지 않으며 자신을 연마했던 이유가 클 것이다.

그의 청경우독의 삶을 들여다보며 완전히 매료되었다. 중국사를 통해 만나게 되는 제갈공명의 지혜로움이 타고난 것이라기보다 시간을 헛되이 보내지 않으며 지혜를 추구하던 자세였다는 데에서 독서에 대한 더욱 확신을 얻었다고 할까.

그래서 독서를 진행하며 청경우독의 삶을 동경했고 추구했다. 제갈공명같이 지혜로운 사람은 될 수 없어도 그가 걸어간 길, 그가 추구했던 삶에 대해 그대로 따르고 싶은 마음이 컸기 때문이다. 책 속에서 만나는 지혜로운 사람들은 그대로 나의 모델이 되었다. 워낙 주변에서 이끌어 줄 만한 사람이 없었기에 없는 인맥을 동원하기보다 책 속에서 만나는 수많은 위인을 모델로 삼고 나니 그렇게 편안할 수가 없었다.

함께 대화할 수 없다는 것이 안타깝긴 했지만 그래도 지혜로운 그들은 내가 궁금해 할 만한 거의 모든 것을 글로 말해 주고 있었기에 오히려 비밀스럽고도 끈끈한 인연의 맛을 느꼈다고나 할까. 그들은 은근히 내게 말을 걸어 주었고 나는 대놓고 그들에게 다가갔다.

나에게 청경우독의 삶은 지금까지 그래왔듯 주어진 일은 열심히 해 나가고 나머지 시간을 독서에 투자하는 거였다. 틈나는 대로 독서를 하는 것, 그리고 그것이 몰입하는 것이었다. 독서를 하면 할수록 터득한 것은 독서에도 질적인 차이가 분명히 있다는 거였다. 읽는다고 해서 똑같이 읽는 게 아니다. 지하철에 앉아 똑같이 책을 펴는데 어떤 때에는 그 내용이 가슴을 칠 때가 있는가 하면 어떤 때에는 읽기는 했으되 한 글자도 기억이 나지 않을 때가 있다. 똑같은 시간을 투자하고 똑같이 정신을 쏟았다고 생각하는데도 그렇다. 과연 내용의 차이 때문일까. 처음엔 그렇다고 생각했는데 지나다 보니 그게 아니었다.

청경우독의 삶, 제갈량이 갠 날엔 밭일을 하고 비오는 날 독서를 했다는 것이 두 가지의 차이를 두었다고 보지 않는다. 자신에게 주어진 시간에 가장 적합한 일을 최선을 다해 했고 그것이 언젠가 때가 올 때 바로 나아가리라는 굳건한 의지가 바탕이 되어 있었을 것이다. 그러니 밭일을 할 때나 독서를 할 때 모두 몰입했을 거란 사실을 알 수 있다.

그러니 나의 청경우독의 자세도 달라야했다. 그저 활자를 따라가는 독서가 아닌 문맥을 이해하려는 노력을 하게 되고 자꾸 생각을 하면서 읽게 되고 그러다 보니 앞의 내용이 궁금해져 왔다 갔다 하는 독서가 되었다. 역시 공부할 때에도 반복 학습이 최고라더니 독서 역시 모르는 것을 스킵해서 지나갈 때가 있는가 하면 어떤 때에는 천천히 곱씹으며 되돌아가야 할 때가 있었다. 그러한 포인트를 스스로 찾아낼 수 있었다는 것이다.

그러다 보니 점점 언제 어디서나 책을 읽어도 그것에 몰입할 수 있는 내공이 생기기 시작했다. 지하철을 타고 이동하는 경우가 많은 터라 지하철 풍경에 익숙한 나로서는 출근시간 뿐만 아니라 점심시간 한낮에도 지하철을 탈 때가 있는데 그곳엔 참 많은 소음이 뒤섞여 있다. 한 공간에 불특정 다수가 있다 보니 별의별 소리 별의별 광경이 혼재되어 있다. 예전엔 그 소리를 듣고 모습을 신기하게 쳐다보며 시간을 때울 때도 있었는데 이제는 그것을 스스로 통제해 낼 수 있게 되었다.

독서 초기, 조용한 장소를 찾아 한적한 독서를 즐길 수 없었던 나는 웃지 못 할 일도 많이 겪었다. 지하철에서 책을 펴고 읽다 보면 옆자리에 앉은 사람이 켜놓은 동영상 소리가 너무 커서 책을 그대로 둔 채 옆 사람의 동영상 내용만 제대로 기억하고 내린 일이 있다.

언젠가 한번은 유난히 피곤한 하루를 보내고 퇴근길에 책을 펴 들었다. 마침 자리가 나서 앉자마자 책을 펼쳐 들었는데 그날따라 수준에 안 맞는 내용이었던지 한 글자도 눈에 들어오지 않고 눈꺼풀은 점점 무거워졌다. 언제부터인가 기억이 나지 않고 신나게 졸았는지 책이 땅바닥에 떨어진지도 모른 채 잤는데 그러다가 내릴 정류장에 도착했고 하마터면 책을 놓고 나올 뻔한 부끄러운 일도 있다.

하나 더 고백을 하자면 얼굴 붉힐 일도 있었다. 하루는 마음먹고 지하철에 앉아 책을 펼쳐 놓고 읽고 있는데 마침 옆자리에 여학생 둘이 앉았다. 앉자마자 그들은 시끄럽게 대화를 이어갔는데 연예인 이야기를 하는지 무척 신이 나서 목소리 톤이 올라갔다. 뭐가 그

독서부자가 된 배달맨

리 재밌는지 박수를 치며 웃기도하고 서로에게 뭔가를 보여주며 끊임없이 재잘댔다. 꾹 참고 책을 읽는데, 마침 〈소크라테스의 변명〉이란 책이었다. 그 책은 소크라테스와 그의 친구 철학자가 서로 대화를 나누며 그들의 철학적 사상과 법을 지키는 것에 대한 올바른 자세에 대한 심도 깊은 토론이었기에 그 상황을 이미지로 그리는 시간이 필요했다. 그런데 자꾸만 그들의 소리가 방해가 되는 것이다.

'그래 이런 소음을 넘어서자'

내용에 몰입하려고 하면 할수록 점점 청각은 그들의 웃음소리와 대화소리로 향했고 인내심에 극이 달한 나는 자리를 일어났다. 박차고 일어났다는 표현이 맞을 것이다. 나도 모르게 거친 행동이 나왔던 것 같은데 실제로도 그들이 너무하다는 생각이 들긴 했다. 그런 마음을 알았던 것일까 짐을 싸들고 옆 칸으로 이동하는 내 뒤통수에 대고 쏘아붙이던 그들의 말은 생각보다 날카로웠다.

"뭐야… 자기만 책 읽나? 책 읽는다고 재는 거니? 재수 없어."

화도 났지만 부끄러운 생각도 들었다. 그랬다. 청경우독 운운하며 책을 읽는답시고 혹시 나도 모르게 자만했던 것은 아닐까. 세상은 공평하고 나름대로 살아갈 방식이 있는데 너무 내 마음에 맞는 환경을 요구했던 것에 대한 부끄러움이었을 것이다.

그날 이후 나는 일부러 소음이 있는 공간을 찾아다니며 스스로 근육을 키웠다. 소위 '읽는 근육'을 키우기 위한 방법으로, 주말 시간 가장 시끄럽다고 하는 서울 시내 카페 중앙에 앉아 책을 읽는 연습을 하기도 하고 공원 한가운데에 앉아 책을 읽기도 했다. 처음엔 괴롭더니 어느새 소음도 주변의 소리로 흡수되었고 환경에 적응이 되어갔다. 그러다 보니 이젠 언제 어디서든 책을 읽을 수 있다. 역시 이 역시 습관의 위대함이다.

"야, 넌 이렇게 시끄러운데 그 글자가 눈에 들어 오냐?"

가끔 아는 사람과 함께 있을 때 책을 펴면 어김없이 이런 말을 듣곤 한다. 그들은 비아냥거리는 말일 수도 있는데 이젠 아무렇지도 않기에 오로지 나의 길을 간다. 처음엔 반신반의하던 이들도 1시간 꼬박 책장을 넘기는 모습을 보면 수긍하곤 했다.

청경우독의 삶은 일의 현장을 떠난 삶에서의 독서에서도 똑같이 힘과 노력을 투자하는 자극제가 되었다. 물론 그 변화가 처음부터 눈에 띄게 나타났던 건 아니다. 아주 느리게 꾸준히 변했는데, 나의 성향과 비슷한 보폭이다. 사실 나는 느린 편이다. 동물에 비유하자면 약삭빠른 토끼보다는 느리지만 꾸준한 거북이에 가깝다. 좋게 표현한 것이지만 사실 거북이의 느릿함 속에 들어있는 약간의 우둔함 같은 것도 있다.

학창 시절 공부를 워낙 못해서 선생님께 매일 맞으면서 학교생활을 했던 나는 거북이라는 사실을 인정하며 살았다. 아니 그때에는 아무것도 못하는 느린 거북이라고 생각했다면 독서와 만나게 되면서, 아니 정확히 독서를 좋아하게 되면서 나는 우둔한 거북이가 아닌 꾸준히 움직일 수 있는 거북이가 될 수 있겠다는 생각을 했다.

천성적으로 게으르지만 다행히 좋아하는 것은 끝까지 꾸준히 하는 성향이 있어서 얼마나 다행인지 모른다.

하여 거북이라는 사실을 인정하면서 독서라는 먼 길을 꾸준히 걸어갔다. 청경우독의 삶은 그 거북이가 추구하기에 안성맞춤이었다. 철저히 시간 구두쇠가 되어 직장생활과 독서를 했다. 그렇게 하다 보니 저절로 청경우독의 삶은 지켜졌다. 그러다 보니 자랐다. 소위 독서로 자기계발을 하여 내 자신과 만나고 환경을 바꾸려는 노력을 하며 좀 더 나은 사람으로의 삶을 꿈꾸고 있다.

제갈량만큼은 아니더라도 시간을 헛되이 보내지 않고 스스로 준비된 사람이 되고자 하는 것은 청경우독이 내게 가르쳐 준 가르침이었다. 그리고 그 깨달음이 〈1만 페이지 독서력〉에 나오는 내용과 맞아떨어질 때 느끼는 희열은 독서의 또 다른 맛이다.

'책을 많이 읽는 사람을 정말 두려워해야 하는 이유는 그 사람이 책을 통해서 얻어가는 지식이 아니라 그 자세 때문이다. 독서는 최소한의 노력이자 준비다. 이것마저도 하고 있느냐 하지 않고 있느냐는 그 사람의 깊이를 재는 첫 번째 척도가 된다. 책을 읽는 것 자체가 가장 기본적이면서도 효율적인 자기계발 방법이다'

가진 것에 비로소
눈을 뜨다

누군가 말했다. 독서를 통해 평범 이하인 사람은 평범하게 되고 평범한 사람은 천재로 만들어 준다고 말이다.

"오빠 좀 변한 거 같아."

"뭐가 어떻게 변했는데?"

"모르겠어. 근데 확실히 예전이랑은 달라. 자신감이 생긴 건가? 아니면 뭔가 사람이 되게 분명해진 것 같아."

지금은 떨어져 지내는 동생에게서 이런 이야기를 들었을 때 기분이 묘했다. 누구를 위해 변화를 시도한 건 아니었어도 누군가 변화된 모습을 기억해 주고 인정해 주는 건 분명히 새로운 에너지였다. 평범 이하의 삶을 살았던 나를 격상시켜 주는 에너지라고 할까.

에너지의 근원은 본격적으로 독서에 길이 있다는 확신을 갖게 된 데에서 생겼다. 길을 잃고 방황할 때에는 정확히 나의 수준이 어느 정도인지 몰랐는데 이제 막 길을 찾고 그 위에 서 보니 내 모습이 보이기 시작했다. 청경우독의 생활을 시작하면서 가장 부딪힌 부분은 그간 지나온 시간에 대한 후회였다. 평범 이하의 모습으로 이제껏 살아왔던 것이 부끄러웠고 어떻게 살아야 하는지 어디로 가야 하는지 생각조차 하지 않았던 삶에 대해 미안했다. 말하자면 한계와 부족의 끝을 보았다고나 할까.

그렇다고 자괴감에 빠지진 않았다. 아마 계속해서 독서를 하지 않았다면 지식인들과의 격차를 절감하며 깊은 수렁으로 빠졌을지도 모른다. 하지만 맘 잡고 독서에 매진하겠다는 결심이 굳어지자 처음보다 조금 더 스펙트럼이 넓어진 독서를 하게 되고 폭을 넓혀가면서 자신감이 조금씩 붙기 시작했다. 지식이 얕다고 해서, 많이 배우지 못했다고 해서 자괴감에 빠질 게 아니라는 사실은 분명해졌다. 오히려 겉으로 드러나는 차이에 연연해하지 않는 것이 지혜요, 내면을 깊게 다지는 것이 훨씬 중요하다는 확신을 갖게 되었다.

청경우독의 생활이 계속되면서 어느 장소 어떤 시간에라도 책 읽는 생활화가 되었지만 그보다 더 중요한 변화가 있었다. 비로소 내가 가진 것, 내 자신을 들여다보게 되었다는 것이다. 그동안 하루 8-10시간 삶의 현장, 특히 영업과 배달 일이라는 현장에서 뛰는 일을 하다보면 정체성이나 자존감을 생각할 겨를이 없었다. 먹고사는 일, 주어진 일을 잘해 내는 것에 초점이 맞춰져 있기 때문에 '생각'이라는 것을 할 겨를이 없었다. 아니, 게을렀다는 게 맞았다. 일했으니 그냥 쉬어야 한다는 막연한 관념 때문이었는지 복잡한 생각 따윈 집어치우고 내일 다시 시작될 다람쥐 쳇바퀴 돌리는 일상을 위해 몸을 뉘는 것에 급급해했다.

그런데 독서는 일상에서 벗어나 생각이라는 것을 하게 만들었다. 책이 매개체가 되어 생각을 하게 되니 일상에서 벗어난 또 다른 세계를 경험하는 희열 같은 게 있다. 책을 읽지 않았다면 전혀 몰랐을 그런 기분 말이다.

특히 독서생활에 중요한 카테고리를 차지하는 영성에 관한 책을 읽으면서 변화는 크게 일어났다. 신앙 관련 서적에는 성경과는 또 다른 깊음이 있다. 어떤 저자는 자신의 영적인 깊이를 위해 끊임없이 생각하고 질문하기도 하며 어떤 이는 말씀을 파고들어 그 속에서 얻어지는 지혜로 새롭게 되는 과정을 간접 경험하도록 해 준다. 간접 체험으로 영적인 깊이를 맛볼 수 있어서 즐겨 읽는 편인데 그 속에서 진솔하게 만날 수 있는 모습, 예를 들어 그들 역시 나와 다르지 않게 내면적 갈등 속에 살고 있는 모습과 만나면 그게 그렇게 감정의 정화가 될 수 없다. 심리적 공감이 주는 유대감은 정말이지 대단하다.

한번은 어떤 목회자의 책을 읽다가 이런 구절과 만났다.

'죽는 그 순간까지 자신의 재능을 모두 사용하려고 해야 한다.

눈에 빛이 들어오는 그 모든 시간을 글을 읽는데 사용하고 귀에 소리가 들려오는 최후까지 희망의 소리를 자주 들어야 한다. 시계 속의 작은 부속들이 모두 움직임같이 해가 가는 대로 달이 가는 대로 자기가 가지고 있는 모든 재능을 다 사용해야 한다. 행동이 느리고 느린 거미가 어떻게 날렵하고 빠른 곤충을 잡아먹는가를 보라. 날렵하다 해서 거미줄을 잘 피할 수 있는 것이 아니요 동작이 느리다하여 반드시 굶어 죽는 것도 아니다. 부지런히 일하는 자가 사는 것이 이치에 맞고 교만한 자가 망한다는 말이 맞다. 욕심내지 말고 오히려 욕심을 버리면 성공할 수 있는 곳이 세상이다.'

(참고 〈요행은 없다 그러나 이적은 있다〉 김기동 저)

이 구절을 읽는데 나도 모르게 저 깊은 곳에서 끓어오르는 뜨거움이 있었다. 과연 내가 가진 재능이 있을까 실망감을 안고 사는 날이 훨씬 많았던 내게 보는 것 듣는 것 모두가 하나님께서 주신 재능이란 말에 공감이 되면서 그간 깨닫지 못했던 것에 대한 감사가 흘렀다. 그동안 마이너스 인생이라고 생각했던 틀이 와르르 무너지는 듯한 기분이 느껴졌다고 할까.

돌아보면 우리에게 주어진 모든 것, 내가 할 수 있는 모든 것이 재능이 된다는 것에 무한한 자신감이 생기며 처음으로 내가 소중하다는 생각이 들었다. 독서를 하게 된 것도 보고 듣고 생각하는 재능을 발휘하는 행위라는 생각에 미치자 참으로 얻은 게 많았다.

독서는 그렇게 내 자신과 만나도록 이끌었다. 처음에는 한낱 미물에 지나지 않고 사람들 사이에서 보이지도 않는 존재라는 생각에 움츠러들었지만 이제는 그 작은 존재가 모여 우주를 이루며 그 톱니바퀴들이 맞물려야 잘 돌아갈 수 있다는 소속감이 들게 된 것이다.

나에 대해 들여다보고 가진 것을 자세히 찾아보니 자연스럽게 정체성에 대한 생각으로 이어졌고 그 생각이 주관으로 바뀌자 자존감이 일어서기 시작했다. 볼 수 있는 시력 들을 수 있는 청력 걸을 수 있는 힘이 있어서 배달을 할 수 있는 등 재능 있는 사람이었고 뭐든 시도할 수 있는 잠재력이 있는 존재였다.

환경이나 상황은 바뀐 게 없었다. 다만 바라보는 시선과 생각이 바뀌게 되자 세상이 달라보였다. 육체의 쾌락이나 욕망에 좌우되는 대로 인간의 본능에 의해 움직이는 즉흥적인 삶이 부끄러워졌다. 스스로 부끄러움을 깨닫게 되자 변하고 싶다는 생각이 들고 실천으로 옮겨졌다.

"연훈 씨. 요즘 무슨 일 있어요?"

"아뇨. 왜요?"

"사람이 좀 달라졌어. 뭔지 모르겠는데 바뀌었어."

이제는 나를 잘 알고 있는 동생에게 뿐만 아니라 지인에게서 이런 이야기를 자주 들었다. 어제의 나와 오늘의 내가 바뀐 게 아니었건만, 나는 그대로 나였지만 생각이 달라진 나를 주변에서 알아보기 시작한 것이다.

독서부자가 된 배달맨

스스로를 귀하게 여기는 것이 익숙지 않던 나였다. 그런데 정체성을 깨닫고 의외로 가지고 있는 재능이 뛰어나며 죽을 때까지 그것을 최대한 활용하며 살아가야 함을 절감하게 되었을 때 저절로 귀한 존재로 생각하게 되더란 말이다. 독서가 가져온 기분 좋은 변화였다.

정체성을 찾아가자 자존감은 자연히 높아졌다. 책 속에서 얻는 감정을 고스란히 느끼고 저자의 생각이 내 생각과 일치할 때 전율했다.

'맞아, 맞아 나도 그렇게 생각해'

사람이 공감하는 일이 많을수록 자존감도 높아지는지, 석학들의 유려한 글과 만날 때 날카롭게 울리는 글에 가슴을 치며 동시에 뿌듯했다. 훌륭한 깨달음을 마치 나 혼자 느끼는 기분이 든다고 해야 하나, 책을 읽을 때만큼은 저자와 독자가 1대 1로 만나는 시간이었다. 마치 책 속의 글이 내게 말을 걸어 주는 듯한 특별한 경험이 점차 자신감을 높였고 자존감도 채워졌다.

그러면서 또 하나 생긴 변화가 있었다. 하루는 대구에 있는 동생과 오랜만에 만나게 되었다. 대학생이 된 뒤부터 대구에서 지냈고 그 뒤 직장생활까지 그곳에서 하고 있는지라 자주 만나지는 못했기에 만나면 우리 남매만의 끈끈한 무언가가 있다. 물론 투탁거리며 다투는 일도 많지만 우리는 기댈 곳이 둘뿐이라는 것을 잘 안다. 그래서 서로의 지지자가 될 수밖에 없다.

학창 시절부터 나와는 달리 씩씩했던 동생은 고집이 센 편이다. 한번 하고자 하는 일에 발동이 걸리면 어떻게든 해야 하는 성격 탓에 갈등을 일으켰던 적도 몇 번 있는데, 언제부턴가 우리 사이에 갈등 요소가 거의 사라졌다. 안쓰러운 마음에 무조건 지지하려는 것도 있지만 잘 들어보면 관점이 다를 뿐이지 화낼 일은 아니란 생각 때문이다. 이런 변화를 눈치 챈 동생이 그런 말을 했다. 상대방의 이야기를 끝까지 잘 들어주는 변화가 생겼다고.

독서를 통해 자연스럽게 경청력이 강화된 것이다. 책을 읽으려고 결심한 후부터 정해진 목표가 있었기에 질적인 독서 외에도 양적인 독서를 위해 애쓰다 보니 중간에 독서를 그만두는 일은 가장 경계해야 할 일이었다. 어떻게든 한 권을 끝내자는 결심 때문에 이해를 하든 못하든 붙들고 있다 보니 끈기 있게 책을 읽게 되었다. 그런데 그건 달리 말해 자신의 이야기를 하지 않고 온몸으로 상대의 말을 듣는 행위였다. 글이라는 것을 통해 저자는 말을 하고 있으니 말이다.

그래선지 언제부터인가 끈기 있게 말을 들어주고 있는 내 모습을 발견할 수 있게 되었다. 바로 경청의 힘이 강화된 것이다. 참으로 감사한 일이었다. 영업을 하고 사람들을 만나다 보면 일방적으로 소개를 하는 것만으로 끝나지 않는다. 끊임없이 피드백을 주고받으며 아주 짧은 시간이지만 대화가 이루어진다. 내 쪽에서 먼저 다가가서 영업을 하는 것이지만 결국 상대방의 반응과 말을 들어줄 때 성공률이 높아진다. 그런 점에서 잘 들어주는 게 참 중요한데, 독서는 그 일에 합당한 경청의 근력을 높여 주었다.

하여 지금도 명함 하나에 전단지 하나 들고 사무실에 들어가 영업을 해도 잘 들어주려 노력한다. 상대방의 눈빛과 표정, 손짓 하나가 마치 글 속에서 튀어나온 생각이라는 마음으로 들어주면 그들도 아름답게 반응하는 것을 알 수 있어서다.

이 역시 독서를 통해 얻은 사소하지만, 내가 가진 것에 감사하게 된 것들이다.

독서로 바뀌는
성품

"넌 그렇게 착해 빠져서 어쩌냐… 이 험한 세상 어떻게 살라고…"

할머니 아버지를 모두 여의고 동생과 둘이 달랑 세상에 남겨졌을 때 가장 많이 들었던 말이다. 어렸을 때엔 착해 빠졌다는 말이 칭찬인 줄로만 알았는데 점점 세상을 알아가면서, 아니 세상과 부딪히면서 그 말이 결코 칭찬이 아니란 것을 알게 되었다. 착해 빠져서 정당한 권리를 내세우지도 못하고 하고 싶은 말을 하지 못하며 뭔가 피해자로 살아도 이해해 줄 성품으로 이해될 수도 있다는 것이었다. 적어도 내가 느끼기엔 그랬는데 실제 생활에서도 그랬기 때문이다. 정당한 권리를 주장하지 못해 당할 때가 많았고 차마 항변하지 못해서 물러서야 할 때도 많았다.

그래서 착해 빠진 성격을 고쳐 보고도 싶었고 강한 사람이 되고도 싶었다. 하지만 한번 그 틀을 깨부수고 나오는 일은 여간 어려운 게 아니었다. 정당하지 못한 일을 겪은 뒤에 그에 합당한 반응을 하는 것에도 용기가 필요했다. 그런 행동에 지지해 줄 사람이 없는 것도 문제였지만 스스로에 대한 확신이 없었기에 오랫동안 착해 빠진 상태로 지냈다.

그런데 책을 통해 기본적인 성품에 대한 변화를 꿈꾸게 되었다. 사마천의 사기이야기에 나오는 역발산기개세의 항우는 타고난 재능이 뛰어났지만 주위 사람들의 말에 귀 기울이지 않았던 아집으로 역사의 뒤안길로 사라졌다. 그런 그와 만나면서 그의 기개가 부러우면서도 듣는 귀가 부족했던 항우를 본보기로 삼아 주변의 이야기에 귀를 기울이려 했다.

사뮤엘 스마일즈가 쓴 〈자조론〉을 읽으면서 작가가 하려고 했던 말을 상기했다. 그는 항상 자신은 자신감이 있어서 성공할 수 있었다고 말했다. 진정한 겸손함은 자신을 정당하게 평가하는 것이기에 자신감으로 적극적으로 과감하게 도전할 것을 권한다. 강자와 약자의 차이 위인과 위인이 아닌 사람의 차이는 왕성한 활력과 불굴의 결의를 하느냐에 달려 있다고 말하는 작가의 글을 통해 나 역시 자신감을 위해 애를 썼다.

일부러 사람들 앞에 큰소리로 영업을 해 보기도 하고 낯선 사람에게 다가설 때에도 가능한 자신 있는 표정과 말투로 다가섰다. 이상하게 마음속 깊이 왕성한 활력과 불굴의 결의를 바탕으로 작가가 도달한 곳에 오르고 싶은 마음이 컸다.

"아휴… 젊은 분이 정말 열심히 하시네요. 보기 좋아요."

어느날엔 어렵게 들어간 사무실에서 전단지를 돌리며 영업을 했더니 이런 피드백이 들려왔다. 보기 좋다, 용기 있게 영업을 하시는 게 대단하다는 등의 반응을 받게 되니 그 뒤로는 일사천리였다. 일하는 현장에서도, 삶의 현장에서도 생겨난 자신감은 생동감 넘치게 자신을 이끌었다. 처음 느껴 본 기분 좋은 감정이었다.

〈자조론〉에 보면 성장에 대해 이렇게 말하고 있다.

'아무리 법률이 엄격해도 게으름뱅이가 부지런해지지는 않는다. 낭비벽이 있는 사람이 갑자기 절약을 하거나 알코올 중독자가 술을 끊지는 않는다. 자신의 태만함을 반성하고 절약의 의미를 알고 술에 찌든 생활을 부정할 때 비로소 사람은 변한다.'

사뮤엘 스마일즈는 이 책을 통해 사람으로서 가져야 할 기본적인 인성에 대해 조목조목 가르치고 있는데 사실 그 부분이 약했던 나로서는 책을 통해 간접 경험을 하고 배웠다. 변화와 성장을 위해 책의 내용을 그대로 복사하여 실천하려고 애썼다. 읽다 보니 왜 그 책이 일본 전 국민에게 필독서가 되었는지 알 수 있을 정도로 기본적인 인간의 품성을 가르치는 훌륭한 교과서가 되었다.

책을 통해 인생을 배워가면서 그동안 잘 표현하지 못하던 감정

표현도 좋아졌다. 매일 만나는 사람과 대화하고 소통하는 것이 편하듯 내겐 독서 시간이 소통의 시간이었다. 다만 나와 글쓴이와의 대화, 대면하는 대화는 아니었지만 공감하기엔 충분했다.

혼잣말을 잘 안 하는 편이지만 독서를 하다 보면 나도 모르게 말이 튀어나왔다.

"그렇나? 정말 그렇게 생각한다고?"

"흠… 나는 그렇게 생각하지 않는데…"

어찌 보면 좀 웃기는 반응일 수도 있겠으나 이렇게 스스로 공감하며 감정을 드러내다 보니 어느새 감정표현이 자연스럽게 되었다.

서울에 올라와 배달 일을 전전하며 사람들 사이에 부딪힐 때 착해 빠지기만 했던 내게도 분노의 화살이 있었다. 인정받지 못하고 무시당한다는 기분이 들 때엔 마음이 아프도록 억누르며 참았지만 그것이 한계치에 도달했을 때엔 감당할 수 없는 화를 냈다. 내 딴엔 분노의 감정이 계속 쌓이면서 한꺼번에 폭발한 것인데 아무것도 모르는 사람이라면 평소에 순둥이 같아 보이던 사람이 돌변해 버리니 그 상황을 의아하게 여겼다. 그러다 보니 오해를 받기도 했는데, 감정 표현이 서툴렀던 나로서는 그것을 해소하려 한다거나 풀어 버리는 노력을 못했다.

그런데 그게 아니었다. 나의 감정을 온전히 표현할 줄 아는 것과 조절하는 것 역시도 내가 가진 것을 최대한 활용하는 지혜라는 사실을 깨닫게 되자, 또 독서를 통해 공감력이 저절로 키워지게 되자

실전으로 옮겨졌다.

그러다 보니 나름 설명과 변호를 하게 되고 공감이라는 것을 할수 있었다. 책을 읽다가 '아하… 그렇구나. 이건 이래서 이렇게 되는 것이구나'라고 말하던 것이 생활에서 그대로 표현되고 소통으로 이어졌다.

특히 나와 비슷한 사람을 책 속에서 만날 때 느끼는 희열은 컸다. 책 속에서 만나는 매사 자신 없고 감정 표현에도 서툰 주인공의 상황에 몰래 가슴 아파하기도 하고 나도 모르게 그에게 응원을 보낼때, 그가 어떤 사건과 계기를 통해 새롭게 변화되고 어려움을 극복해 가는 과정과 만날 때엔 슬픈 영화를 보고 실컷 울고 났을 때의 감정의 카타르시스를 느끼기도 했다. 마치 내가 주인공이 된 듯한 감정이입을 자주 느끼면서 나도 모르게 자유로움을 얻어갔던 것 같다.

독서를 시작한 지 1년쯤 지났을 때였다. 시골에서 올라온 친구와 만나는 자리에서 이런 저런 이야기를 나누게 되었다. 우리 모두 서른 언저리에서 살아갈 날이 더 많은지라 고민이 많을 때였다. 가진것 없고 그렇다고 화려한 스펙이 있는 것도 아닌 청년의 미래는 어둡고 우울했다. 친구는 그것을 철저히 느끼며 술로 현실을 잊으려고 안간힘을 썼다.

그때 나는 나름 독서를 통해 바뀐 생각을 나누었다. 사뮈엘 스마일즈가 말한 자신감에 대해, 위대한 위인들의 삶을 통해 그들이 겪은 말할 수 없는 고난과 그것을 극복해 나간 과정 등을 나누며 우리는 아직 제대로 시작을 안했을 수도 있으며 뜻이 있는 곳에 길이 열린다는 말을 믿어 보자며 일단 주어진 삶에서 최선을 다해 보자고 격려했던 것 같다.

그러자 가만히 듣고 있던 친구가 내 눈을 똑바로 쳐다보며 그런다.

"연훈아. 너 참 말 잘한다. 짜식~ 옛날엔 나보다 찌질했던 놈이었는데… 이제 보니 말도 참 잘하네. 위로가 된다. 야!"

생전 처음 친구에게서 말 잘한다는 말을 듣고 나니 기분이 참 이상했다. 정말이지 말 잘한다는 칭찬을 듣다니 과연 내가 변하긴 변했구나 싶었다.

돌아보니 현재 사용하고 있는 어휘의 과거에 비해 상당히 많이 늘어났음을 알 수 있었다. 한정된 언어 안에서만 말을 하던 과거에는 어휘력이 얕다 보니 그만큼 표현의 다양성이 좁았다. 그런데 '내가 변했다'라는 한 가지 표현에서 '성숙했다' '성장했다' '변화해 가고 있다' '삶의 지향점이 바뀌었다' 등의 다양한 표현이 가능해짐에 따라 생각의 폭도 감정의 폭도 넓어졌다. 변했다는 단순한 명제 앞에서와 성숙해 가고 있다 성장하는 중이다라는 명제 앞에서는 보다 많은 감정과 표현이 나올 수 있기 때문이다.

지금 나는 말 잘한다는 소리를 깨나 듣는다. 신앙생활을 하면서 리더로 쓰임받고 리더로서 메신저로서 역할을 하는 등 지경이 넓혀지는 것 역시 독서가 주는 어마어마한 변화의 힘이 아닐까 싶다.

없을 때 비로소
보이는 것들

독서를 시작하면서 좌절감이 들 때가 있었다. 분명히 읽을 때엔 감명도 받고 혼자 감동하면서 읽었는데 돌아서면 내용을 홀랑 잊어버리는 것이다. 읽고 난 뒤 감흥이 오래가야 하는데 내용이 생각나질 않으니 뭔가 변화가 일어나지 않을 것만 같은 불안함이 엄습하며, 대체 단기기억상실증에 걸린 것도 아닌데 왜 이리 기억력이 둔감할까 속상했던 적이 한두 번이 아니다.

'가만… 이 책 내용이 뭐였더라?'

독서노트를 펼쳐 봐야 그제야 대충 내용을 떠올릴 수 있을 때 힘이 쭉 빠지기도 한다. 읽을 때 든 감동은 사라지고 저질 기억력으로 아무것도 남은 게 없다는 좌절감 때문이기도 한데, 그로 인해 슬럼프에 빠지기도 했다.

암기력 하면 아마 가계에 흐르는 저주인지, 유난히 떨어졌다. 중
고등학교 시절 공부에서 이해력도 중요하지만 시험을 잘 보기 위해
서는 암기력이 필수였다. 잘 외워야 문제 정답을 쓸 수 있었는데 한
번 들으면 어찌나 잘 까먹는지 돌아서면 잊어버리는 일이 한두 번이
아니었다. 그러니 가뜩이나 공부에 자극도 받지 못하는 상황에서
재능(?)까지 뒷받침해 주다 보니 교과서를 거의 들여다보지 않은 채
고등학교 3년 내내 교과서는 거의 새 책이었다.

"야, 공부 좀 해라. 수업 시간에 내가 찍어 준 거 외우지도 못하
냐? 어이구… 이 돌머리야."

선생님께 혼이 나기도 하고 체벌도 당했지만 외우는 것엔 젬병이
란 마음에 아예 공부할 생각조차 안했던 것이다.

그런데 암기력도 강화하지 않으면 더 나빠지는지, 갈수록 기억력
은 감소했다. 그래도 신기한건 영업을 뛰고 주문받아 배달을 하는
과정은 실수 없이 해 나갔다. 역시 생활형 인간이라 그랬나 보다.

이런 상황에서 독서에 올인하기로 결의를 다지고 실행하긴 했는
데 저질 암기력이 여간 걸림돌이 되는 게 아니었다. 분명히 책을 통
해 받았던 감동과 가슴을 치는 구절 때문에 위로를 받았음에도 다
음번 비슷한 상황이 되었을 때 완전히 잊어 먹는 것이다.

'분명히 지난번에 이 책에서 위로를 받았었는데… 내용이 뭐였더
라'

열심히 기억을 짜내는 동안 위로를 건넨 글귀를 찾아야겠다는 마음이 앞서는 바람에 제대로 위로를 받지도 못하고 생각해 내지 못해 마음이 상하는 일이 생기는 식이었다.

좌절감이 밀려오면서 '이것도 안 되나? 책 읽는 것 하나 제대로 못한단 말인가' 생각이 들면서 슬그머니 손에서 책을 놓기도 했다.

그럼에도 처음에 독서를 시작할 때의 마음가짐까진 놓지 못했다. 책 속에 진리가 있다는 말을 믿었고 실제로 변화되고 있다는 것을 느끼고 있어서다. 그렇게 얼마쯤 지지부진한 시간을 보냈을까. 어느 날 저녁 퇴근한 뒤 집에 가서 책을 펼쳐 들었다. 독서에 대한 힘을 불어넣어준 독서법에 관한 책이었다. 이미 한 번 읽은 책이었기에 읽지 않은 다른 책을 읽으려고 하는데 그런 생각이 들었다.

'가만… 내가 이 책 때문에 독서에 열심을 내게 됐는데 한 번 독서로 끝나면 예의가 아니지. 기억도 안 나는데 한 번 더 읽어 보자.'

그날 저녁 2시간에 걸쳐 다시 시작된 독서는 이전과는 다른 색다른 감동이 있었다. 예전에 읽었던 책이지만 다시 읽었을 때 이전에는 느끼지 못했던 새로운 감정 새로운 감격이 있었던 것이다. 흔히 시를 읽을 때 행간을 읽는다는 표현을 하곤 하는데 행과 행 사이에 작가가 하지 못한 언어를 이해한다는 것을 의미한다. 행간은 아무나 이해할 수 있지 않다. 전체적인 내용을 돌아보고 곱씹어 보는 과정을 통해 섬광처럼 깨달음이 오는 것, 나는 그것이 행간을 읽는 거라 생각한다.

그날도 독서법에 관한 책을 읽는데 두 번째 읽다 보니 내용은 이미 암기력 꽝으로 잊어 버렸어도 어둠 속에서 차츰 흐릿한 불빛이 진해지는 것처럼 조금씩 생각났다. '아 맞다. 그랬지?' 하고 무릎을 치며 책을 읽는 맛도 쏠쏠했다. 그러곤 어느 순간 저자가 하려고 하는 말, 그가 이 책을 쓰면서 경험하고 느끼고 실천하려는 모습이 가슴에 와 닿으면서 진한 공감대가 느껴지는 것이다.

"아… 그래서 이런 표현을 썼구나. 아… 여기엔 이런 생각이 있었구나."

그날 밤 거의 잠을 자지 못하며 두 번을 내리 읽었다. 잠자리에 들 때 즈음 이미 동이 터오는 상황이었어도 하나도 피곤하지 않았다. 이미 가슴속엔 뭔가 그득히 차오른 느낌이 있었고 먹지 않아도 배부르다는 것을 처음 느껴보았기 때문이다.

그날의 경험 이후 나는 독서생활에 전혀 득이 되지 못하는 저질 암기력을 탓하는 일을 멈추었다. 그것 때문에 좋아하는 일을 멈춘다는 것이 얼마나 쓸데없는 일인지 알아서다. 오히려 그러한 상황이 아니었더라면 새로운 사실을 깨닫지 못했을 테니 오히려 감사했다.

세상을 살아온 오래된 지식, 크고 작은 지혜들을 내 것으로 만들고 싶다는 강한 소망이 불타 오르면서 또 다른 방법을 강구하게 되었는데 그것은 반복 읽기였다. 반복이 거듭되면 몸에 익숙해지고 그것이 습관이 되고 나중엔 본성처럼 굳어진다고 하지 않던가. 그 말뜻을 아주 조금 깨달았으니 실천하기로 한 것인데, 그때부터 읽었던 책을 반복해서 읽었다. 그렇다고 모든 책을 그렇게 한 것은 아니고 내게 꼭 필요한 책이라고 느꼈던 책, 살아가면서 직접적으로 도움을 줄 것 같은 책, 영성의 깊이를 더해 주는 책은 표시해 두었다가 반복 읽기를 시도했다.

역시나 반복만큼 중요한 것도 없었다. 홍삼을 만들 때 아홉 번을 찌고 말리는 작업을 한다고 하던가. 많은 이가 홍삼을 그토록 귀하게 여기는 것도 그러한 정성과 노력으로 진액이 만들어지는 것인데, 내게는 반복 독서 역시 그런 효과를 나타냈다. 천성적으로 암기력이 좋지 않다는 부정적인 상황을 받아들이고 몇 번씩 읽고 반복하고 생각하다 보니 어느새 내용을 이해하는 수준이 확 올라선 것이다. 지금까지 독서에 대한 습관을 제대로 잡기 위해 독서법 관련 책을 꽤 많이 읽었는데, 그 도서를 반복해서 읽고 외울 수 있는 단계까지 가다 보니 이젠 여느 독서법에 대한 내용을 봐도 짐작이 가능하다. 그렇다고 그들의 실력을 폄하하는 것이 아니 나의 이해도가 높아졌음을 느낀다는 것이다.

이러한 경험을 하게 되면서 또 하나 느끼는 것은 참 독서로 인생을 바꿔 보려고 하길 잘했다는 것이다. 만약 그냥 살던 대로 살았더라면 나는 나를 제한했을 것이다. 암기력은 젬병인 데에다 인내도 없고 착해 빠지기만 하고 자기주장도 잘 못하는 평범 이하의 삶을 받아들이며 살았을지도 모른다. 생각 없이 살면 사는 대로 살게 된다는 말처럼 말이다. 하지만 길 위에 서기로 작정한 뒤로는 이러한 부정적인 환경 상황 처지가 오히려 득이 되는 상황을 스스로 발견하게 되고 득이 되었다.

식품회사를 경영하는 츠카쿠시 히로시 회장은 〈나이테경영 오래 가려면 천천히 가라〉란 책을 통해 오래 가려면 천천히 가라고 충고했다. 그가 말하는 훌륭한 경영이란 오랫동안 안정적인 성장을 유지하는 것이며 내실 있는 회사를 유지하기 위해서는 최적의 상태를 계속 유지하는 것이 좋다고 했다. 그러려면 욕심 부리지 않고 최적의 상황에 맞게 경영하는 노하우가 필요하다는 경영인의 마인드에서 나는 또 한 번 위로를 얻었다.

나는 좋은 환경을 안고 있지 않다. 최적의 상황을 만들기 위해 눈을 씻고 장점을 찾아봐야 하지만 오래 가려면 천천히 가라는 조언처럼, 찬찬히 자신을 들여다보고 어떤 점들을 장점화할 수 있을지 생각할 수 있게 되었다. 세상만사에는 앞뒤가 없다. 내가 앞이라고 생각하면 앞면이 되는 것일 테니 타고난 재능이 없다는 말보다 약점을 강점화하는 방법을 간구하면 강점이 되는 것 아니겠는가.

이제 독서노트가 세 권째 접어들고 있다. 커뮤니티를 이용하기도 하지만 오프라인 공책도 귀한 동반자가 되고 있는데, 그곳을 보면 지금까지 7-8번 읽은 책이 꽤 된다. 그 흔적을 볼 때마다 뿌듯하다. 더 많이 생각하고 더 깊이 느끼고 더 치열하게 한 권에 붙들려 있었다는 생각 때문이다. 이 역시 예전에는 상상도 못했던 변화다. 나는 그 변화를 날마다 느끼며 신기해하고 있는 중이다.

CHAPTER
4
길 위에 서다

길은 사람들의 흔적이다.
어떤 이는 먼저 길을 만들어 걸어가고
어떤 이는 먼저 간 이의 발자취를 따라가며
앞서거니 뒤서거니 길을 만들고 있는 것이다.
길 위의 동행은 그래서 즐겁다.
사람과의 동행 지식과 함께하는 동행,
그 길 끝엔 분명 희망이 있다.

사람은 무엇으로 크는가

– 박노해

사막에서 새 풀을 찾아
쉴 새 없이 달리는 양들은
잠잘 때와 쉴 때만 제 뼈가 자란다.

푸른 나무들은
겨울에만 나이테가 자라고
꽃들은 캄캄한 밤중에만
그 키가 자란다.

사람도 바쁜 마음을 멈추고
읽고 꿈꾸고 생각하고 돌아볼 때만
그 사람이 자란다.

그대여
이유 없는 이유처럼
뼈아프고 슬프고 고독할 때 감사하라
내 사람이 크는 것이니

힘들지 않고 어찌 힘이 생기며
겨울 없이 어찌 뜨거움이 달아오르며
캄캄한 시간 없이 무엇으로
정신의 키를 켜 나올 수 있겠는가

참된 스승,
반면교사와의 만남

　유유상종이라고 비슷한 사람들끼리 만나는 게 인생이다. 독서를 시작한 뒤 주변엔 독서하는 사람들이 모였다. 다들 독서의 계기는 다양했지만 독서에 임하는 자세는 비슷했다. 미친 듯이 읽는다는 것, 집요하리만치 몰입한 결과 마치 글을 씹어 먹을 듯한 마음가짐으로 독서에 임한다는 것이다. 그러다 보니 각자 원하는 분야의 독서를 하되 자기 것으로 만들기 위해 몇 번이나 반복해서 읽는 것을 보게 되었다. 나와 비슷한 길을 가고 있는 이들과 만나는 것만으로도 위로가 되는데 독서법까지 비슷하다니, 내가 취한 방법이 이상한 일이 아니었다는 것을 알게 된 것도 위로가 되었다.

　반복 독서가 필요하다는 것을 알게 된 이후 지금도 반복해서 읽는 책이 꽤 된다. 날마다 다른 책을 통해 다른 생각과 만나는 것도 좋지만 기존에 읽었던 내용에서 또 다른 의미를 발견하는 것도 좋기 때문인데, 반복 독서의 리스트는 주로 고전이다. 〈논어〉, 〈군주론〉, 〈격몽요결〉, 〈사기열전〉 등으로, 적게는 몇 번에서 많게는 10번도 넘게 읽었다. 그런데도 신기한 것은 읽을 때마다 느낌이 늘 다르다는 것이다.

사기열전에 등장하는 많은 인물, 즉 중국 역사의 영웅으로 남을 인물들의 이야기 속에 우리네 인생사가 담겨 있는 듯하다. 어떤 날에는 항우의 뛰어난 재능이 부럽기도 하지만 어떤 날에는 그의 겸손하지 못했던 성품이 안타깝고, 어떤 날에는 이사의 상황에 따라 이랬다저랬다 하는 처세가 얄미우면서도 어떤 날에는 사람이 상황에 맞게 사는 동물이란 점에서 이사의 모습에 공감을 하기도 했다.

그러면서 자연스레 '사람'에 관심이 많아졌다. 역사라는 것도 그 시절 삶을 살아가던 사람들의 이야기가 켜켜이 쌓여 만들어진 것 아닌가. 그러다 보니 고전을 읽으면서도 이것을 적어 내려간 사람이 궁금해졌고 배우고 싶었다. 나를 사로잡았던 〈사기열전〉은 평생 100독 이상을 하리라 마음먹고 있다.

이렇다 할 선배나 멘토가 별로 없던 나로서는 멘토라는 말에 늘 갈증을 느꼈다. 다른 건 수긍을 하겠는데 멘토가 없다는 사실은 좀 슬프다. 학교생활을 잘했거나 사제 간의 관계를 잘 유지했더라면 멘토를 만날 수도 있었을 텐데 그러지 못했기에 인생의 길잡이가 되어 줄 사람이 거의 없었던 것이다.

독서부자가 된 배달맨

이런 상황에서 책은 해방구가 되었다. 독서를 통해 만난 이들이 공백을 채워 주었기 때문이다. 멘토와 멘티로서 관계를 맺게 된 것은 그들이 찾아왔다기보다 내가 그들을 초청해서 가깝게 두다 보니 가능했다.

시카고 대학은 원래 명문이 아니었다고 한다. 그런데 훗날 노벨상 수상자를 대거 배출해 낸 걸출한 학교로 거듭났는데 그 원인이 독서에 있다고 한다. 그 학교에 입학한 학생들은 학교에서 정한 고전을 비롯한 유명한 책 100권을 의무적으로 읽게 한다. 좋으나 싫으나 무조건 읽는 독서에서 남다른 깨우침이 있게 되는 것이고 그러한 독서력이 그들의 상상력과 통찰력을 자극하여 귀한 인재로 만들어 놓은 것이다. 오래된 지식인 고전을 통해 나름대로 책 속의 스승을 찾아낸 청년들의 아름다운 반란이란 생각이 든다.

나에게 이 이야기는 도전이 되었다. 참된 스승이 필요한 시대에 살고 있는 동시에 멘토가 되어 줄 단 한 사람도 없는 현실에서 위대한 멘토를 독서로 만난다는 건 대단한 일이었다.

특히 반면교사로 삼아야 하는 이들과 만나는 재미도 있었다. 반면교사로 삼아야 하는 이들의 모습 중엔 과거의 내 모습과도 오버랩 되는 이들도 있어서 그들을 볼 때면 마치 내 모습을 보는 것 같아 얼굴이 화끈거리기도 했지만 오히려 기억에 오래 남는다.

그렇게 나의 스승 찾기, 나의 멘토 찾기에 나섰다. 특히 멘토는 고전을 통해 찾았는데 고전이야말로 일반 서적이나 실용 서적과 달리 깊은 통찰력과 본질적인 물음을 제시하기에 멘토와의 만남이 훨씬 깊어졌다.

'잘 살기 위해서는 어떤 어떤 방법을 써야 하는가.'

이런 물음에 대해 질문을 하기보다는 '어떻게 사는 인생이 행복한가. 진심으로 원하는 삶이 무엇인가'와 같은 물음을 던져 주고 함께 생각해 보고자 하는 멘토들의 혜안에 늘 도전을 받았다.

이이가 쓴 〈격몽요결〉은 그중에 하나였는데, 이 책은 늘 곁에 두면서 읽었다. 조선시대의 학문의 틀을 잡았고 정치의 본을 보인 인물인 데에다 그가 자신의 저서를 통해 나타낸 인생관은 배우고 싶은 것이기도 했다. 특히나 독서를 통해 진정한 공부의 맛을 느껴 보고 싶었던 내게 이이의 학문에 임하는 태도, 삶에 대한 자세, 자신에 대한 철저한 반성의 자세는 귀한 교훈이 되었다. 〈격몽요결〉을 읽으면서 정말 표본으로 삼고 싶었던 내용을 소개해 본다.

'모든 말은 반드시 충성되고 미덥게 하고, 모든 행동은 반드시 착실하고 공경히 하라. 음식은 반드시 조심하고 절조 있게 먹고 글씨 쓰는 것은 반드시 바르게 쓰도록 하라. 얼굴 모습은 반드시 단정하게 가져야 하고, 의관은 반드시 정제하고 엄숙해야 한다. 걸음걸이는 반드시 안전하고 조심하여 거처하는 곳은 반드시 바르고 고요해야 한다. 일하는 것은 처음부터 계획을 세워서 시작하고 말을 입 밖에 낼 때에는 반드시 실행한 것을 돌아보라. 항상 마음속에 있는 덕을 반드시 굳게 간수하며 남에게 일을 허락할 때에는 반드시 일의 성패를 생각해야 한다. 착한 일을 보면 내가 한 것처럼 생각하고 악한 일을 보면 내가 잘못한 것처럼 여기라. 여기 말한 열네 가지 일은 모두 내가 깊이 살피지 못한 일이다. 여기 자리 곁에 이 글을 써두고 아침저녁으로 보고 경계코자 하노라' (입지장)

'복사꽃 오얏꽃이 제아무리 고운들 어찌 푸른 저 소나무 잣나무의 굳고 곧은 것에 비교하랴? 배와 살구가 제아무리 맛이 달다 한들 저 노란 유자나 푸른 귤의 맑은 향기를 당하리? 그렇다 너무 곱다가 쉽게 시들어 버리느니보다는 담백하여 오래가는 것이 좋고 일찍 빼내서 뽐내느니보다는 늦게 가져 이루어지는 것이 낫도다' (처세장)

이이 선생은 책을 통해 학문을 한다는 것이 인간을 인간답게 만드는 것이라고 끊임없이 말하고 있다. 타고난 성품과 외모는 바꿀 수 없지만 마음과 뜻의 차별이 없어서 누구라도 학문을 통해 바꿀 수 있다며 후천적인 노력, 특히 지식을 얻는 일을 강조하고 학문 앞에 누구나 평등하다는 희망을 끊임없이 전했다. 그는 수백 년 뒤 자신의 책을 읽는 서른 살 청년에게 모든 행실에 바르게 하고 먼저 자신을 돌아보라고 조언해 주었다. 또한 나름 처세술에 관심이 많은 사람에게 눈앞의 이익을 좇기보다 푸른 소나무처럼 담백하여 오래가는 삶을 사는 게 중요하다고 조언해 주며 인생의 멘토가 되어 주었다.

어디 이이뿐일까. 그동안 책 속에서 만난 멘토는 나의 참된 스승이자 반면교사로서 귀한 역할을 하고 있는 중이다.

독서고개 넘기

독서 때문에 막연한 기대감에 부풀었던 때가 있었다. 책 속에 진리가 있다고 믿었고 실제 독서를 통해 생각이 변하고 있음을 느끼면서 책 속에서 만난 멘토들의 혜안과 지혜에 매료되어 뭔가 대단한 일이 벌어질 것 같았다. 독서에 점점 가속도가 붙고 하루 한 권을 독파하는 것이 가능해지면서 막연한 기대감은 자만감까지 만들었다. 이 정도의 지식을 습득하게 되었으니 뭔가 되도 되겠다는 교만이 들었던 것 같다.

그런데 1년이 지나고 2년째로 접어들었는데도 어떤 변화도 일어나지 않았다. 완전히 다른 모습으로 변한 것이 아닌 여전히 생활에 허덕이며 살고 있었다.

'뭐지? 왜 전혀 변한 게 없지?'

눈에 확 띄는 변화가 없자 공허했다. 누가 책을 읽으면 생활이 180도로 바뀐다고, 현실의 환경이 바뀐다고 말한 것도 아니었는데 왠지 배신감 같은 것도 느껴졌다. 하마터면 심각한 후유증과 슬럼프에 빠질 뻔했다.

그럼에도 책 속의 멘토들은 끊임없이 읽으라고 권면했다. 그것을 물리치기 어려워 읽고 또 읽어가던 중 어느 순간 번쩍했다. 예전의 나와 바뀐 모습을 스스로 알아차렸기 때문이다.

〈생각만 하는 사람 생각을 실천하는 사람〉이란 책을 읽고 있는데, 책 제목에서 알 수 있듯이 생각만 하고 있는 사람은 생각 속에 갇혀 아무것도 못하게 되며 실행에 옮기는 것이 더 중요함을 강조하고 있었다. 책을 읽는 내내 한 가지 화두에 사로잡혀 있었다.

'어떻게 사는 게 현재보다 더 나은 모습일까. 그러려면 뭐부터 시작해야 할까?'

책의 내용과 함께 끊임없이 계획을 세우고 실천 방안을 정하고 당장 실천할 것을 손에 꼽아 보는 내 모습과 마주하게 된 것이다. 거의 3-4시간에 걸쳐 책을 읽었던 것 같은데 그 시간 내내 나는 생각을 실천하는 방안을 계속 떠올렸던 것 같다.

'맞다. 예전의 나라면 하루하루 시간 때우기 바빴을 텐데 지금은 아니잖아. 더 나은 삶을 고민하고 방법을 생각하고 있네?'

이런 생각이 들면서 그렇게 뿌듯할 수가 없었다. 잠자기 전까지 고민하고 생각하던 시간이 참 즐거웠다.

모르긴 해도 그날을 계기로 독서의 한 고개를 넘었을 것이다. 그 이후 독서에 집중할 때에도 책 내용과는 별도로 생각이 작동하고 있다. 나도 모르게 저자의 생각에 자꾸 '왜'를 붙이게 되고 그의 생각에 동의할 때에는 바로 내 것으로 만들기 위해 그대로 따라 해 보는 방법을 사용하고 있다.

생각건대 독서에도 스무고개가 있는 것 같다. 읽는다는 것은 단순한 행위에 불과하지만 그 과정 속엔 스스로의 한계를 인정하는 단계, 좀 읽었다는 마음에 우쭐한 단계, 또 다른 산과 같은 지식 앞에 고꾸라지는 단계 등 다양한 고개를 넘어야 한다. 그중에서도 가장 중요한 첫 번째 고개는 '생각'을 하게 되는 단계가 아닐까 싶다.

지금도 나는 초짜 독서꾼이지만 주변에 책깨나 읽는다는 사람들 중에 의외로 활자만 읽는 사람이 있다. 읽었다는 행위로 만족하는 것인지 코드에 맞지 않는 책을 만나서인지 모르겠지만 독서의 묘미인 생각을 열지 못한다면 아직 그 맛, 첫 번째 고개를 넘지 못한 거라 생각한다. 책은 활자로 적혀 있는 것이지만 작가의 생각이 그 속을 유기적으로 돌아다니며 움직인다. 그래서 읽는 사람의 생각과 두뇌를 자극하여 생각의 범위를 함께 넓혀 나가야 하는데 그것을 하지 못할 때엔 책 속에 갇혀 있는 활자에 불과한 것이기 때문이다. 그렇게 되면 더 이상 책 속에서 얻은 것들이 현실에서 빛을 발하지 못한다.

독서부자가 된 배달맨

실제로 나도 그랬다. 데일 카네기가 〈자기관리론〉을 통해 아무리 자기관리에 대해 대단한 이야기와 노하우를 말해도 받아들이는 내가 준비되지 않았다거나, 어떻게 나에게 적용할 것인지 생각하지 않을 때엔 단순히 그것은 활자에 불과하다. 하지만 나의 상황에 맞게 어떻게 자기관리에 이용할 것인지 생각하고 자꾸 질문하고 답을 하다 보니 어느새 나도 모르게 자기관리를 어떻게 해야 하는지, 어떻게 처세를 해야 하는지 중심이 잡히는 경험을 했다.

나를 얕잡아 보거나 부당한 대우를 하는 사람들에게 악을 악으로 갚을 게 아니라 오히려 내 편으로 만들 자신이 있거나 그런 환경을 만들 수 있다면 과감하게 행동해 보고, 그렇지 않다면 불가근불가원 원칙으로 그저 아는 사람으로 거리를 두자는 등의 생각을 하게 된 것이다. 그리고 그것은 유효했다. 방법이 딱 들어맞아서가 아니다. 그 문제에 대해 생각을 하고 여러 변수를 따져 보는 등의 과정이 있었기 때문일 것이다.

독서는 나로 하여금 이렇게 생각을 열어 주었다. 좀 더 멋진 어휘로 표현하자면 사유하는 길로 안내해 주었는데, 사유 즉 대상을 두루 생각하도록 만들어 주었다. 처음에는 책 내용에만 메여 이해에만 목말랐다면 시간이 갈수록 저자의 생각에 동의하는지 그렇지 않은지 생각할 수 있게 되었고 좀 더 시간이 흐르면서 둘만의 생각이 아닌 그 외의 다양한 생각은 어떤 것들이 있는지 궁금해 하고 찾아보게 되었다. 꽤 멋진 사고의 확장 아닌가 싶다.

서른 살이 되었을 때 나는 나와 동생을 떠난 엄마와 마주했다. 무속인이 된 어머니, 우리와는 20년 가까이 연락이 두절된 채 살다가 만나게 된 어머니 앞에서 처음엔 지나치게 형식적이었다. 보자마자 우리 남매를 붙들고 미안하다며 울음을 터뜨리는 모습 앞에서 어찌할 바를 몰랐고 지금 운다고 해서 이미 받은 상처는 아물 수 없는데 괜한 일을 벌였단 후회를 하기도 했다. 그런데 모자간의 인연이라는 것, 모성애라는 것이 쉽게 끊을 수 있는 게 아니었는지 얼마 지나지 않아 감정을 쏟아 놓았다.

그렇다고 20년의 공백 기간이 있던 어머니와 우리의 관계는 우리가 남겨지기 전과 같은 상태로 돌아갈 수 없었다. 당연한 일이었다. 어머니와 오랜만의 만남을 하고 돌아온 뒤 어머니를 생각하며 책을 읽었다. 굳이 어머니를 떠올리며 책을 읽은 건 아니었는데 어쩌다 보니 감정에 이끌렸는지 집어든 책이 〈서른 살에 미처 몰랐던 것들〉이었다.

책을 읽으면서 나는 내가 미처 몰랐던 것들에 대해 생각했다. 그동안의 인생에서 어머니라는 이름을 지운 채 살면서 얼마나 괴로웠는지 외로웠는지, 결국 그 마음 끝엔 그리움이 있었다는 것을 알게 되었다. 그 그리움이라는 것이 만난다고 해결되는 것이 아니라는 것을 경험으로 알았기에 이제는 어머니를 이해하는 단계로 가야 한다는 생각, 바로 그 생각이 들었다.

읽는다는 것은 이처럼 생각의 각도를 조금씩 바꿔가도록 하는

독서부자가 된 배달맨

동시에 마음을 넓게 만들었다. 예전엔 절대 이해되지 못했던 것들이 이젠 '그럴 수도 있었겠다' 하는 마음으로 바뀌게 되고, 그 대상이 가족이라도 감싸 안을 수 있는 마음의 넓이를 넓혀 주는 독서로 나는 비로소 길 위에 서게 되었다.

왜 나는
죽어라 읽는가

"야, 너 독서한다며? 얼마나 읽었나?"

"독서 시작한 지 2년째 되고 있는데 3년 안에 천 권 읽는 걸 목표로 읽고 있어."

"뭐뭐? 천 권? 야! 열 권도 어려운데 천 권이나?"

"응. 지금 오백 권 넘게 읽었어."

"참 나… 어이가 없어서. 왜 그렇게 독서에 매달리는 건데? 책 읽으면 막말로 밥이 나오냐 떡이 나오냐."

독서를 시작하고 공공연히 이 사실을 친구들 사이에 알려지면서 이런 공격적인 이야기를 듣곤 했다. 그럴 때 참 난감한데, 실제 밥이나 떡이 나오는 게 아니니 그 대답을 원하는 친구에게 뭐라고 대답할지 모르겠다. 처음엔 대답이 궁해서 화제를 돌리곤 했는데 이젠 마땅한 답을 찾았다.

"밥이나 떡은 나오지 않는데, 하여간 좋긴 좋다. 내가 보인다."

알 듯 모를 듯한 대답에 친구 녀석은 제풀에 지쳐 다른 얘기를 돌리곤 한다. 설명해 주고 싶지만 아직 그 맛을 모르는 사람에겐 무용지물이다.

그렇다면 친구들이 궁금해 하는 것처럼 왜 나는 죽어라 책을 읽는 것일까. 독서를 통해 나를 돌아볼 수 있기 때문이다. 독서를 하기 전까지 나는 내가 어떤 사람인지 잘 몰랐다. 그런데 한 권 두 권 독서 노트에 독후감이 쌓여 갈수록 내가 어떤 생각을 하는 사람인지, 어떤 사람에게 끌리는지 어떤 꿈을 좇는 사람인지 조금씩 알아 가기 시작했다. 물론 죽을 때까지 자기 자신에 대해 모르고 죽는다고는 하지만 한번 시작한 나를 향한 탐구는 죽을 때까지 계속되지 않을까 싶다. 왜냐하면 탐구하지 않으면 모르고 모르게 되면 막 살게 되기 때문이다.

〈프레임〉이란 책을 읽고 나는 내가 죽어라 읽는 이유에 대해 더욱 명백히 알게 되었다. 프레임은 (frame) 사람이 성장하면서 생각을 효율적으로 하기 위해 생각의 처리 방식을 공식화한 것을 의미하는 것으로, 어떤 조건에 대해 거의 무조건적으로 반응하는 경향을 말한다. 학자들은 프레임을 마음의 창에 비유하곤 하는데, 그만큼 사람의 생각 처리 방식은 학습에 따라 달라질 수 있고 공식화될 수 있음을 의미한다.

최인철 작가가 쓴 〈프레임〉 내용을 보면 저자가 연구팀과 함께 프레임을 바꾸는 연구 방법을 연구하던 중 알게 된 대안이 있다. 생각의 프레임을 바꾸기 위해 흔히 사람들은 환경을 바꾼다거나 훨씬 월등한 사람과 비교하는 등을 생각하지만, 의외로 남들과의 횡적인 비교보다는 과거의 자신과 비교, 또는 미래의 자신과의 종적인 비교를 하는 것도 방법이라고 한다. 누구와의 비교도 아닌 자기 자신과의 비교를 통해 프레임이 바뀔 수 있다는 것인데, 과거의 자신보다 현재 얼마나 향상되고 있는지, 자신이 꿈꾸고 있는 미래 모습에 얼마나 근접해 있는지를 확인하며 비교하는 것이 훨씬 더 생산적이라는 것이다. 그러다 보면 세상을 바라보는 창이 자기 자신에게 집중되고 행복으로 이끈다고 결론을 내린다.

책을 읽으면서 격하게 공감했던 것은 나 역시 생각의 프레임이 주변의 환경, 다른 사람과의 비교하는 등 덜 생산적이었다. 그러다 보니 세상을 바라보는 마음의 창이 비뚤어졌다랄까 그런 프레임을 가졌던 것 같다. 그런데 어느 순간부터 내 자신에 집중하게 되고 과거와 달라진 모습을 떠올리고 있었다. 더 나아가 앞으로 되고 싶은 모습, 이상향으로 그리던 모습을 떠올리며 지금의 나와 비교하게 되었다. 그러다 보니 현재에 충실하게 되는 것은 물론이고 비뚤어진 비교의 창은 사라지고 있었다. 책을 통해 얻은 변화다.

책을 통해 본받고 싶은 사람과 만날 때엔 그 사람이 걸어간 길

그 사람의 생각이 나의 생각과 일치하기를 바라게 되고 그를 좇아 하기 위해 의도적으로 노력하고 반복적으로 행동하고 실천하게 되니 어느새 더 나은 사람이 되어 갔다. 시인 뮐러처럼 되고 싶은 이상향이 없을 때엔 자기가 가장 되고 싶은 모습을 만들어 그 이야기를 계속 자신에게 들려주라는 충고에 힘입어 내가 그리는 이상향도 그리게 되자 미래의 모습도 그려 보게 되었다. 이러한 변화를 몸소 느끼고 어느 순간 따라하다 보니 예전과는 비교할 수 없이 달라져 있었다. 세상을 보는 시각이 달라지게 되니 죽어라 읽을 수밖에.

유럽 소설 〈핑크대마왕 이야기〉가 생각난다. 핑크대마왕은 핑크색을 정말 좋아하기에 온 세상을 핑크로 물들이려고 하는데 하늘만큼은 물들일 수가 없었다. 왕은 실망했다. 손이 닿지도 않은 하늘로 올라가 색을 칠할 수도 없고 신하들의 고민은 깊어 갔다. 대마왕은 한 군데가 핑크로 물들여지지 않자 온갖 화를 내기도 하고 상실감에 빠졌는데, 그때 지혜로운 한 명의 신하가 왕 앞에 나섰다.

"대왕님, 이 안경을 써 보십시오. 온 세상이 핑크색으로 물들 것입니다."

신하가 내민 것은 핑크색 렌즈로 물들여진 안경이었다. 핑크대마왕이 그 안경을 쓰자 파란색으로 보이던 하늘이 핑크색으로 물들였다. 그제야 핑크대마왕은 만족했다.

핑크색 안경은 바로 자신의 생각의 프레임이다. 누구나 자기의 안경을 쓰고 세상을 바라보려고 하는데 정당한 프레임도 있지만 왜

곡된 프레임도 있다. 핑크대마왕에게 안경은 정당한 프레임은 아니었을 것이다. 다른 이들은 하늘이 파랗다고 느낄 것이기 때문이다. 그래서 제대로 된 프레임을 갖추는 게 중요하다.

저자는 올바른 프레임은 자기 자신을 정확하게 볼 줄 아는 눈을 키우는 데에서 시작한다고 말한다. 자신의 한계를 깨달았을 때 경험하는 절대적인 겸손, 자기중심적 프레임을 깨고 나오는 용기, 과거에 대한 오해와 미래에 대한 무지를 인정하는 지혜, 그리고 돈에 대한 잘못된 심리로부터 기분 좋은 해방, 세상을 바라보는 개개인의 마음의 창을 점검하고 새로운 창을 갖추는 것이 가장 큰 축복이자 의무라고 말하는 책을 읽으며 나는 위대한 도전을 받았다. 과거에 얽매어 남 탓만 했던 것에 대한 회개, 나의 무지를 인정하는 지혜, 삶을 관통하는 지혜 앞에서 느끼게 되는 절대적 겸손은 독서가 내게 요구하는 것들이었다. 비로소 과거의 나와 비교하게 되고 잘못된 생각을 고쳐 나가며 미래를 그리며 나갈 수 있는 추진력을 주었기에 잘못된 프레임은 계속 깨어지고 있다. 이러한 변화가 주는 신선한 충격은 대단하다.

예를 들면 이런 것이다. 현재 처한 상황이 좋지 않을 때, 영업 실적이 그리 좋지 않거나 직장에서 사람들과 갈등이 생길 때, 듣고 싶지 않은 말을 들었을 때 예전의 나라면 '뭐 하나 되는 게 없다. 모든 상황이 죽어라 죽어라 하는구나. 아마 앞으로 상황은 더 나아지지 않을 거고 앞으로 이렇게 인생이 사그라들 거다. 내가 뭐 그렇지' 이런 생각이 지배적이었다.

하지만 지금은 '처음부터 내게 딱 맞는 일은 없다. 위대한 사람들의 삶도 고난의 연속이었고 때를 기다렸다. 땅이 굳을수록 단단하다. 지금은 굳어지는 과정이다. 더 나은 미래가 올 것이고 그것에 대한 준비 시간이다' 하고 마음먹게 된다. 세상을 보는 프레임이 확실히 더 넓어졌고 환해졌다. 이렇듯 프레임이 바뀌어 가고 있는데 어찌 죽어라 읽지 않을 수 있겠는가. 그러니 죽도록 읽을 수밖에.

진격의 리더
(reader)

독서를 본격적으로 시작한 뒤 나름대로 다른 고수들의 방법을 벤치마킹하며 독서를 이어갔다. 그러다 어느 정도 습관이 들다 보니 나만의 방법이 필요하다는 것을 절실히 느꼈다.

'과연 내 수준에서 가장 효율적으로 독서할 수 있는 방법이 무엇일까?'

이런 고민이 시작되었다. 직업 일선에서 일하며 틈틈이 독서를 해야 하기에 여러 방법을 시도하던 끝에 가장 좋은 방법을 정했다. 이미 3년 안에 천 권을 읽겠다는 큰 목표를 정했던지라 큰 목표를 잘게 쪼개서 시간을 배분해 보니 평균 하루 3-4시간 정도 투자하여 1권씩 읽는 것으로, 일 년에 250-300권의 독서량이 나왔다. 게다가 앞서 말했듯이 시간이 지날수록 독서의 가속도가 붙기 때문에 한 권에 투자하는 시간이 짧아지고 있는 점을 감안할 때 목표 달성은 가능할 듯 보였다.

그렇게 해서 만들어진 것이 주 5일 독서법이다. 샌드위치 가게에서 일을 하게 되면서 사장님과도 주5일 동안 근무하는 것으로 일정을 조절했다. 사장님은 전단지 영업 배달 일을 시작할 때 오며가며 알았던 분인데, 감사하게도 나를 좋게 봐주셨고 자신의 가게를 오픈하게 되면서 나를 영입했다. 내가 어떤 사람인지 알고 독서를 하고 있다는 것도 알고 계셨기에 많은 지지와 격려를 해 주셨다.

주 5일 근무를 원칙으로 하여 일을 하면서 독서도 주 5일 독서로 병행해 나갔다. 일한 만큼 독서도 해 보자고 마음먹었던 것은 열심히 일하고 난 뒤 달콤한 휴식을 맞이하듯 독서에서도 쉴 틈을 주고 싶었다. 휴식을 취하고 싶은 마음도 있었지만 실은 주 5일 독서를 통해 달성하지 못한 목표치가 있을 때엔 그때 채워 넣는 식의 여유를 주고 싶었다. 내 자신을 너무 조이고 싶지 않았고 나름대로의 허용이라고 여겼는데, 점점 주말에 교회 일이 많아지면서 주 5일 독서는 무조건 주 5일 내에 해결해야 했다.

물론 이 방식은 내가 정한 나에게 적합한 방법이다. 많은 독서법이 나와 있지만 그것을 따라하기보다 자신에게 가장 맞는 방법을 찾아 실행하는 게 중요하다. TV 보는 것을 너무 좋아하는 사람인데 모든 것을 다 끊고 독서에만 올인하라는 기존의 독서법을 적용하는 건 너무 가혹하다. 차라리 좋아하는 것을 즐기되 독서를 병행하는 방법을 찾는 게 더 좋다. 다행히 나는 독서 이외 시간을 허비하는 것을 단절하자는 의지가 있었기에 그것을 단절했을 때 별다른 부작용 없이 독서로 이어질 수 있었다. 이렇듯 사람마다 차이가 있으니 그것은 스스로가 조절하면 될 일이다.

그렇게 주 5일 독서가 본격적으로 진행되었다. 하루 3-4시간 독서 시간을 빼내는 일은 쉽지 않았다. 신앙생활을 하면서 교회 일도 많아진 데에다 새벽 예배에서 봉사하는 것도 생기다 보니 새벽 5시 30분엔 무조건 집에서 나와야 했다. 그러다 보니 퇴근해서 집에 돌아와 잠자리에 들기 전까지 거의 대부분의 여유 시간을 독서에 투자해야 하는 상황이었다. 오가는 지하철 속에서, 잠깐 영업을 쉬는 시간을 이용하면 1-2시간 정도를 독서로 채울 수 있기에 더욱 시간이 귀중했다. 지하철을 탔을 때 정신없이 졸거나 스마트폰을 하던 모습은 자연히 사라졌다. 어떻게든 읽어야 할 양을 읽자는 생각 때문에 차에 오르자마자 책을 펴 들었고 잠시 시간이 날 때면 무조건 책을 꺼냈다.

〈용비어천가〉에 보면 이런 구절이 나온다. 당나라 용례 태종 이세민이 적과 싸울 때의 일이다. 그는 정예부대 천여 기를 선발하여 모두 현갑을 입혀 좌우 두 대로 나누었다고 한다. 이때 태종은 적과 싸울 때마다 친히 현갑을 입고 이를 통솔하되 전봉이 되어 기회를 타서 진격하니 향하는 곳마다 부수지 않음이 없으며 모두가 두려워

했다고 한다.

(太宗選精銳千餘騎 皆 衣玄甲 分爲左右隊…每戰 太宗親被玄甲 帥之爲前鋒 乘機進擊 所向無 不 破 敵人畏之 [용비어천가 권제7 제58장 사적자료])

바로 이 구절에서 진격이란 단어가 나온다. 말하자면 적군 앞으로 과감하게 나아가서 치는 형상을 말하는데, 진격이란 단어 앞엔 결코 후퇴나 돌아서는 의미가 없다. 일보 공격만을 원칙으로 할 때 진격한다는 표현을 쓰는데, 주 5일 독서를 정하고 실천하는 과정에서 진격이란 말이 떠올랐다.

"좀 쉬엄쉬엄 읽으면 안 되겠냐? 꼭 그렇게 공격적으로 읽어야 되는 거야?"

나를 이해한다고 하는 사람들이 이런 이야기를 건네곤 했다. 쉬엄쉬엄 읽는다는 것 좋은 말이기도 하다. 그런데 나는 그러고 싶지 않았다. 독서는 취미가 아니었다. 생존의 방식이고 오래된 지식의 가르침이었으며 살아가야 할 틀을 제시해 주는 방향이었기 때문이다. 오늘 피곤하다고 해서 '내일 읽자' 미룬다면 내일 읽어야 할 시간은 3시간에서 4시간으로 늘어난다. 그런데 내일 또 회식이 잡혀 늦게 들어간다면 읽어야 할 시간은 계속 쌓인다. 며칠 읽지 못한다고 해서 세상에 큰 일이 나는 건 아니지만 마음속에선 큰 일이 벌어질 수도 있다. 계속해서 공급받아야 할 지식과 지혜가 끊어지고, 그것은 또 다른 나태함을 낳으며 그건 금세 과거의 게으름으로 언제든 돌아갈 수 있음을 의미하기 때문이다.

2년간의 치열한 독서 여정은 진격의 리더(reader)로 이끌었다. 물론 기계가 아니므로 시간을 지키지 못할 때도 있다. 몸이 아플 때에는 몸을 추스르는 게 먼저였기에 그런 것은 허용했다. 진격이라고 해서 불퇴의 정신을 갖는 게 아닌 공격적이고 도전적인 독서를 추구하는 것이다. 배우려고 하는 의지, 알고자 하는 열정에 불타올랐다는 표현이 더 맞을 것이다.

〈당신의 뇌를 경영하라〉를 보면 인간의 뇌에 대해 이런 설명이 나온다. 사람의 뇌는 세 개의 층으로 이루어져 있는데 제일 안쪽에 있으면서 원시적인 것을 생각하는 파충류의 뇌와 좀 더 진화되어 감정을 느끼는 포유류의 뇌, 제일 바깥층에 있으면서 생각을 관장하는 영장류의 뇌로 나뉜다. 이러한 뇌는 자극받고 훈련함에 따라 강화가 되는데 저자는 독서를 통해 뇌가 초의식 뇌로 변모할 수 있다고 말한다. 저자 스스로 독서를 통해 생각이나 의식이 변화되어 정보 분석은 물론이고 실용적이고 현명한 결정을 내릴 수 있게 되었는데 모두가 독서를 통한 뇌의 단련 덕분이라고 말하고 있다.

'뇌가 바뀌면 생각과 행동이 전혀 다른 사람처럼 변하기 때문에 습관은 이전보다 더 자연스럽고 강력하게 바뀌게 된다. 행동 주체인 뇌를 단련시켜서 세상과 인생을 새롭게 바라보고 해석하고 행동해야 새로운 습관이 형성되는 것이다. 뇌를 단련하기 위해서는 여러 방법이 있는데 독서와 운동, 웃음 긍정적인 생각, 기도 등이 있다'

이 글에 확신을 얻고 진격의 리더가 되다 보니 2년이 지났을 때 책이 500권을 넘게 되었다. 책의 종수가 많아서 좋다기보다 그간 꾸준히 내 자신을 지켰다는 것이 그렇게 좋을 수 없었다. 이젠 책을 읽는 노하우도 스스로 깨우치게 되고 어떤 책을 읽어야 하는지 내가 좋아하는 책은 어떤 종류의 것인지 훤히 알게 되니 그것도 신기했다. 뇌가 단련된 기분이 들었다고나 할까, 나를 알게 되니 세상을 알 수 있을 것 같은 자신감이 충만해졌다.

중국의 주석 마오쩌둥은 학교를 그만두고 도서관에서 6개월 동안 밥 먹는 것도 잊은 채 독서에 열중했다고 한다. 어마어마한 독서력으로 중국을 하나로 만들 수 있었다. 독서가 그의 뇌 구조를 바꾸고 생각을 바꾸고 환경을 바꾼 것이다.

지금도 나는 진격의 리더가 될 것을 날마다 다짐한다. 조금만 느슨해지면 금세 밸런스가 무너지지만 고삐를 조인다고 해서 별로 티가 나지 않는 독서지만 진격의 리더는 그저 읽어야 할 무언가를 향해 읽는 자이다. 그 읽는 행위에만 몰두할 뿐이다.

읽어라,
그리고 소통하라

'아… 내가 제대로 읽고 있는 걸까?'

'다른 사람들은 어떻게 느끼고 있을까?'

홀로 독서를 하다가 어느 날 문득 이런 생각이 들었다. 이 길이 맞는 길이라는 확신을 가졌어도 오랫동안 홀로 가다 보면 의심이 들게 된다. 성장이라는 것은 스스로의 과거와 비교해서 더 나은 모습으로 가는 것이기도 하지만 선의의 경쟁을 해 나갈 수 있는 누군가가 필요하기도 하다. 동반성장이란 말이 왜 있겠는가.

하지만 주변에서 동반자를 찾는 일은 어려웠다. 대부분 왜 책을 읽는지 모르겠다며 따분해 하는 사람이 많았기 때문이다. 그때 언뜻 블로그가 생각났다.

'아… 맞다. 요즘 사람들 대부분 블로그 활동을 하지? 온라인 커뮤니티를 만들면 되겠다'

아이디어가 떠올랐다. 물론 이전부터 독서를 하고 난 뒤 노트로 정리하는 일은 시작했지만 그것 역시 나만의 공간이었기에 답답함이 있었다. 하지만 커뮤니티는 달랐다. 얼굴은 몰라도 독서에 관심을 갖고 있는 사람들이 들어오는 공간이란 점에서 커뮤니티의 역할을 충분히 할 수 있을 것 같다는 생각이 들었다.

'우공이산'

어리석은 사람이 산을 옮긴다는 의미로 독서에 한해 우직한 길을 걷고자 우공이산이라는 블로그 닉네임으로 활동하기 시작했다. 일을 하면서 독서를 병행하는 나와 같은 사람들과 만나면 좋을 것이고 독서에 전혀 관심이 없는 사람이 블로그를 둘러보는 것만으로도 자극을 받았으면 하는 큰 꿈도 품었다.

독서를 시작하면서 가졌던 목표, 3년 안에 천 권을 독파하겠다는 야심찬 목표도 써 붙여 놓고 그동안 읽었던 책에 대한 리뷰, 나의 생각 등을 써 넣었다. 온라인 커뮤니티는 워낙 다양한 연령 계층이 방문하는 곳이다 보니 의외의 만남에도 은근한 기대가 차올랐다.

처음엔 누가 독서 블로그를 일부러 찾아올까 싶어 별 기대를 하지도 않았다. 그런데 시간이 지날수록 사람들이 어떻게 알았는지 하나 둘 블로그 방문자가 되었다.

"안녕하세요 우공이산님, 저도 독서를 해볼까 생각만 하던 중이었는데 우공이산님의 블로그를 둘러보니 책을 읽고 싶은 생각이 듭니다."

"우공이산님, 저는 1년 전부터 독서를 시작했는데 의지박약인지 몇 개월은 잘 읽다가 지금은 슬럼프에 빠졌습니다. 그런데 님의 글을 읽으면서 다시 용기를 얻게 되었습니다. 어려운 시절을 잘 견디고 독서로 새로운 인생을 계획한다는 말씀에 감동받았어요."

지나가던 분들이 이런 글을 남기곤 했다. 신기하게도 독서 블로그의 공간인 만큼 독서에 문외한이 아니었기에 그들의 안고 있는 고민이나 문제가 정말 내 문제처럼 다가왔다. 그것은 또 다른 공감이었다.

어떤 친구의 고백은 또 다른 자극이 되었다. 그는 독서를 체계적으로 해 나가고 있는 친구로 나보다 더 구체적인 목표를 세우고 있었고 책을 선택하는 기준도 훨씬 명확했다. 책을 읽고 리뷰를 올리는 것을 봐도 그 재능이 부러울 정도로 훌륭한 생각을 하고 있었다. 그는 내가 책에 대한 리뷰를 써 놓고 간단한 생각을 정리한 곳에 자신의 생각을 덧붙이고 나와 다르게 생각하는 것이 있을 때엔 이견을 내놓곤 했다. 비록 블로그 상이지만 우리는 좋은 동료이자 선의의 경쟁자가 된 듯 생각을 나누었다.

"아… 그렇게 생각하셨군요. 맞아요, 그렇게 생각할 수도 있겠네요. 제 생각이 짧았습니다."

"아니에요. 생각은 다를 수 있잖아요. 저도 우공이산님의 생각을 반대하는 것이 아니라 일부는 인정합니다만 일부는 좀 다르게 생각한다는 거예요."

이런 식의 대화는 대면하는 대화와 또 다른 자극이 되었다. 글을 통해 상대방에게 마음을 전달하면서 예의를 갖춘 의견 전달이기 때문에 훨씬 조심스럽고 더 많이 생각할 시간이 필요했다. 한 번 더 생각하게 되고 다른 사람의 의견을 곱씹어보며 다른 방향으로의 생각 전환을 가져다주었기에 블로그 활동은 커다란 기쁨이고 활력소가 되었다.

블로그엔 그동안 독서노트에 적어 놓았던 책에 대한 리뷰를 올렸고 적어도 10독 이상 하겠다고 마음먹은 책의 경우 1독부터 10독까지의 과정을 올렸다. 신기하게도 읽을 때마다 달라지는 마음가짐과 느낌은 읽어 보지 않은 사람은 느껴 보지 못할 기분이 아닐까 싶다.

블로그에 독서기록을 하기 시작하면서 기록에 대한 생각도 바꾸어 놓았다. 사람이 뭔가를 쓰고 기록하는 것은 인간의 행동 중 가장 상위에 속하는 행동이다. 세상의 모든 지식과 세계관이 기록을 통해 유지되고 보관되고 후세에 전파되지 않았는가. 평범한 우리가 기록하는 것도 마찬가지다. 일기를 쓰건 메모를 하건 뭔가 기록해서 남긴다는 것은 일차적으로 자기 자신을 돌아보는 것을 가능케 할 뿐 아니라 훗날 기록으로서 사료가 되기에 가치가 있다. 그게 아니라도 얼마나 좋은 추억거리요 유용한 정보가 되는가 말이다.

블로그에 기록할 때의 형식은 자유였다. 하루 동안 읽은 책의 분량과 읽은 시간, 장소를 써 놓고 읽은 내용의 간단한 요약과 함께 느긴 점을 적었다. 물론 형식은 그날그날 컨디션에 따라 조금 달랐는데 책의 종류에 따라 기록하는 방법도 좀 달랐던 것 같다. 에세이의 경우 느낀 점을 자유롭게 쓰는 반면 역사서나 기록에 관한 것은 책에 대한 정확한 정보를 기록하는 식의 정확성을 기했다. 나중에 볼 때 아무래도 정확한 정보가 중요할 것 같기 때문인데, 실제 이렇게 써 놓은 것은 자료 활용에도 도움이 되었다.

매일매일 써 놓는 것은 내게도 지치는 일이었기에 한 달 단위로 분류해서 한꺼번에 올렸는데 평소엔 노트에 적어 놓았다가 블로그에 올릴 때에는 노트된 것을 바탕으로 다시 올리는 식이었다. 말하자면 독후감을 두 번 적는 셈이다. 그러다 보니 독후감에 불과하지만 글쓰기에 부담 없이 다가설 수 있었고 매달 읽은 분량을 비교하여 스스로를 독려하는 식의 이중효과가 있었다. 기록을 하다 보니 나의 저주받은 암기력이 기록을 통해 힘을 얻게 되었고 암기력을 뛰어넘는 반복적 책 읽기가 진액 짜듯 기억과 생각을 짜냈다.

이러한 커뮤니티 활동은 3년 안에 천 권을 독파하자는 블로그 제목에 대한 책임감을 더했다. 처음엔 수십 명 방문객이었던 것이 이제는 십만 명도 넘게 오가는 공간이 되다 보니 공신력이 생겨 버렸다. 운영하는 사람으로서, 방문하는 이들에게 뭔가 보여줘야 한다는 사회적 책임감이 생겼다고 할까, 오늘은 또 누가 들어왔을까 기대하는 마음으로 들어가 보면 새싹들이 남긴 말과 기대에 부응해야 할 것 같아 피곤한 몸을 이끌고 책을 펴들게 된다. 1시간만 읽다가 자려고 했지만 2시간으로 연장하게 되는 등 기분 좋은 변화가 생긴 셈이다.

　제일 좋은 것은 우연히 블로그를 들어왔다가 우리 공간에 머무는 이들이 책 읽기에 관심이 있는 이들이다 보니 글을 읽다 보면 '독서가 정말 좋은가?' '왜 이렇게 다들 읽는 거지?' 호기심을 갖게 되고 '이렇게 좋다는데 나도 읽어볼까' 생각하는 이들이 생긴다는 것이다. 일 년에 책 한 권 제대로 읽지 않은 친구들 중에 블로그를 통해 처음으로 돈 주고 책을 사서 읽었다는 글을 읽었을 때엔 정말 내일처럼 기뻤다.

　"님… 정말 축하드려요. 아주 잘하셨습니다. 이제 시작입니다. 차근차근 좋아하는 책부터 읽어 가시면 반드시 새로운 경험을 하실 수 있을 거에요. 홧팅."

　이런 답글을 남겨 주고 다른 이들이 독려와 파이팅을 보냄으로 또 한사람의 독서인이 생긴다. 아니 또 한 사람의 꿈꾸는 자가 생기는 것이다.

　나는 지금도 블로그 닉네임 우공이산을 사랑한다. 어리석은 사람이 산을 옮기는 것처럼 우직하게 한 우물을 파는 사람이 성과를 거둘 거란 믿음이 있으며, 독서에는 어리석어 보일지언정 우직함을 평생 간직하고 싶기 때문이다. 실제 독서를 해 보니까 그렇다. 꾸준하게 하는 것이 무엇보다 중요한데 콩나물이 잘 자라지 않는 것 같지만 계속 물을 줌으로써 어느 순간 확 자라 있는 것처럼 그러한 변화를 꿈꾸며 우직하게 독서인의 길을 걷고 싶다.

매일 쓰는 남자

'책을 읽었다면 써라'

독서에 대한 책을 읽다가 책을 읽었다면 이젠 써 보라고 권하는 글을 읽었을 때엔 처음에 남의 일처럼 생각했다. 학창 시절 통틀어 어디에 글을 써서 제출해 본 적 없던 나였기에 글쓰기는 그저 타고난 작가의 분야라고만 생각했다.

그런데 커뮤니티를 통해 많은 방문자와 온라인상에서 만나면서 나도 모르게 새로운 마음이 생기기 시작했다. 글을 올리는 과정에서 사람들과의 소통이 글을 통해 오가며 글이 주는 매력을 느꼈다고 할까. 얼굴을 대면해서 눈을 맞추진 못해도 글로 공간에서 만나는 특별함이 있었다.

"우공이산님, 글은 안 쓰세요? 지금까지 읽으신 책 리뷰만 해도 좋은 자료가 될 텐데요…"

처음엔 인사성 멘트라고 생각했다. 그런데 어느 순간 글을 쓰는 것도 해 볼 수 있지 않을까 그런 생각이 드는 것이다. 내가 읽는 책은 누군가 글을 써 놓은 것인데 그 활자를 통해 누군가는 정보를 얻고 어떤 사람은 감정의 파동을 느낀다. 글은 1대 다수로 다가서만 그 글을 읽는 사람과는 1대 1로 만난다. 그게 매력이다.

이런 마음이 들자 내가 할 수 있는 최대한의 방법을 사용하기로 했다. 독서의 필요성도 독서를 통해 알았으니 글쓰기의 방법도 독서를 통해 알 차례였다. 알아보니 글쓰기에 관한 책도 무척 다양하고 많았다. 그들 중엔 전문 작가가 아님에도 글을 쓰는 이가 많았고 그 중에서 베스트셀러가 나오는 등 글쓰기 역시 왕도가 없다는 것을 알 수 있었다.

특히 이번에도 내게 독서의 열정을 지펴 주었던 독서 멘토가 글쓰기에 대한 열정을 보태 주었다. 이문열 작가가 말하기를 사람이 천 권 이상 독서를 하고 나면 누구나 작가가 될 수 있다고 했다는데 천 권을 향해 가고 있는 입장에서 한번 도전해 봄직한 일이라는 생각에 조심스럽게 마음을 먹었다.

'그런데 뭘 쓰지?'

그런데 글을 써 보기로 마음만 먹었지 뭘 써야 할지 가닥이 잡히지 않았다. 수많은 책의 소재가 어떻게 잡혀졌는지 신기했다. 파란

만장한 인생굴곡을 겪으며 성공의 반열에 오른 이들은 인생스토리를 쓸 수 있을 테고 한 분야에 해박한 지식과 정보가 있다면 그 주제에 맞춰 쓸 수 있겠지만 나는 전문가의 입장은 아니었다.

'그렇다면 뭘 써야 할까. 내가 젤 잘하는 게 뭐지? 아니 어떤 얘길 가장 잘 쓸 수 있을까'

고민이 계속되었다. 글쓰기에 대한 여러 책을 읽으며 멘토들의 도움을 구했다. 역시 구하는 자가 찾을 거라더니 〈기적의 글쓰기〉라는 책은 나에게 자신감을 불어 넣어 주었다.

'당신이 작가가 되고자 한다면 한 가지만 명심하면 된다. 당신도 작가가 될 수 있다. 그러나 당신을 먼저 남과 다른 존재 혹은 비범한 존재 혹은 길거리에 널린 누구나 가지고 있는 평범한 스토리가 아닌 누구나 쉽게 만날 수 없는 그런 독특한 스토리를 가지고 있는 존재로 만들어야 한다. 글쓰기를 배우는 최선은 글을 쓰는 것이다. 더 나은 글을 쓰는 첫 번째 방법은 생각하는 것이 아니라 무조건 쓰는 것이다. 더 나은 글을 쓰는 두 번째 방법은 기다리는 것이 아니라 무조건 쓰는 것이다. 더 나은 글을 쓰는 세 번째 방법은 멈추지 않고 주저하지 않고 계속 쓰는 것이다'

저자가 말하는 저돌적 글쓰기의 강조는 내게 큰 용기를 주었다. 베스트셀러 작가가 된다는 생각 따윈 일찌감치 버렸다. 내게 글쓰기는 그런 헛된 꿈을 꾸는 것이 아닌 또 다른 나, 더 나은 나를 위한 한 단계 도약이란 생각으로 글쓰기를 시작해 보았다. 신기하게 글을 써 보겠다고 생각하고 난 뒤엔 독서에 더욱 치열하게 접근하게 되고 한 구절 한 구절에 몰입하게 되었는데 오히려 독서의 질도 높여 주고 내면에서 쓰고 싶은 욕구가 솟아오르는 것을 느낄 수 있었다.

블로그를 통해 먼저 내가 글쓰기에 도전한다는 글을 올렸다. 뭐든 한번 마음먹으면 바로 실행하자는 자세를 다짐했기에 가능한 많은 사람에게 사실을 알리고 독려를 받으며 신호탄을 쏘아 올렸다. 예상대로 블로그 친구들이 아낌없는 지지를 보냈다. 새로운 도전을 시작한 우공이산님의 훌륭한 글을 만나고 싶다, 열정적인 독서력만큼이나 글쓰기에도 성공하길 바라는 응원까지 한 사람 한 사람의 반응이 내겐 당근이요 채찍이었다.

내가 가장 잘할 수 있는 것은 지금의 나로 변화시켜준 독서에 관한 나름의 노하우를 쓰는 것이었다. 2년 넘게 해 오고 있고 앞으로 평생 해야 할 일이었기에 가장 큰 관심사요 목표였기 때문이다. 먼저 책을 읽으면서 독서노트에 적어 놓았던 좋은 글귀와 구절과 생각 등을 섞어 한편의 에세이를 적었다. 나와 같은 꿈이 없던 청년들이 어떻게 인생을 바라보아야 하는지, 독서를 통해 어떻게 바뀌는지 독서가 어떤 힘이 있는지 등을 진술하게 적어 가는 일을 이어갔다.

'독서도 하루 목표량을 정했으니 글쓰기도 목표를 정해 보자'

언제부터인가 나는 목표지향적인 사람으로 변해 갔는데 내가 나 스스로를 볼 때 자유의지에 맡겨 놓기보다 목표를 정하고 스스로 타이트하게 조여 가며 다뤄야 함을 알았기에 글쓰기에도 다소 강요적인 방법을 썼다.

'무조건 글은 하루 A4 2장 이상을 쓴다.'

어찌 보면 우스워 보일 수 있는 목표였지만 이 방법이 주효했다. A4 한 장을 자신의 생각으로 채운다는 것이 쉬운 일처럼 보이지만 글쓰기에 대해 한 번도 생각해 보지 않았던 사람이, 글과는 무관하게 살아왔던 사람에게 어려운 미션이었다. 처음엔 컴퓨터 화면만 멍하니 쳐다보다가 30분 1시간을 그냥 보내기도 하고 어떤 날에는 두 줄 정도 써 놓고 더 이상 이야기 전개가 되지 않아 작업을 마친 날도 있다.

그러나 목표는 목표, 정해 놓은 목표를 무조건 채우고 질을 생각하자는 생각에 어떻게든 글을 썼다. 2년간 해오고 있는 독서법에 대한 이야기, 블로그에서 사람들과 만난 이야기, 나의 어린 시절과 불우했던 과거에 대한 이야기 등 주제를 정하고 쓰다 보니 어느 순간 2줄에서 10줄로, 10줄에서 한 장으로 한 장에서 두 장으로 바뀌어 있었다.

"우공이산님, 과연 글쓰기 시작하셨다니 글 써서 올리셨네요. 독서법에 대한 글… 좋아요. 저도 한번 님처럼 실천해 볼까 봐요."

하나 둘 반응이 오기 시작했다. 글을 올려놓고 어디에라도 들어가 숨고 싶은 심정이었지만 이런 따뜻한 반응이 있을 때면 자신감을 얻었다. 그러면서 글쓰기 소재의 범위도 넓어지고 어떤 내용이 들어가면 좋을지 선별하게 되면서 노하우가 생겼다. 중간에 좋은 글

독서부자가 된 배달맨

귀를 인용하는 것도 알게 되고 경험했던 에피소드를 재미나게 소개하는 실력도 늘었다. 확실히 많은 책을 읽어야 내용들을 융합하고 조합함으로 창의적인 표현이 나올 수 있었다. 나의 능력과 경험만으로는 분명히 한계가 있었기 때문인데 그런 면에서 지속적인 독서와 글쓰기는 떼놓을 수 없는 관계임이 분명하다.

송광택 저자가 쓴 〈나를 단련하는 책 읽기〉 (끌레마 출판)를 보면 글쓰기의 다섯 단계에 대해 나온다. 첫 번째가 아이디어 떠올리기, 두 번째가 생각 토해내기, 세 번째는 정리하기 네 번째가 조사하고 분석하기 다섯 번째가 글쓰기라고 한다. 꽤 복잡해 보이는 단계 같지만 우리 머릿속에서 사실 이 과정이 일어난다고 볼 수 있다. 글을 직접 쓰기에까지 우리는 아이디어를 떠올리고 그것에 생각과 곁가지를 붙이며 자료를 분석한다. 쓸데없는 사족은 과감히 떼어내고 머릿속에 정리를 한 뒤 최종적으로 글을 쓰기 때문이다. 그저 생각만 쏟아내고 정리하는 것으로만 끝나는 글은 가치가 없다. 다른 자료와도 비교 분석이 되어야 하고 글 속에서 표현된 생각이 옳은지 옳지 않은지 분석한 과정이 글을 통해 들어가 있을 때 우리는 공감이라는 것을 한다. 그러므로 글쓰기의 다섯 단계는 정확한 프로세스란 생각이 든다.

나 역시 그 방법을 통해 글을 쓰려고 노력한다. 지금도 블로그엔 작가의 글쓰기 방이 마련되어 있다. 그곳엔 현재 쓰는 글들이 올려 있는데 어떤 것은 부끄럽기도 하지만 그래도 모두가 과정이란 생각에 그대로 두고 있다. 어떻게 변해 왔는지 알아가 보는 재미도 쏠쏠하지 않겠는가.

어디 가서 글을 쓴다는 얘기를 거의 안하지만 글쓰기는 나의 또 다른 한계를 뛰어넘는 위대한 도전이다. 독서를 통해 관심 분야가 넓어지고 글쓰기라는 생각해 보지도 못한, 상상도 안 해 본 분야로의 관심과 흥미를 갖게 되고 시도했다는 것으로도 충분히 뿌듯하다. 하지만 좀 더 욕심을 내자면 새롭게 도전한 분야에서 아름다운 결과들이 나와 독서를 통해 글쓰기의 도전을 받고 있는 이들에게 부족하나마 선례가 되는 것이다.

독서 자가
치유 능력

'독서는 거울이다.'

누군가 내게 독서에 대한 정의를 내리라고 하면 거울이라 말하고 싶다. 자기 자신을 보여주는 거울 말이다. 책은 저자가 자신의 지혜를 풀어 쓴 글이며 그것을 읽는 사람이 각자 해석 능력을 가지고 받아들이는 것이다. 그런데 그것은 표면적인 효과에 불과하고 궁극적으로는 자기 자신과 만나게 될 때 진정한 독서의 효과가 나타난다.

3년째 계속되는 독서를 통해 나는 내 자신과 철저하게 만나는 중이다. 얼마나 부족한 존재인지, 그동안 힘들고 고통스러웠던 과거에 얼마나 피해 있으려고 했는지, 결정적인 순간에 회피하려던 모습과 만나고 있다. 그렇다고 자신을 깎아 내리는 것으로만 끝나지 않는다.

위안도 얻는다. 책에서 만나는 이들이 한계 상황을 극복하고 새로운 삶으로 나아갈 때 나의 모습을 발견하고 위로를 얻기도 하고, 나보다 더 힘든 이들과 만나며 작은 위로를 받기도 한다. 그러다 보면 책을 통해 인생을 점검하게 되고 어떻게 살아야 할지 지혜를 얻는 창구가 된다.

한마디로 독서라는 거울로 자가 치유 능력을 얻게 된 것이다. 아는 게 힘도 되지만 아는 만큼 치유된다. 실제 독서를 통해 나는 치유받았다. 의학적인 치유가 아닌 내면의 치유를 말함인데, 날카롭게 폐부를 찌르는 글을 통해 내 자신을 반성하게 되고 제대로 파악하게 되면서 문제점을 고스란히 내 것으로 받아들이는 과정을 통해서다.

그동안 나를 지배하고 있는 생각은 부정적인 것이었다. 타고난 환경 탓, 자라온 배경 탓을 하며 스스로 핑계거리 속에 안주했었다. 끔찍하게 동정받는 것을 싫어하면서도 동정받아 마땅한 환경을 내세우며 살았던 아이러니한 삶이었다. 그래서 우울하고 자신이 못마땅하며 되는 일 하나 없다는 생각에 힘들었다. 반복된 생활 속에 더 나아질 기미도 보이지 않는, 내일이 보이지 않던 삶에 절망하기도 했다.

그런데 책은 그런 생각을 끊임없이 바꾸었다. 내 생각이 잘못된

독서부자가 된 배달맨

것이고 그것은 또 하나의 고정관념일 뿐이라고. 물론 질책만 했던 건 아니다. 부드러운 손길로 어루만져 주기도 하고 아프니까 청춘이라며 위로를 건네기도 했다. 글로부터 받는 위로는 말이나 비언어적인 행위로 받는 것과는 차원이 다르다. 내면 깊숙한 곳에서 울리는 울림과 감동이 있는데 그 위로는 근원적인 치유를 일으킨다.

'너만 힘든 게 아냐'

이런 위로를 보내는 것이 아니다.

'그래. 그런데 생각을 바꿔 보는 건 어때?'

뭔가 추진할 방향을 던져 준다. 그러자 심리적으로나 외적으로도 큰 변화가 일어났다. 상처에 대한 원망과 불평을 거두고 좀 더 좋았던 긍정적인 추진력을 찾는다든지, 고정관념을 벗어나 또 다른 시각에서 접근하려는 시도를 하게 된 것이다. 말하자면 자가 치유 능력이 생겨난 셈인데 내면적인 치유가 일어나다 보니 세상을 바라보는 시각도 훨씬 넓어졌다.

중국의 고서를 읽으면서 일어난 변화에 대해 잠깐 소개를 하고자 한다. 옛 고전에 보면 월나라 왕 구천과 오나라의 왕 합려, 부차에 관한 이야기가 나온다. 월나라 구천은 오나라와 전쟁을 벌이는데 합려를 무찌르고 크게 승리를 했다. 이에 합려는 부상을 당하고 자신의 아들인 부처에게 원수를 갚아 달라고 말하며 죽음을 맞았다. 아버지의 죽음 앞에 부처는 매일 복수의 칼을 갈며 쓸개즙을 먹으며 버틴다.

결국 복수의 때가 다가왔고 월나라로 쳐들어가 아버지의 원수인 구천을 사로잡았다. 그러자 구천은 죽음을 면하기 위해 아내까지 바치며 신하가 될 것을 자처했다. 부처 역시 구천을 두고두고 괴롭히는 게 좋을 것 같아 곁에 두고 괴롭혔다. 아들 같은 왕에게 온갖 모욕을 당하면서도 목숨을 부지하던 구천 역시 복수의 칼날을 갈며 사는데, 부처는 온갖 향락과 쾌락에 빠져 스스로 타락하게 되고 이에 구천은 그를 죽인 뒤 군대를 모아 오나라로 쳐들어가 멸망시켰다.

　　처음에 이 이야기를 읽었을 때에는 하나의 역사로 받아들였지만 계속해서 읽을수록 생각할 거리가 생겼다. 먼저 구천은 큰 승리를 거두어 합려를 죽였지만 아들에게 공격을 당해 모든 것을 잃었다는 대목에서, 인간사 새옹지마 아무리 성공을 이루었다고 해도 그것이 언제 무너질지 모른다는 것을 알 수 있다. 또한 무력을 사용해 상대방을 제압하더라도 주변 사람으로 인해 화를 당할 수도 있다. 부차에게 패한 구천은 왕의 비위를 맞추기 위해 왕으로 모시던 부차의 대변을 맛보고 병명을 알아내는 등 환심을 사며 의심을 덜어내는 장면에선 구천의 처세술을 보게 된다. 훗날을 도모하며 현재의 모욕과 굴욕은 얼마든지 참아내는 그에게서 그가 어떻게 왕에 오르게 되었는지 저력을 가늠하게 된다.

　　이러한 생각을 현재 내 모습과 연관해 생각해 보았다. 지금껏 직장생활을 하거나 원하는 뭔가를 할 때 주변의 방해와 무시 억울함을 당했을 때 '더럽고 치사해서 그만 둔다'는 마인드가 지배적이었다. 그런데 구천과 같은 입장이라면 당장 힘들고 자존심이 상하더라도 누명이 벗겨질 때까지 혹은 나를 알아주고 도와주는 사람이 나타날 때까지 참고 기다리는 마음을 품을 필요가 있다. 구천이 당하고 참았던 것과 비교하면 금방 답이 나온다. 게다가 나의 상황은 구천과는 비교할 바가 못 되다 보니 오히려 답은 더 명확했다.

또 하나 구천이나 다른 인물들이 어려움을 해결해 나가는 중요한 방법 중 하나가 '대의'를 생각하는 태도다. 먼 미래를 내다보는 안목을 가지고 현재의 고난을 참고 견디는 것인데 이러한 삶의 태도는 나를 좀 더 성숙하게 만들었다. 지금 있는 자리가 조금 불만족스럽더라도 그곳을 통해 더 나은 미래를 꿈꿀 수 있고 나만의 비전을 세울 수 있다는 확신이 든다면 대의를 위해 잠깐의 어려움은 참는 게 맞았다. 그러다 보니 직장을 자주 옮겨 다니는 일이 아닌, 직장을 통해 비전을 찾게 되었다.

'더 나은 미래를 위해 좀 더 견디는 게 좋을 거야'

'어떻게 하면 내 상황을 좀 더 발전적으로 만들 수 있을까'

이렇듯 독서는 내 삶의 방식, 어려움을 대하는 태도에까지 영향을 미쳐 생각을 바꾸었다. 살면서 어려운 일이 있을 때 지혜의 근원이 되었고 대부분의 사람이 행동하는 바를 살짝 뛰어넘어 전혀 생각지 못한 스킬로 문제를 뚫고 나가게 만들었다. 확실히 독서를 통해 여러 가지 경우의 수와 방법을 가지게 된 기분이다.

〈홍 사장의 책 읽기〉를 보면 이런 구절을 나온다.

'결정은 결론을 내리기 위한 과정을 거친 후에 자신의 직관에 따른 결단이라고 할 수 있다. 결론에는 포함될 수가 없는 보이지 않는 위험과 기회까지 감안해서 내리는 결정이다. 결정이 옳은지 그른지는 아무도 모른다. 아무리 많은 책을 읽어도 항상 옳은 결정을 하지 못한다. 그럼에도 많은 책을 읽어서 경영 결정을 해야 할 때 고려할 수 있는 질문과 해결책의 조합의 수를 늘려 놓아야 한다. 왜냐하면 최소한 오차 범위라도 줄이기 위해서'

말하자면 독서는 세상과 부딪혀 이겨 낼 무기가 많아졌다고 해야 할까. 물론 이는 여유를 바탕으로 한 경우의 수다.

누구나 자신의 안경을 쓰고 세상을 바라본다는 말이 있는데, 검은색 안경을 쓰면 세상이 검게 보인다. 하지만 무지개 색 안경을 쓰면 세상은 알록달록한 빛이 된다. 독서는 어떻게 살아야 하는지, 어떻게 상처를 받아들여야 하는지, 어떻게 처지를 발전시켜야 하는지 다양한 색깔을 입혀 주었다. 살아가면서 힘들고 상처받았던 내게 치유 능력을 그렇게 전달해 준 것이다.

인생의
이모작을 꿈꾸다

"연훈 씨. 나랑 한번 일해 보지 않을래요?"

"네? 저랑요? 어떻게 저한테 그런 제안을…"

"그동안 오고가면서 연훈 씨를 봤는데 정말 열심히 사는 것 같아 보였어요. 자기 일에 적극적인 데가 우리가 하는 일이 비슷하니 같이 뛰면 좋을 것 같아요."

생전 처음으로 스카우트 제안이라는 것을 받았다. 그동안 돈을 좇아 살았던 내게 먼저 손을 내민 사람이 있다는 것만으로도 감사한 일인데, 손을 내민 분은 나보다 먼저 동네 마케팅이란 분야에 뛰어든, 밑바닥부터 시작한 카페 영업맨이었다. 그와는 이 일을 시작할 때부터 그저 알고 지낸, 인사 정도만 하는 사이였는데 생각지도 않은 제안이었다.

"이번에 가게를 하나 내려고 하는데 연훈 씨가 같이 일해 줬으면 좋겠어요."

형님의 제안을 거절할 이유가 없었다. 일단 하는 일이 같은 데에다 일하는 조건도 더 나아졌으며 무엇보다 나와 함께 꿈을 키워 갈 수 있는 사람이란 확신이 들었기 때문이다. 함께 일하기를 앞두고 많은 이야기를 나누었다. 스카우트를 당하는 입장에서 무조건 달려들기보다 생각을 나누고 싶었다.

"사장님은 이 사업을 통해 어떤 계획을 가지고 있으세요?"

"지금은 아주 작게 시작하는 가게지만 내 사업을 처음 시작하는 것이라서 경험과 자신감을 얻는 데 만족하고 1년 뒤 강남 한복판에 뛰어들어 본격적으로 해 볼 생각이에요."

그가 꿈꾸는 일, 그가 가려는 방향이 내 마음에 쏙쏙 들어왔다. 그즈음 나 역시 생각이 바뀌고 의식이 바뀌며 나에 대한 기대가 커지고 있는 시점이었다. 그동안 내가 나를 바라보았던 시야가 확대되었다고 할까. 이전에 내가 아닌 달라진 나를 꿈꾸는 중이었다. 자아상이 바뀐 것이다. 능력을 한정짓고 한계선을 긋고 살았다면 이젠 그 틀을 걷어내고 뻗어가고 싶었다.

"사장님, 그런 생각을 갖고 계신다면 저도 기꺼이 함께하겠습니다. 제 꿈을 위해서라도 그렇게 하고 싶습니다."

나 역시 꿈에 대한 이야기를 꺼냈다. 일단은 작은 기업가로서 성공을 거두는 것이고 목표하는 수치도 있지만 그 수치에 꼭 도달하기보다 그것이 가능하도록 도전하고 시도하고 노력하는 데에 의미가 더 중요했다. 그렇게 꿈을 나누다 보니 우린 좋은 협업자가 될 수 있었다.

우리의 협업은 지금도 계속되고 있다. 그분은 내가 선택한 독서인의 길도 절대적으로 지지해주며 인생 선배로서, 경영의 선배로서 좋은 본을 보여주고 있다. 우리가 함께 나누는 꿈, 그 속에서 파생되는 여러 가지 꿈은 나를 춤추게 만든다.

농경사회가 오랜 시간 계속되면서 한 단계 훌쩍 발전했을 시기가 있는데, 그것은 이모작이 가능해졌을 때였다. 1년에 한번 벼농사를 짓는 것에 그치지 않고 농사 수확 철이 지난 뒤 그 땅에 또 다른 작물을 심어 생산물을 낼 수 있는 이모작은 경영혁신이고 생각의 전환이었다. 농가는 그로 인해 부유해졌고 농사 기술은 더욱 발전을 이루었다. 이모작이 사람을 발전적으로 만든 것이다.

인생에도 이모작이 필요하다. 한 가지만 볼 것이 아니라 다양한 면을 바라보고 꿈꾸는 것이 이모작이 아닐까 싶다. 하나님이 주신 달란트는 다양하다. 누구에게나 선물로 은사를 주셨는데 그것을 발견하여 발전시키는 사람이 있는가 하면 그렇지 못한 이들도 있다. 게다가 하나님은 딱 한 가지만 주시는 것도 아니라서 거룩한 욕심을 내는 사람에게 더 많은 은사를 선물로 주신다. 말하자면 개발하려고 하면 충분히 은사를 개발할 수 있다는 말이다.

우리의 의무는 받은 달란트를 잘 활용하는 데 있다. 활용 능력과 활용할 의지는 우리가 가져야 하는 것인데, 그 의지가 있는 사람들은 인생의 이모작을 자연스럽게 받아들일 것이다. 독서는 그 틀을 과감히 깨 주었고 이모작을 꿈꾸도록 만들어 주었다. 독서를 통해 인생이 바뀐 수많은 모델의 인생 경영을 봐도 이전의 삶과는 다른 (이전의 삶이 나쁘다는 얘기가 결코 아니다) 더 가치 있다고 생각되는 일로 인생 이모작을 해 나가고 있는 것을 보게 된다. 그들이 선택한 삶에 책임을 지고 즐거워하며 독서로 더욱 단단해져가는 삶의 모습을 글로 접하게 될 때 감동은 정말 실제적이다. 경험이 아니고서는 그러한 감동이 없지 않겠는가.

내가 꿈꾸는 이모작은 경영인으로서 내가 밑바닥부터 쌓아 놓은 마케팅 전략으로 성공한 모델을 보이는 것이고, 지식인으로서 밑바닥이었던 삶을 가치 있게 만들어가는 것이다. 좀 더 구체적으로 말하자면 공부다운 공부를 하면서 글을 쓰고 나와 같은 청년들에게 희망의 메신저가 되기를 꿈꾼다.

사실 내가 여러 가지 일을 하게 되리라는, 아니 여러 가지 꿈을 실천해 가는 사람이 되리라고는 상상도 하지 못했다. 하지만 성경을 통해 하나님의 은사가 내게 주어졌다는 사실을 알게 되고, 독서를 통해 생각과 인식의 전환 꿈의 설계를 갖게 됨으로 그게 불가능하지 않다는 것을 알게 되었다. 여러 가지를 꿈꿀 수 있게 되었다는 것이 가장 고마운 대목이다.

이제 해야 할 일은 그 꿈을 실현에 옮기는 일이다. 물론 그 역시 지금껏 그래왔듯 독서의 힘으로 추진해 나가리란 확신이 있다.

이지성 황광우 작가가 쓴 〈고전혁명〉을 보면 고전이 가지고 있는 영향력에 대해 예찬을 하면서 이렇게 말한다.

'고전은 그런 것이다. 하지 말라고 하지 않고 시도하고 도전하라고 독려한다. 그리고 시도와 도전은 혁명과 혁신을 부른다. 혁명과 혁신 모두 가죽 혁자가 들어간다. 가죽이 무엇이기에 대변혁을 의미하게 됐을까. 중국 한나라 때 만들어진 문자해설서 〈설문해자〉를 보면 짐승의 가죽에서 그 털을 다듬어 없앤 것을 혁이라 한다… 짐승의 가죽은 털을 뽑은 후에 가죽을 부드럽게 만드는 무두질을 거쳐야만 가능하다. 그 과정을 통해 짐승의 가죽은 비로소 쓸모가 있다. 그래서 혁이 고치고 새로워진다는 뜻을 가질 수 있었다. 자아혁명은 비록 거칠고 보잘것없어 보이지만 다듬으면 귀한 가죽이 될 수 있다는 것이 나라는 사실을 아는 데에서 시작한다'

이 글을 읽을 때면 가슴이 막 뛴다. 나는 쓸모없는 가죽에 불과한 것이 아니라 무두질을 거쳐서 고치고 새로워질 수 있는 나라는 존재에 대해 가능성을 부여하게 된다. 그래서 자꾸만 꿈을 꾸게 되고 꿈을 실천하려고 도전하게 된다.

이렇게 시시때때로 독서가 나를 향해 가르침을 주고 있으니 책을 가까이 하지 않을 수 없다. 아무리 생각해도 독서는 삶의 에너지원이다. 지금은 3년 안에 천 권을 독파하겠다는 목표로 이어가고 있지만 앞으로 어떤 목표를 정하게 될지 나도 기대된다.

CHAPTER
5

우공이산의
닥치고 독서법!

주 5일 독서법

2년 전 독서를 시작하면서 여러 시행착오가 있었다. 읽기는 읽어야겠는데 어떤 책을 어디서 어떻게 얼마나 읽어야 하는지 몰라 혼자 헤맸다. 독서 멘토가 곁에 있어 물어볼 수 있는 것도 아니고 만약 있다 하더라도 '무작정 읽는 거지' 하고 말할 것 같았다. 그렇게 무작정 읽다 보니 필요에 의해 각종 독서법에 대한 책을 독파하게 되고 좋은 방법이라고 생각될 때 따라 해 보기도 했다. 그러다 보니 내게 가장 잘 맞는 방법을 찾게 되었다.

일단 나의 환경을 살펴보고 생활 패턴을 분석하는 게 필요했다. 나는 직장생활을 하는 사람이고 주말은 신앙생활로 인해 평일에 비해 오히려 시간이 부족하다. 그러니 매일 독서시간을 정해 놓고 하는 것은 오히려 부담이 될 수 있었다. 그런 이유로 내세운 방안이 주 5일 독서였다. 주 5일 근무 주 5일 교육과 같이 독서도 주 5일 하는 것으로 원칙을 정하자 오히려 일에도 집중하게 되고 독서에도 그랬다. 주말에 몰아서 읽자는 생각 따윈 안하게 일하는 동안 더 열심히 책을 읽었다.

무작정 책 읽기에 앞서 해야 할 일은 목표 세우기다. 사람의 의지엔 한계가 있기에 목표가 필요하다. 사람마다 달라서 어떤 사람은 목표를 정하지 않고 끝까지 추진하기도 하겠지만 대부분은 목표가 있어야 지향하는 바에 따라 움직이게 되고 목표가 이끌어 준다.

특히 독서에는 목표가 무척 중요하다. 독서광이라 불리던 중국의 시인 두보는 '남아수독 오거서'라는 말을 남겼다. 남자라면 모름지기 평생 다섯 수레의 책을 읽어야 한다는 의미로, 그만큼 독서가 중요함을 강조하는 말이다.

다섯 수레의 책의 수량이 얼마나 될까. 정확한 통계는 나와 있지 않지만 소나 말이 끄는 수레는 사람이 끄는 수레에 비해 더 많이 담긴다고 한다. 평균 잡아 한 수레에 1500-2000권이라고 한다면 다섯 수레라면 7500-10000권 정도가 된다. 말하자면 평생 만 권 정도의 책을 읽어야 한다면, 평균 수명을 80세로 잡을 때 태어나면서부터 한 달에 8-11권 정도를 읽어야 한다는 말이 나온다. 우리나라 국민이 평균 1년에 1권도 안 읽는 이들이 태반이라는 말을 떠올릴 때 꽤 많은 양이 될 수 있다. 게다가 뒤늦게 독서를 시작한 이들이라면 읽어야 할 권수가 더 많아질 수 있다.

누구나 만 권을 다 읽을 순 없다. 스스로 독서가 필요하다고 느끼고 읽고자 하는 의지가 생긴다면 불가능할 것도 없다. 다만 시작만 창대하여 너무 높은 목표치를 정하는 것은 절대 금지다. 나 역시 목표를 정할 때 처음엔 거대한 꿈은 안고 높은 목표치를 정할 뻔 했다. 독서 관련 책은 끊임없이 권수를 말하지만, 그들의 결론은 각자에 알맞은 목표량을 정하라고 조언한다. 100미터 달리기를 할 수 있는 사람에게 400미터 경주는 쉽게 지칠 수 있기 때문이다. 하지만 타이트한 목표치가 좋다. 느슨하게 정하게 되면 미루게 되고 느슨한 마음으로 읽는 독서는 큰 효과를 주지 못한다.

고백하자면 내 안엔 게으름의 속성이 크게 있다. 이미 서울에 올라와 게으름과 무기력함의 끝을 봤던 터라 그 속성을 뛰어넘으려면 잠을 줄여야 했고 아무것도 하지 않는 시간을 없애는 것이 중요했다. 그래서 중간 중간 시간이 날 때마다 독서로 채웠다. 그러다 보니 하루 3-4시간은 독서로 보낼 수 있었다. 하루 3-4시간이면 한 주에 20시간, 한 달이면 80-85시간이다.

책을 읽어 보니 한 권을 읽는 데 걸리는 시간이 평균 4-5시간이었다. 물론 책의 난이도에 따라 읽는 시간은 천차만별이기는 했다. 어려운 책은 이틀 내내 쥐고 있어도 끝이 보이지 않았고 좀 쉬운 책은 3-4시간 안에도 읽었다. 그러니 대충 시간과 책의 종류를 정할 수 있게 되었다.

일단 책 한 권당 완독하는 데 4시간을 잡았다. 몇 권 읽다 보니 읽는 속도가 빨라지고 있음을 알았기에 가능할 것 같았다. 그렇게 되면 일주일에 적어도 5권은 읽을 수 있게 되고 한 달이면 20권이 된다. 1년이면 240권이 나왔다.

물론 해가 지날수록 속도가 붙고 권수는 많아질 테니 3년 안에 천 권을 독파하자는 목표를 세웠다. 지금도 그 목표를 향해 열심히 가고 있지만 이제 갓 목표 권수의 반을 넘겼기에 남은 1년 사이 부지런히 목표를 향해 달려가려고 한다.

이 목표는 운영하는 블로그 대문에도 크게 써 붙여 놓고 있는데, 병은 널리 알리라는 속담도 있듯 목표도 많은 사람에게 알려야 지지와 격려 질타도 받을 수 있다는 생각에서다. 실제 블로그를 찾는 이들은 3년 안에 천 권을 독파하자는 청년의 도전에 박수를 보내고 있다.

독서를 하고자 할 때 이렇게 목표가 중요하다. 꼭 천 권 만 권을 읽어야 하는 법은 없다. 하지만 많이 읽을수록 책이 보이고 책을 선택하는 기준이 명확해지면서 이유가 분명해진다. 그러므로 책을 읽을 때 대략적으로 목표를 정해 놓고 시작한다.

직장생활을 한다거나 공부를 하는 등 뭔가 하고 있는 일이 있을 때 주 5일 독서법이 유용한데, 주 5일간 꾸준히 독서를 이어가다 보면 1년에 200권 이상 읽는 독서량이 된다. 이것이 10년 쌓이면 2000권 50년 쌓이면 만 권이 된다. 어마어마한 독서량이다. 1년 200

권을 읽고 30대를 맞이하는 청년과 책을 읽지 않고 무작정 30대를 맞는 사람의 차이가 없을까. 게다가 햇수가 더해지면 벌어진 격차는 설명하지 않아도 알 것이다.

아직 어린아이 독서 수준이라면 목표는 단기적으로 정하는 게 좋다. 3년이 너무 멀다면 1년 안에 읽을 종수를 정해 본다. 주 5일간 5권의 책을 읽는 것이 너무 부담이라면 주 5일에 2-3권으로 줄여도 좋다.

참고로 대학생활 4년간 공부하는 양은 책 100권 분량이라고 한다. 석사과정은 150권, 박사과정은 200권 정도의 분량을 공부해야 한다고 한다. 이렇게 따질 때 1년 독서 200여 권을 목표로 한다면 박사학위 공부와 맞먹는 공부요, 전문가의 기초를 쌓는 셈이다. 그러니 자부심을 갖길 바란다.

어쨌든 자신이 독서에 투자할 시간을 최대한 만들고 그 시간을 바탕으로 권수 목표를 정하면 된다. 이때 일부러 리스트를 짤 필요는 없다. 무작정 도서관으로 가서 책을 뒤적거려도 보고 자신에게 안 맞는 수준의 책을 빌려오는 우를 범하면서 시행착오를 겪는 것을 권한다. 시행착오 끝에 만나는 책은 가뭄 속 단비와도 기쁨을 줄 것이다.

지금도 나는 주 5일 독서법을 고수하고 있다. 그리 대단하진 않지만 스스로 고안해 낸 방법이기에 '주 5일 독서법'이라고 말하고 있는데, 이렇게 명칭을 정해 놓고 보니 주 5일 근무처럼 습관화, 생활화가 되는 것 같다. 독서인이라면 자기만의 목표와 자기만의 독서방법에 이름을 붙여 곁에 두는 것도 좋다.

중요한 것은 꾸준하게 실천하려는 의지가 목표에 담겨 있으면 된다. 얼마 전 신문기사에 어느 50대 여성 공무원이 20년 동안 1000권의 책을 읽었다고 소개한 내용이 나왔다. 또 일본의 50대 여성 역시 매일 15장씩 책을 읽어 1000권에 가까운 책을 읽었다는 내용이 실렸다. 여기서 중요한 것은 꾸준히 책을 읽었다는 것이다. 천 권의 목표를 향해 꾸준히 중단하지 않고 읽겠다는 의지가 있다면 한꺼번에 몰아서 몇 권 읽고 한 달 쉬고 또 몰아서 읽다가 천 권을 채우는 것보다 훨씬 낫다고 생각한다.

성공학에서 많이 이야기하는 1만 시간의 법칙이라는 게 있다. 어떤 분야에 종사하던 자신의 일에 만 시간 이상 투자하면 누구나 전문가가 될 수 있다는 내용인데, 만 시간이 되려면 7년 동안 꾸준히 매일 3-4시간 독서에 투자하는 시간이 된다. 이 말은 7년간 2500권을 정도의 책을 읽는다는 것과도 같다. 이렇듯 어떤 일이든 꾸준히 노력하는 지속력은 성공과 맞닿아 있다.

일단 나는 앞으로 남은 1년이란 시간에 더욱 독서에 몰입하여 천 권 읽기를 마칠 생각이다. 그러고 난 뒤 좀 긴 목표를 가져볼 생각이다. 읽는 습관이 몸에 배었으니 단기간 목표로 재촉하기보다 다섯 수레의 책을 읽으라는 두보 시인의 말처럼, 평생 만 권의 책을 읽음으로 마땅히 해야 할 지식의 습득을 이루고 싶다. 이 과정을 통해 지금도 인생이 바뀌었지만 또다시 터닝 포인트가 될 그 책과 만나게 되리라 생각한다.

What to read
어떤 책을 읽을 것인가

(독서의 방법과 요령)

"근데 무슨 책을 읽어야 하냐? 책 좀 선택해 주라."

독서를 권유할 때 열이면 열 듣는 말이다. 독서라는 것을 잘 즐기지 않는 사람에게 권하게 되다 보니 책과 친하지 않은 상대방으로서는 난감할 것이다. 읽는 것이 얼마나 중요한지 귀가 따갑게 듣긴 했지만 막상 읽으려고 하면 읽을 만한 책이 없다는 걸 알게 된다.

"에이, 다음에 서점에 가서 책 좀 보고 사야겠다."

혹시라도 이런 생각을 했더라면 그 사람은 독서에 실패할 확률이 99% 이상이다. 뒤로 미루는 순간 독서의 동력은 힘을 잃게 된다. 독서는 그 안에 담긴 지식과 지혜의 보배도 크지만 읽고자 하는 의지 읽으려는 마음이 활자에 힘을 더해 주기 때문이다. 그런데 다음

• 231 •

으로 미룬다거나 언젠가 좋은 책을 만나면 읽겠다니, 그때에는 읽고 자 하는 마음이 저 멀리 달아난 뒤다.

일단 독서의 목표를 세웠다면 당장 시작해야 하는데 무엇을 읽을 것인지, 어떤 책을 읽을지 고민하지 말고 도서관으로 뛰어가길 권한다. 생각 외로 우리 주변에 도서관이 많다. 공공기관으로 운영되는 도서관뿐만 아니라 복지관에 있는 작은 도서관, 지역 기관에도 책이 구비되어 있는 등 책이 모여 있는 공간은 찾아보면 의외로 많다. 국립 시립 도서관과 같이 큰 규모의 도서관은 거의 대부분 출간된 책의 보고이기에 그 종수가 상당하다. 그보다 조금 작은 규모의 도서관이라도 웬만한 책은 구비되어 있다. 일단 그 책들을 보면서 자신의 마음에 드는, 손길을 끄는 책을 읽으면 된다.

처음 독서에 대한 결심을 하고 나 역시 도서관으로 향했다. 지역에서 운영하는 도서관이었는데 빽빽하게 꽂혀있는 서가를 둘러보고 주눅이 팍팍 들기도 했다.

'와… 저 많은 책을 누가 다 읽는 거지? 아니 누가 다 저걸 썼지? 여기 있는 책들이 다 읽히기는 하나?'

쓸데없는 생각을 하면서 시간을 허비하기도 했다. 하지만 이내 정신을 차리고 결심이 흐려지지 않기 위해 책을 집어 들었는데, 카뮈의 〈이방인〉이었다. 찾아간 곳이 문학 소설 쪽 서가였나 보다. 그래도 책이라고 하면 소설을 떠올리게 되고 그동안 많이 들어보던 제목이나 작가가 소설가이다 보니 책들을 살펴봤는데, 제목들을 훑

독서부자가 된 배달맨

어가다 보니 그 책이 보인 것이다. 카뮈라는 작가가 그렇게 유명한 프랑스 작가라는 것도 몰랐고 '이방인'이란 단어 자체가 주는 낯섦 음이 무척 컸다. 그런데도 외국 작가가 쓴 소설, 많은 비평가들이 칭찬을 하는 그 작품의 표지를 보니 읽어보기로 했다.

도서관 한 귀퉁이에 앉아 약간 해진 책을 읽는데 까만 것은 글자요 흰 것은 종이였다. 좀 심한 표현이었지만 정말이지 글을 읽고 있는데도 이해가 안 될 수 있다는 것을 처음 느꼈다. 그나마 소설 형식으로 되어 있고 죽음과 사형이라는 자극적인 소재가 있었기에 끝까지 읽었지만 다 읽고 나서 남는 게 거의 없었다.

'너무 어려운 책을 고른 건 아닌가?'

회의가 들기는 했어도 한 권을 읽었다는 뿌듯함도 있었다. 처음부터 어려운 책으로 당하고 나니 이번엔 오히려 조심스럽게 책을 보게 되었다. 이젠 서가 위에 써 있는 무슨 무슨 분야가 눈에 들어왔고 '사회과학 분야' 쪽으로 가 보았다. 사회과학 분야가 뭔지도 모른 상태였지만 꽂혀 있는 책들의 제목을 스캔해 보았다. 고전이라 불리는 것들이 인문사회과학 쪽 서가에 꽂혀 있고 경제 문화에 관한 사람 사는 이야기들도 다양하게 보였다. 아무래도 제목부터 말랑말랑한 것이 내용도 보기에 편했다.

그렇게 인문 사회과학 분야의 책을 읽고 다음 날에는 과학 분야의 책을, 그 다음 날에는 역사 쪽 등을 옮겨 가며 읽었다. 책에도 다양한 분야가 있으며 분야별로 내용은 당연히 달랐고 글을 쓰는 스킬에도 차이가 보였다. 그러한 차이를 보며 독서하는 재미가 쏠쏠했다.

물론 읽을 책을 고르는 기준이나 리스트는 꽤 많다. 독서법에 관한 책을 살펴봐도 '한국인이 꼭 읽어야 할 고전 베스트 100' 혹은 베스트 인문과학서적 리스트 등 정보는 많지만 그 리스트에 얽매이지 않는 것이 더 좋다고 생각한다.

나 역시 그런 정보에 의지하기보다 스스로 부딪혀가며 나름 시행착오를 하는 게 의미 있었다. 제목만 보고 읽을 책을 골랐다가 30대 청년에게 맞지 않는 콘셉트의 책을 읽기도 했고, 경제 서적을 읽으면서 경제 용어에 꽉 막혀 진도가 나가지 않아 애를 먹기도 했다. 하지만 그렇게 찾은 책은 더 귀했고 읽고 싶었으며 남는 것도 많았다.

책을 고르는 방법은 우선 큰 틀, 서가에 표시된 큰 틀에서 분야를 나누고 그 틀 안에서 또 분야를 난 뒤 번갈아 가서 마음에 드는 책을 골라 읽으면 된다. 만약 인문 문학서가 쪽 책을 읽고 싶다면 그 속에 시와 예술 문학 수필 평전 등 세분화된 틀 안에서 마음에 드는 분야를 고르고 그 안에 있는 책을 읽으면 된다.

무조건 책을 구입하려는 사람들이 있다. 출판 업계서는 별로 달가워하지 않겠지만 무조건 책을 구입하는 것보다 도서관 서점 등에서 먼저 살펴본 뒤 구매를 결정해도 된다. 그러고도 마음에 끄는 무엇이 있을 때엔 구입하는 것이 좋다. 어차피 좋은 책은 1독으로 끝낼 게 아니라 앞으로 10독 이상을 할 것이기 때문이다.

책을 고를 때에는 정보도 중요하다. 누가 좋다더라 하는 '카더라'

통신에 의존하기보다 오히려 자신의 감을 믿고 키우는 것이 유리하다. 책 고르는 감은 자꾸 해 봐야, 실수도 해 봐야 는다. 책에는 잘못이 없다. 책을 선택하는 이들이 잘못 고르는 경우만 있을 뿐이다. 잘못 선택했다는 것은 다음 세 가지 경우를 의미하는데 읽기 어려울 정도로 너무 어렵게 쓰여서 의도를 파악하지 못하는 경우, 책 제목과 다르게 흘러가는 경우, 아니면 건질 게 하나도 없는 책인 경우다.

세 가지를 가능한 피하려면 독서를 결정하기 전 제목과 목차를 꼼꼼히 살펴본다. 일단 대부분의 책에는 머리말 또는 들어가는 서문 등이 실려 있다. 작가가 어떤 의도로 책을 썼는지 밝히는 대목으로 그것을 읽어 보는 것이 중요하다. 그리고 다음 페이지를 넘겨 보면 차례 나오는데 차례만 제대로 읽어도 책 한 권 읽는 효과가 난다. 차례를 살펴보면 책이 어떻게 진행되는지 한눈에 볼 수 있다.

물론 문학 서적의 경우에는 목차만 보고 알 수 없기에 문학 서적의 경우는 작가를 검색해 보거나 작품에 대한 평 등을 참고하는 게 좋다. 하지만 사회과학서나 인문학 쪽의 글은 차례를 통해 전체를 통으로 볼 수 있다. 그것을 쭉 훑어보면 자신이 원하는 방향인지, 내가 이해할 만한 내용인지 감을 잡을 수 있다. 읽을 만하다는 확신이 든다면 그 책은 자신이 읽기에 적합한 책일 확률이 높다. 이러한 방법이 무조건 통하는 것은 아니지만 그래도 맞는 책을 고르는 데 도움이 될 것이다.

책을 고르다 보면 자연스럽게 알 수 있는 것이 관심 분야다. 개인적으로 앞서 밝힌 바 있지만 나는 역사서 쪽의 책을 좋아했다. 청소년 시절 〈영웅문〉을 읽으며 상상의 나래를 펼쳤던 인상이 깊었던 탓인지 중국 역사에 관한 역사서나, 중국 역사를 배경으로 한 문학 작품을 읽을 때 심장 박동 수가 더 세지는 걸 느낄 수 있다.

어떤 책을 읽을지 아직도 고민인 경우, 우선적으로 좋아하는 분야부터 읽는 것도 방법이다. 그를 통해 재미와 정보 흥미를 얻을 수 있기 때문이다. 서른 살이 넘어 시작한 독서 생활에서 나는 새로운 인생의 맛을 알았다. 이전까지 염세주의적인 세계관도 많았고 술에 취해 살았던 날이 많았던 나는 그저 사는 대로 살았다. 그러니 건강이나 몸에 대한 관심이 거의 없었다.

그런데 막연히 서른까지만 살 것 같다고 생각했던 때를 지나 30대를 맞고 독서로 생각이 바뀌게 되자 건강에 대한 관심도가 생기기 시작했다. 그동안 서울에 올라와 객지 생활을 하면서 너무 건강에 무심했던 것 같아 후회도 되고 걱정스럽기도 했다. 그러다 보니 건강 분야의 관심이 생기며 그쪽 분야의 독서를 하게 됐는데, 일단 내 몸 사용설명서를 접한다는 기분으로 건강 서적을 대하다 보니 정보가 귀에 쏙쏙 들어왔다.

건강을 해치는 요소에는 어떤 것들이 있으며, 술이 왜 건강을 위협하는지, 건강하게 살기 위해서는 어떤 마음과 육신의 상태를 유지해야 하는지 등 전문가들이 쓴 서적을 읽고 실생활에 큰 도움이 되었다. 병원에 가서 의사의 이야기를 듣는 것도 필요하지만 그것이 여의치 않은 나로서는 전문가가 쓴 건강 서적을 참고하는 것도 큰 도움이 되었다.

이처럼 자신이 특별히 관심을 갖고 있는 분야부터 독서를 시작할 때 얻게 되는 효과는 더욱 크다. 물론 그렇다고 한 분야에만 집중하면 곤란하지만 흥미와 재미 효과를 체험하려면 관심 분야를 탐색해 보고 독서를 시작하는 것도 좋다.

다만 편식은 곤란하다. 독일의 히틀러는 지독한 독서광이었지만 독서 편식으로도 유명했다. 파시즘과 극단주의를 통해 유태인을 학살하고 세계대전을 일으킨 그는 정해진 분야의 책만 읽었다고 한다. 그를 공격적이고 편협한 사람으로 만든 원인으로 많은 이가 그의 극단적인 독서 편식을 지적한다. 그가 다양한 분야의 책을 읽고 인간의 존엄성을 깨달았더라면 세계를 공포로 몰아넣을 일들을 하지 않았을 거라는 의견이 많다.

조금 극단적인 예지만 독서는 다양한 분야를 접하는 것이 좋다. 앞서 관심 분야의 책부터 읽는 것도 방법이라고 했지만 그것이 오랫동안 지속되어선 곤란하다. 노동자가 왜 혁명을 일으켜야 했는지 알았다면 노동자들의 이면을 돌아보는 내용도 볼 필요가 있고, 이 사회의 노블레스 오블리주, 즉 귀족사회가 지녔던 사회적 책임감과 사회 제도의 발전에 대해서도 다양하게 앎으로 생각의 균형을 잡을 필요가 있다. 그렇게 될 때 종합적 사고방식을 키울 수 있고 그러한 독서력은 반드시 좋은 무기가 될 것이다.

읽을 책을 고를 때 무조건 베스트셀러 위주로만 선택하는 경우도 지양하길 권한다. 서점이나 도서관에 가면 소위 베스트셀러라는 책이 보일 것이다. 베스트셀러, 말 그대로 많이 팔린 책인데 그만큼 대중성을 겸비한 책이란 점에서 읽어 보는 것이 좋다. 그렇다고 베스트셀러만 골라 읽는 우는 범하지 않기 바란다. 베스트셀러는 불특정 다수, 즉 대중을 겨냥한 책인 만큼 보편적인 글일 확률이 크다. 오히려 스테디셀러와 같이 시대를 거슬러 꾸준히 사랑받는 책은 잘못된 선택을 하지 않을 가능성이 높다.

책을 고르는 것도 능력이다. 이 능력은 누구에게나 생기지 않으며 처음부터 타고난 것이 아니다. 독서를 해 본 사람만이 갖출 수 있는 능력이다. 그 능력은 얼마나 발품을 팔고 도서관 또는 서점을 다니느냐에 따라, 얼마나 눈을 부릅뜨고 서가를 헤쳐 가며 책을 뒤적거리느냐에 따라 갖춰진다.

무엇을 읽을 것인가?

1. 큰 틀 (인문과학, 자연과학, 사회과학 소설 등)을 먼저 선택하라.
2. 작은 틀 안에서 끌리는 제목의 책을 선택하라.
3. 저자와 차례 등을 훑어본다.
4. 문학의 경우 작가나 작품을 검색한 뒤 선택하라.
5. 일단 좋아하는 분야의 책을 선택하되 점차 범위를 다양화하여 선택하라.

독서부자가 된 배달맨

How to read

내가 처음으로 독서의 맛을 느꼈던 때는 유년 시절이다. 책을 읽는 환경과는 거리가 멀었던 가정환경 때문에 책이 별로 없었지만, 어머니가 큰 마음먹고 구입하신 과학백과사전 전집은 유일한 유년 시절 읽을거리였다. 수십 권짜리 전집이었던 것 같은데 그 속엔 어린이의 눈높이에 맞춰 식물의 세계도 소개했고 동물의 세계, 우주의 생성과 움직임, 별자리, 과학자들의 새로운 발견 등 과학에 관한 다양한 상식이 담겨 있었다. 사진과 그림도 첨가되어 있어 읽는 재미 보는 재미가 쏠쏠했다.

그 책이 있다는 것은 자부심이었는데, 워낙 내성적이던 나의 유일한 즐거움은 집으로 돌아와 책을 읽는 거였다. 읽고 또 읽고 나중에는 내용을 외울 정도로 읽었던 기억이 나는데 다른 대안이 없었기 때문이기도 했지만 읽을수록 호기심이 커지고 내용이 이해되다 보니 빠져들게 되었다.

안타깝게도 시골로 가게 되면서 그 책은 실종됐고 그 후 책과 더욱 멀어지게 되었는데 지금도 어린 시절 열심히 읽었던 그때를 떠올리면서 독서를 하곤 한다.

아마도 그때 내가 선택했던 독서법은 '다독'이었던 것 같다. 읽고 또 읽고 열 번도 넘게 읽는 것을 반복해서 읽는 다독 말이다. 다독의 유익은 깊이 이해할 수 있게 만들고 곱씹는 맛을 준다는 것에 있다.

독서를 할 때 읽는 방법이 여러 가지가 있는데 무작정 읽으면 되겠지 생각하다가는 큰 코를 다칠 수도 있다. 물론 읽지 않는 것보다 읽는 게 낫겠지만 좀 더 효과적으로 읽는 방법을 연구하고 실천하면 효과를 얻을 수 있다.

언젠가 친구에게 책을 읽어 보라고 권유를 했는데 그 친구가 며칠 지나서 연락을 해 오며 이렇게 툴툴거렸다.

"야, 꼼꼼하게 읽는 거 너무 힘들어. 그래서 대충대충 넘겨 가며 읽었어. 그래도 되냐?"

물론 그 방법도 읽는 방법 중 하나다. 책 읽기엔 다독, 정독, 숙독 등 방법이 다양하다. 자세히 읽어서 참뜻을 파악하는 정독이 있는가 하면 충분히 뜻을 새기며 익숙해질 때까지 되풀이해서 읽는

독서부자가 된 배달맨

숙독, 처음부터 끝까지 읽는 통독, 충분히 음미하며 읽는다는 미독, 빠른 속도로 읽어가는 속독 등 다양하다. 아마 책이 가진 성격에 따라 읽는 방법도 조금 달라질 테지만 책의 종류가 다양할수록 읽는 방법도 다양하다. 어떤 것이 더 좋다고 말할 순 없지만 중요한 것은 완독을 하는 것이다.

책을 읽다 보면 중간에 그만두는 경우가 매우 흔하다. 읽다 보면 마지막까지 내용을 가늠할 수 있을 것 같아서 중간에 그만두기도 하고, 내용이 지루해서 멈추기도 하고, 너무 양이 방대하여 질린 나머지 포기하기도 한다. 읽다가 까먹기도 하고 나중을 기약하다가 영원히 다시 펼쳐지지 않을 때도 있다.

그런데 한번 선택한 책, 한번 읽기로 마음먹은 책은 처음부터 끝까지 읽는, 완독의 자세가 반드시 필요하다. 중간에 그만두면 시작을 하느니만 못하다. 이것은 습관과도 같아 앞으로 계속 이어져야할 독서에 굉장한 방해가 될 수 있다.

저자가 책 한 권을 완성하기에까지 얼마나 오랜 시간을 투자하고 정보를 수집하고 생각을 정리하고 이해하기 쉽게 써 내려가는지 아는가. 그들은 가장 필요한 것을 가장 읽기 쉽게 표현하는 노력을 통해 책을 완성한다. 그것을 읽는 독자 입장에서는 내용뿐 아니라 노력까지 읽는 것이다. 중간에 손을 놓는다는 것은 그 효능을 저버리는 것이다. 본격적으로 논리가 전개되지도 않았는데 맥이 끊겨 버리면 책이 주고자 하는 의미를 전혀 알 수 없다. 그러므로 한번 잡은 책은 어떠한 장애가 있더라도 끝까지 읽도록 한다.

완독은 좋은 독서 습관을 갖추는 데에 아주 좋은 방법이다. 보통 250-300페이지의 책을 읽을 때 3-4시간 걸린다고 할 때 완독하려면 인내심과 집중력이 필요하다. (물론 양이 방대한 책 예를 들어 1-2000페이지 되는 책은 3-4일에 걸쳐 읽기도 한다.) 그것이 갖춰지지 않으면 독서는 무용지물이 된다. 어떤 사람은 책을 펴놓고 앉아 있기는 하지만 정신은 딴 데로 가 있거나 다른 일을 하기도 한다. 그건 독서 시간에 포함되는 것이 아니다.

독서는 집중력 인내심이 바탕 되는 과정이다. 게다가 처음부터 끝까지 읽으려면 어쨌든 모두 읽어야 하기 때문에 집중할 수밖에 없고 인내심이 길러질 수밖에 없다. 이렇게 참고 인내하며 책을 읽다 보면 반드시 자신에게 필요한 아이디어와 영감을 선물로 준다. 어느 부분에서 그 스파크가 일어날지는 아무도 모른다. 그러니 끝까지 읽을 수밖에.

나 역시 여러 가지 독서법을 시도해 보았다. 정해 놓은 독서량이 있으니 다독과 완독만 원칙으로 세워 두고 세부적인 독서방법은 그때그때 바꾸었다. 그런데 다독을 하면서 뜻을 헤아리며 음미해서 읽는 일은 요원했다. 어떻게 하면 빨리 읽되 효과적으로 읽을 수 있을까 고민을 했다.

그래서 어떤 날에는 발췌본을 읽어 볼까 생각을 하기도 했다. 요즘엔 유명한 서적에 대해 중요한 부분을 발췌해 놓은 책도 있고 방대한 분량을 줄여 놓은 다이제스트 북도 많다. 특히 중고등학생들이 문학을 공부하는 과정에서 많은 책을 모두 읽지 못해 발췌본으로 읽고 공부를 한다는 얘기도 들었다.

하지만 그것은 그리 좋은 방법 같아 보이지 않는다. 작가의 글은 어떤 곳이 중요한지 아닌지 본인이 아니면 모르지 않은가. 게다가 문맥의 흐름과 전체적인 맥락이 있는데 줄거리만 요약한다고 해서 책을 전부 읽었다고 보긴 힘들다. 내가 읽어 보니 그랬다. 그래서 그 방법은 차치하고 빨리 많이 읽는 방법을 생각했는데 그것은 메모하며 읽는 것이었다.

책을 읽으면서 마음에 드는 구절이 있거나 새롭게 깨달은 구절이 있을 때엔 반드시 표시를 해 두었다. 코멘트도 달아 놓기도 했는데 그 부분은 한 번 책 읽기가 끝난 뒤 다시 한 번 점검해서 읽고 독서노트나 불로그에 옮겨 적었다. 말하자면 한 번 읽고 두 번째에는 훑어만 보고 읽고 요약하는 식이다.

이 방법이 그다지 특별할 건 없지만 몇 가지 시도 끝에 가장 내게 적절한 방법이었기에 실천했더니 정말 효과가 있었다. 주요 구절에 대한 표시는 사람마다 다를 수 있다. 하지만 독서는 나를 위한 것이고 깨달음 역시 나의 것이니 그 어떤 것도 생각을 방해할 수 없다. 이렇게 완성된 나만의 독서법은 3년차에 접어들며 수정을 거듭하며 지금까지 고수하는 중이다.

독서인이라면 누구나 자신만의 독서법을 갖고 있어야 한다. 가장 효과적으로 읽고 효과적으로 깨달음을 향해 갈 수 있는 방법이기 때문인데, 한번 수립된 독서법을 계속 밀고 나가는 것도 좋지만 더 좋은 방법이 생기면 새롭게 시도를 한다거나 수정 과정을 거쳐 더 나은 방법으로 바꿔가는 자세가 필요하다.

독서 3대 원칙
(무조건 읽어라, 무조건 기록하라, 무조건 실행하라)

2년 전 본격적으로 독서를 시작할 때 아주 사소한 것까지 걸리곤 했다. '이럴 때엔 어떻게 하지?' '이것도 독서라고 해야 하나?' 이런 의문이 들 때마다 당황하곤 했는데, 그런 이유로 독서에 대한 원칙을 스스로 세우게 되었다. 이 역시 뺄 것은 빼고 넣을 것은 다시 넣은 수정을 거친 원칙 사항이다. 그렇게 해서 정한 독서 원칙 일곱 가지를 소개한다.

1. 처음부터 끝까지 완독했을 때 책 한 권으로 인정한다.

2. 최소 1시간 이상 읽을 수 있는 분량의 책을 한 권으로 인정한다.

3. 만화로 된 책이라도 철학적, 역사적, 경제적인 의미를 담고 있는

책이라면 한 권으로 인정한다.

4. 분야를 가리지 않으며 완독을 기본으로 정독과 숙독으로 독서를 한다.

5. 발췌독, 속독, 통독, 잡지 기타 잡서는 읽지 않는다.

6. 일주일에 월-금요일까지 지하철과 도서관에서 독서를 한다.

7. 아무리 좋은 독서법이 있더라도 1000권의 책을 읽을 때까지는 위 독서법으로 독서를 한다.

역시 원칙을 세워 놓으니 원칙이란 단어가 주는 무게감이 있었다. 원칙은 어기라고 있는 게 아니라 지키라고 있는 것이다. 물론 사정 형편에 따라 한두 번 어길 수도 있겠지만 이것을 뼈대로 세워두고 책상 앞에 붙여 놓으니 의무감이 생겼다.

이처럼 원칙은 참으로 중요하다. 이 장에서는 주 5일 독서법을 할 때 기본 원칙을 소개하고자 한다. 이른바 독서 3대 원칙이다. 앞서 소개한 일곱 가지 원칙은 본인 스스로에 맞도록 정하는 것이므로 각자의 상황에 맞게 정하면 되지만, 지금 소개할 3대 원칙은 독서를 꾸준히 이어가는 데 정말 당연하지만 지켜야 할 원칙이다.

3대 원칙이란 무조건 읽고 무조건 기록하고 무조건 실행하는 것이다. 대단한 원칙을 기대했다면 조금 미안하지만 독서에는 이렇게 당연하고 적극적인 기질이 필요하다.

우리에게는 이미 정한 목표가 있다. 주 5일이 됐건 주 3일이 됐건 주 7일이 됐건 독서 목표를 세웠으니 이유 여하를 막론하고 무조건 읽어야 한다. 그래서 세부 목표나 원칙을 정할 때 구체적으로 정해 놓고 읽어야 한다.

'책을 많이 읽을 것이다'

이런 막연한 계획은 독서를 망친다. 많다는 것이 기준이 명확하지 않기 때문이고 그날 컨디션에 따라 20페이지를 읽었는데도 무척 많이 읽었다는 느낌을 받을 수 있다. 게다가 사람의 본성이 본디 게으르고 나태해지기 때문에 '이 정도면 돼. 그래 이 정도도 많이 읽은 거야' 스스로 타당성을 부여하며 주문을 건다. 그러다 보면 그나마 50페이지 읽던 것도 30페이지로 줄고 슬쩍 건너뛰기도 하는 것이다.

그런 우를 범하지 않으려면 하루 읽을 양을 구체적으로 정해 놓는 게 좋다.

'일주일에 반드시 5권 읽고 한 달 20권 이상을 읽는다'

이런 식의 구체적 목표를 정하고 하루에 몇 시간, 언제 읽을지, 반드시 읽어야 할 시간 등을 원칙으로 정해 놓으면 무조건 읽게 된다.

내가 만든 원칙에 보면 지하철과 도서관에서 무조건 독서를 한다는 것이 있다. 이 원칙을 세운 것은 직장생활을 하는 이들에게서 독서시간을 빼는 일은 그리 쉬운 게 아니다. 기껏해야 아침 일찍 일어나서 그 시간을 이용하거나 퇴근 후, 지하철 안이 전부인데, 본격적으로 독서생활을 시작하게 되고 글까지 쓰겠다고 마음먹게 된 뒤론 시간 배분이 필요했다. 그래서 정한 것이 새벽에 일어나 새벽기도와 글쓰기를 병행하기로 하고, 근무시간 내에 가능한 독서를 병행하기로 했다. 그러다 보니 출퇴근 지하철 시간 2시간을 낼 수 있고 영업활동을 하면서 자투리 시간 2시간 정도를 활용할 수 있었다. 점심시간 30분은 식사에만 집중하기 위해 따로 시간을 빼지 않았고 퇴근 후에는 운동을 하기 때문에 가능한 운동에 집중하고 돌아와 자유 시간을 보내거나 그날의 독서량을 채우지 못했을 때엔 보강하는 식으로 원칙을 세웠다.

나의 생활패턴 습성을 잘 알고 있다 보니 어떤 때 집중하는지, 자유를 누리고 싶어 하는지 안이해지는지 알고 있었고 그것을 적절히 조여 주며 원칙을 세우다 보니 보다 효율적으로 읽게 된 것 같다.

독서는 철저한 두뇌운동이다. 단어를 머릿속에 입력해야 하는 등 에너지 소비가 상당하다. 그래서 두뇌도 잠시 쉬게 해야 하는데 주 5일 독서를 한 뒤 주말에 휴식을 취했다. 만약 처음부터 무리를 하여 매일 독서를 해 나가는 원칙을 세웠더라면 아마 포기했을지도 모른다. 사람이 너무 몰아치면 그냥 손을 놔 버리는 경향이 있는데 그게 바로 내가 가진 약점이기도 했기에 최대한 그 점을 배려한 결과다.

그러면서 읽어야 할 시간에 더욱 철저히 몰입했다. 시간을 지키

독서부자가 된 배달맨

려면 그날 채워야 할 영업량, 매출을 올려야 하는 본연의 목적을 최대한 달성해야 시간도 낼 수 있기에 일은 더 열심히 했고 자투리 시간은 무조건 독서로 채웠다. 엘리베이터를 타고 가는 시간은 e-북을 이용하여 독서를 하는 등 허투루 보내는 시간이 없도록 철저히 단속했다.

이렇게 무조건 읽자는 것을 독서의 1원칙을 지키다 보니 습관이 되었다. 요즘 직장인들의 생활 패턴을 보면 회사에 출근해 퇴근할 때까지 책 한번 펴 보지 않는 사람이 많다. 사무실을 다녀 봐도 독서하는 직장인의 모습은 거의 찾아보기 힘들다. 그만큼 직장에 출근하면 독서와는 멀어진 생활을 하고 남는 시간을 이용해서 읽으려고 한다. 그러나 남는 시간은 없다. 시간은 만들어야 한다.

독서의 고수들을 보면 손에서 책을 놓지 않고 무조건 읽는다. 어떤 이는 잠자기 전 머리맡에 책을 두고 자며 화장실을 이용할 때에도 책을 들고 들어가는 등 자투리 시간의 활용도가 대단하다. 우리가 잘 아는 안철수 의원 역시 독서광으로 유명한데 그도 엘리베이터 기다리는 시간이 아까워 조그만 책자를 들고 다니며 책을 읽고 다닌다지 않은가. 대부분의 독서광은 이처럼 수불석권하여 항상 배우기에 힘쓴다. 무조건 읽는 것이다.

주 5일 독서는 직장인에게도 유용한 방법이다. 회사 일이라는 것이 날마다 바쁘지 않다. 또한 의외로 차 마시는 시간, 수다 떠는 시간, 컴퓨터로 다른 일하는 시간 등 일에 집중하는 시간 외의 시간이

많다. 그 시간을 이용해서 무조건 독서를 시작해 보자. 주변의 눈치 볼 것 없이 자기 자신을 위해 떠도는 시간을 붙잡아 독서에 투자하면 된다.

두 번째 원칙은 무조건 기록하는 것이다. 책을 읽고 그냥 덮어두면 적어도 며칠은 머릿속에 남아 있겠지만 (참고로 암기엔 꽝인 나는 거의 기억이 사라진다) 유효 기간이 지나면 머릿속이 하얗게 된다. 기억력에 한계가 있기 때문인데 그래서 '적자생존' 적어야 산다는 말이 나오는 것 아니겠는가. 독서를 시작한다면 간단한 메모장이나 독서노트 또는 블로그와 같은 공간에 반드시 서평이나 주요 이야기를 적어 놓고 기록해 두는 게 좋다.

수많은 역사서가 시간의 기록이 있었기에 오늘날까지 전해질 수 있었던 것을 보면 기록은 역사를 빛나게 만든다. 그런 거창한 표현이 아니더라도 기록은 독서하는 이의 눈과 마음을 풍성하게 만든다.

온라인 커뮤니티를 하기 전에 먼저 기록을 남긴 것은 독서 노트장이었다. 기록을 해야겠다는 것 역시 독서법에 관한 책을 읽고 멘토들의 지시에 따른 것이었는데 처음엔 기록을 한다는 게 무척 스트레스였다. 책에 대한 간단한 리뷰를 쓰라고 하는데 뭘 어떻게 써야 할지도 모르겠고 분명히 읽기는 읽었는데 요약하는 방법도 몰랐다.

하지만 독서를 시작하면서 내가 나를 칭찬해 주고 싶은 것 하나

독서부자가 된 배달맨

는 '무조건 따라 하기'였다. 내게 감동을 준 멘토들이 하라고 하면 앞뒤 재지 않고 일단 따라 해 보는 것이었다. 기록하는 것 역시 독서의 멘토들이 알려준 방법이었기에 두말 않고 시작한 것이었는데, 글 한번 제대로 써 보지 못했던 사람에게 기록이 주는 부담감만 뛰어넘으면 문제될 게 없다.

독서노트를 적는 이유는 읽었던 내용을 다시 상기하고자 하는 목적이 가장 크기 때문이다. 그리고 다음에 다시 읽어 보며 좋았던 구절 생각나는 구절을 자신에게 적용한다. 나중에 다시 읽게 될 때 기록을 보고 어떤 내용인지 먼저 읽어 보고 다시 읽으면 활자가 새롭게 보인다. 결코 누구에게 잘 보이려고 기록하는 게 아닌 만큼 효율성을 더해 준다.

독서노트를 쓰면서 일부러 줄 노트를 구입했다. 손 글씨로 써 가며 내용을 떠올리고 싶은 이유였는데 이게 나처럼 암기력이 떨어지는 사람에겐 효과적이다. 한 글자 한 글자 쓰다 보면 컴퓨터 워드로 치는 것보다 더 정성이 들어가고 틀렸을 때 고치기도 더 어렵고 오래 생각하게 되는 것 같다. 글씨가 좀 엉망이지만 나만 알아보면 괜찮다는 심정으로 쓰다 보니 이젠 제법 쓰는 요령도 생기고 요약도 꽤 빨리 하게 된다.

기록의 방법 역시 개인의 취향에 따르면 된다. 그런데 책에 대한 기본적인 정보와 언제 독서를 했고 얼마의 시간이 걸렸는지 적어 두는 게 좋다. 그리고 난 뒤 책을 읽으면서 중요하다고 생각되는 구절이나 하이라이트 표시를 해 둔 부분을 들춰보며 필사하는 것도 좋고, 줄거리를 요약하되 마지막엔 독후, 즉 책을 읽고 느낀 점 소감을 간단하게 적는다. 기록장에 많이 적을 필요도 없다. 간단하게 한 페이지 정도로 요약해 놓아도 대단한 보물이 될 것이다.

기록을 좀 더 많은 이와 공유하고 싶을 때엔 블로그 카페와 같은 온라인 활동을 하는 것도 좋다. 그 활동의 제일 좋은 점은 그때그때 반응을 살필 수 있다는 점인데, 댓글을 통해 응원도 받고 의견도 수렴하다 보면 그 안에서 얻는 효과도 있으리라 생각한다.

독서 원칙 마지막 세 번째는 무조건 실행하라는 것이다. 이 부분이 이해가 안 될 수도 있을 것이다. 독서는 읽고 느끼는 것인데 뭘 실행하라는 말인지 궁금할 수도 있다. 그런데 독서가 어느 정도 무르익게 되면 자신의 마음을 부딪치게 만드는 순간이 온다. 가령 자기계발 관련 서적을 읽을 때 마치 자신의 이야기를 하는 것 같이 공감대가 형성될 때가 있다. 저자의 삶이 120% 이해되면서 감정이입은 물론 저자가 독자들을 향해 의도하는 바에 대해 공감할 때가 있다. 당연히 마음속에서 '나도 그렇게 하고 싶다'는 마음이 들 때도 있고 그렇게 해야겠다고 다짐하게 되는데, 책에서 손을 놓는 순간 결심은 사그라지고 의지는 꺾인다.

이때 한번 마음먹은 것, 마음속에 열정이 솟구칠 때 무조건 실행해 보는 실천력이 필요하다. 그것이 지속력을 갖지 못할 수도 있다. 무모해 보일 수도 있다. 맞는 말이다. 그러나 마음만 있고 실천하지 못하는 것이 낫겠는가 마음도 없고 실천도 못하는 게 낫겠는가 마음도 있고 실천도 해 보는 게 낫겠는가. 당연히 마음이 있을 때 실천해 보는 게 낫다. 실행하지 못하는 건 시도하지 않는다는 것이고 그것은 또 하나의 경험을 날려 버림으로 기회마저 상실하게 된다.

책을 읽기 시작하면서 나의 실천력은 몰라보게 달라졌다. 책 속에 진리가 있다는 이들의 이야기, 책 속에서 살아가는 방법을 터득한 이들의 이야기를 읽으면서 그들이 읽는 노하우를 전해 주었을 때 처음엔 '할까 말까? 하면 좋을 것 같긴 한데 과연 할 수 있을까?' 이런 생각 때문에 이리 재고 저리 쟀다. 그러다 보니 소문만 무성하고 실속이 없었다.

이내 마음을 바꾸어 되든 안 되든 한번 해 보자고 생각했다. 해 보고 안 돼도 후회는 없을 테니 됐고, 되면 좋은 것이니 실행이 가져 오는 불이익은 없었다. 몸이 좀 더 고생이라면 고생이지만 이 정도는 감안해야 한다고 생각했다.

잡생각을 버리고 오로지 읽는 것에 몰두해야 한다는 조언에 몰입하는 방법을 실행에 옮겼다. 독서 리스트 만드는 데 시간을 쏟기보다 잡히는 대로 독서를 시작해 보라는 말에 도서관으로 걸음을 옮겼다. 점점 실천의 효과가 나타나기 시작했고 변하는 내 모습이 신기했다. 물론 내 상황에 맞지 않는 것도 발견했지만 그건 상관없었다. 내게 맞지 않는 것을 찾는 것도 큰 발견이었기 때문이다.

그러다 보니 일상에서의 실천력도 자랐다. 해야겠다는 마음, 해야 한다는 마음이 생기면 바로 행동으로 옮기게 되고 그것에 따른 결과를 바로 알 수 있으니 생활이 무척 활기차게 바뀌었다고 할까. 나만의 독서법 주 5일 독서법을 찾아낸 것도 꾸준한 실행력이 바탕되어 만들어진 나만의 노하우다.

실천력에 있어 또 하나 자랑할 것은 문무를 겸비한 옛 학자의 모습이 존경스러워 바로 실천에 옮겼다는 것이다. 특히나 옛 선인들의 글을 읽으면 지식만 쌓은 게 아니라 문무, 즉 신체적으로도 건강함을 유지했음을 알 수 있다. 한마디로 문무를 겸비한 지식인으로서의 모습이 참 존경스러웠다. 지식과 체력의 균형이 얼마나 중요한지 알게 되면서 마음에 감동을 받은 그 다음날 복싱 연습장을 찾았다. 태생적으로 신체 연약한 내가 복싱을 한다는 말에 주위에서 다들 뜯어말렸지만 의외로 치열한 운동 종목은 의지를 불타오르게 만들었다. 체육관 관장님도 이런 열정에 감복하여 열심히 지도해 주셨고 운동을 시작한 지 7개월 만에 코리안비트 아마추어 복싱대회에서 1등을 차지하기도 했다. 나로서는 엄청난 경험이었다.

이렇듯 독서의 마지막 원칙은 무조건 실행해 보는 것이다. 마음이 생겼을 때 바로 실행에 옮기는 실행력의 차이가 독서의 효과를 빛나게 만든다. 처칠이 그토록 많은 책을 읽으면서 정치가로 평화를 수호하는 자가 되었던 것도, 마오쩌둥이 도서관에 틀어 박혀 지혜를 얻으며 세상 앞에 나가 중국의 개혁을 주도했던 것도, 나폴레옹이 사선을 넘나들면서도 독서를 고수하며 그로부터 얻은 지혜를 전쟁에 활용했던 것 모두 실행력이 있었기 때문이다.

그러므로 독서를 통해 뭔가 마음이 동한다면 그것은 실천하라는 마음의 신호다. 일단 실행에 옮기게 되는 순간 독서로부터 얻은 가르침은 살아 움직인다.

독서 슬럼프
뛰어넘기

운동선수 예술가를 가장 힘들게 만드는 게 무엇일까. 아니 사람은 누구나 늘 즐거울 수 없다. 특별한 문제가 없는데도 괜히 마음이 느슨해지고 부정적이고 무기력해질 때가 있다. 그것을 전문 용어로 '슬럼프'라고 부른다.

독서에도 슬럼프가 찾아온다. 읽는다는 건 시간과의 싸움이고 인내력 테스트와 다름없는데 그러다 보면 진력이 날 때도 있고 그것을 참다 보면 '이걸 왜 해야 하나' 본질적인 문제와 맞닥뜨리게 됨으로 더 이상 의지가 생기지 않는다. 슬럼프는 대단한 사건을 계기로 찾아오기도 하지만 은근히 쌓이고 쌓여서 슬럼프가 되기도 한다.

3년에 천 권을 읽겠다는 목표를 잡고 독서를 하다 보니 나 역시 슬럼프에 몇 차례 빠졌다. 독서 초기에 그런 마음이 들었다. 가장 빨리 찾아오는 슬럼프가 아닐까 싶은데 잘못된 책을 선택해서 기대에 못 미치거나 수준을 뛰어넘는 수준으로 인해 자존심에 금이 가는 등 여러 이유로 슬럼프를 겪었다. 천 권은커녕 열 권도 못 읽는 거 아닌가 무거웠다. 그런데 그때까지만 해도 목표를 잡고 의지를 다 잡은지 얼마 되지 않았기에 따끈따끈한 상태였고 의지가 더 강했던 것 같다. 다시 해 보자는 마음을 먹고 책을 읽은 결과 꾸준히 습관을 이어갈 수 있었다.

그렇게 몇 개월이 지나고 읽은 책이 100권을 넘어설 때였다. 웬만큼 책을 고르는 안목도 생기고 직접 독서 원칙도 세우는 과정에서 살짝 교만한 마음이 들었다. 한 권도 읽지 않던 숱한 시절은 생각나지 않고 이제 좀 알겠다는 마음이었던 것 같다. 앎에는 끝이 없다는 철학자들의 이야기를 듣고 공감만 했지 이 정도면 되었다는 생각을 했다.

그러다 보니 독서가 시들해졌다. 눈에 불을 켜고 읽을 책들을 탐색하는 일이 줄어들었고 독서 시간을 어기는 일이 잦아졌다. 일주일에 최소 5권은 읽자고 생각했던 것이 2-3권으로 줄어들었고 그마저 띄엄띄엄 넘어가는 일이 생겼다.

'아… 읽는 것도 힘들구나. 좀 쉬었다 할까?'

이런 마음이 슬금슬금 들어왔다. 그런데 그것이 슬럼프라는 것을 깨닫기엔 그리 오랜 시간이 걸리지 않았다. 어느 날 가방 속에 늘

넣어 다니는 책들 중 한 권을 펴들고 이리저리 뒤적거리며 읽는 척만 하고 있었는데, 우연찮게 독서 슬럼프에 대한 내용이 보였다. 독서법에 대한 책은 가지고 다니는 책 중에 꼭 끼워 넣었는데 그것과 마주한 것이다. 내용 속엔 마치 내게 말하는 듯한 내용이 들어 있었다.

소설가 김영하 씨가 〈말하다〉라는 책을 통해 소설관과 독서관에 대해 인터뷰한 내용을 옮겨 놓은 책인데, 김영하식 독서 슬럼프를 극복하는 방법이 나왔다. 글을 쓰는 직업을 가지고 있는 이상 읽는 일이 기본이 되다 보니 그에게도 역시 슬럼프가 다가오곤 하는데, 그때엔 어릴 때 읽었던 책이나 재미있게 읽었던 책 혹 10년 전에서 지금까지 읽은 책 베스트 10권을 간추려 다시 읽기를 통해 독서 욕구를 자극한다는 내용이었다.

"그 책들을 간추려서 다시 읽다 보면 '내 기억이 상당히 왜곡돼 있었구나' 하고 전혀 색다른 의미에서 다시 재미를 느끼게 돼요. 그게 독서에 대해 잃어버렸던 즐거움 흥분 이런 것들을 되살려 줍니다."

평생을 글쓰기를 업으로 삼고 있는 소설가도 슬럼프를 극복하려 처절할 정도로 애쓰며 살고 있는데, 고작 책 몇 권 읽었다고 나태해졌다니 스스로에게 화가 나기도 하고 미안해지기도 했다. 그날 나는 지하철을 타고 퇴근하면서 가방 속에 넣어뒀던 책을 정말 집중해서 읽었다. 역시 새로운 맛이 있었다.

독서부자가 된 배달맨

그 후에도 독서 슬럼프가 있었을까? 당연히 있다. 아니 지금도 슬럼프와 날마다 싸우고 있는지도 모른다. 읽는다는 것은 읽는 희열과 깨닫는 즐거움을 주기도 하지만 읽는 행위 자체는 고행이 될 수도 있다. 그렇기에 희열과 즐거움을 자극시켜 줄 장치들을 끊임없이 마련해야 한다.

"야! 친구야… 내가 네 말 듣고 정말 열심히 독서를 했거든. 지금까지 살면서 제대로 책 한 권도 읽지 않았던 내가 10권이나 읽었다는 건 거의 기적 아니냐? 물론 책을 읽으니까 좋긴 좋더라. 근데 이게 쉽지가 않아. 자꾸 꾀가 생기고…"

나의 강권함으로 독서를 시작했다는 친구가 이런 고충을 털어놓았다. 친구는 야심차게 파이팅 하며 독서를 시작했지만 한 몇 주간 열심히 독서생활을 한 뒤 슬럼프에서 영 헤어 나오지 못하고 있다. 안타깝게도 그 슬럼프는 지금까지도 계속되고 있다.

사실 이런 경우가 참 많다. 슬럼프에 빠진 이들이 방법을 찾지 못하고 중도하차하거나 잠시 중단 상태에 있는 것이다.

운동선수들이 슬럼프에 빠질 때 그들은 나름대로 그것을 극복하기 위해 방법을 동원한다. 그것을 극복해야만 좋은 컨디션을 유지하며 더 나은 성적을 낼 수 있기 때문이다. 슬럼프는 싸안고 앉는 게 아니라 뚫고 나와야 하는 것이다.

독서 슬럼프 역시 마찬가지다. 스케이트 선수인 이상화 선수가 말하길 슬럼프는 '내면의 꾀병'이라고 했다고 한다. 결과나 성과를 내고자 하는 조급함 때문에 숨고 싶은 꾀병이기에 그 뒤에 숨지 말고 인정하고 적극적으로 극복해야 한다는 것.

맞는 말이다. 독서 슬럼프의 전조 증상은 읽는 것 외에 다른 할 것을 찾는 것에서 나타난다. 다른 할 일을 적극적으로 찾는다거나 어쩔 수 없이 오늘은 독서를 건너뛰어야 한다는 변명거리를 찾는다. 또한 책을 읽으면서 괜히 억울한 기분이 들거나 즐겁지 않을 때, 나도 모르게 독서 시간을 허비하고 있을 때 슬럼프는 슬그머니 찾아온다. 그러면서 읽기 싫어지고 읽을 필요성을 자꾸 찾는다거나 결국 쉬겠다고 선언해 버린다.

그러므로 이런 현상이 나타날 때 적극적으로 극복해야 하는데, 물론 잠시 휴식을 취하는 일도 좋다. 간단한 여행을 떠나는 것도 좋지만 책을 손에서 떠나지 않는 것이 좋다. 앞서 김영하 소설가가 말했던 방법도 좋은 방법이 될 거라 생각한다. 자신이 가장 좋아했던 책, 재미있어 하고 감동받았던 책을 다시 읽을 때엔 책에 대한 애정도 생기면서 그때의 열정이 떠올라 불길을 더해 줄 수 있을 것이다.

슬럼프는 잘만 극복하면 한 단계 크게 도약할 수 있는 계기가 된다. 독서인이라고 다 같은 독서인이라 볼 수 없는 것이 나름대로 초, 중, 고급 독서인에 독서광까지 나눌 수 있다. 초급은 가끔 책을 읽는 경우를, 중급은 장르별로 조금이라고 읽을 줄 아는 경우 고급은 매일 다양한 분야의 책을 읽을 때를 말한다. 독서광은 말 그대로 책에 미쳐 엄청난 양의 책을 매일같이 읽는 경우를 말하는데, 자신

독서부자가 된 배달맨

이 어느 정도 수준에 있는지 안다면 한 단계 도약하려는 마음이 필요하다. 그러기 위해서는 자극이 필요한데 슬럼프를 잘 극복하면 도약이 훨씬 쉬워질 수도 있다.

나의 경우에는 처음 독서의 불을 지폈던 독서법에 관한 책으로 돌아간다. 평소에도 몇 독씩 하곤 하지만 슬럼프에 빠졌을 때엔 무조건 읽으려고 한다. 저자의 경험을 바탕으로 한 생생한 체험담이 있고 독서로 변한 인생을 들여다봄으로 자극을 받을 수 있기 때문이다. 그렇게 되고 싶은 마음으로 시작한 독서이기에 초심으로 돌아가게 한다고 해야 할까. 어쨌든 주변에서 독서로 인해 슬럼프에 빠진 이들이 있을 때엔 권하는 방법이기도 하다.

또한 슬럼프에 왔을 때 독서를 방해하는 요소들을 점검해 보고 그것을 제거하도록 노력해야 한다. 의지가 충천했을 때에는 독서욕을 떨어뜨리는 방해 요소들을 물리치기도 쉽다. 하지만 슬럼프는 의욕을 저하시키는 것이기에 방해 요소들과 만났을 때 금세 휩싸이게 된다. 그래서 독서를 방해하는 것들— 컴퓨터에 지나치게 얽매어 산다거나, TV에 연연해한다거나, 친구 만나는 것을 지나치게 좋아하는 것 등—에 대해 조절하는 것이 반드시 필요하다.

어떤 사람은 하루라도 TV 드라마를 보지 않으면 살지 못하겠다고 한다. 그런 그가 독서를 결심했는데 밤 10시만 되면 드라마 예능 프로그램 유혹 때문에 매번 시간을 어겼다. 결국 독서를 포기했고 지금도 드라마 시간을 칼같이 지키고 산다. 누구나 좋아하는 것이 있기 마련이다. 그 사람이 독서에 성공하려면 TV 앞에 앉아 있는 시간을 적절히 조절하고 독서 시간으로 활용했어야 한다. 정 유혹이 심하다면 집이 아닌 다른 곳에서 독서를 하고 들어간다거나 강제적인 장치라도 마련하여 독서를 하고 좋아하는 것은 주 2회, 주 3회 정도로 조절했더라면 두 가지 모두 할 수도 있었으리라 생각한다.

　나의 책 읽기를 방해하는 주변에 방해 요소 몇 가지를 꼽자면 술을 끊기 전까지는 술자리가 많았고 한때에는 스마트폰 게임에 빠져서 헤매기도 했다. 술은 신앙을 갖고 독서에 열중하게 되면서 끊게 되었는데 스마트폰 게임은 좀 심각했었다. 워낙 게임에 심취했던 전적이 있어서일까, 지하철을 타고 다니면서 독서를 하다가 우연히 게임을 하다가 빠지게 되었는데, 독서를 그만둘 수 없어 폰 게임과 병행하는 기이한 모습을 연출하기도 했다. 딴엔 게임을 자동모드로 돌아가게 해 놓으면서 그 시간에 독서를 하는 식이었다.

　"어머… 저 사람 좀 봐. 책 읽으면서 게임을 하네?"

　내 모습을 지켜본 사람들이 무척 신기해하며 하는 말에 정신이 번쩍 들었다. 부끄럽기도 하고 과연 무슨 효과가 있을까 생각이 들었기 때문인데, 그렇게 몇 번 하다가 독서에 열중하자고 마음먹었다. 신기하게도 독서에 열중하다 보니 자동모드로 돌아가는 스마트폰은 쳐다보지 않게 되었다. 방해 요소를 결단력 있게 끊어 버리게 되자 독서가 더 소중해졌다.

　이처럼 책 읽기를 방해하는 요소는 스스로 조절해야 한다. 무조건 제거하라는 것이 아니다. 욕구불만 때문에 부정적으로 책을 읽는 건 좋지 않다. 자기 자신에 대해서는 스스로 제일 잘 아는 만큼 자신과 타협하고 조절하여 독서를 할 수 있도록 환경을 만들어가는 지혜가 필요하다.

독서 슬럼프가 왔을 때 최악의 상황으로 가는 것은 독서를 포기하는 것이다. 운영하는 블로그에 방문하는 이들 중에 '독포자'가 생길 때면 정말 안타깝다. 최대한 조언을 해 주려고 노력하지만 누구보다 스스로의 의지가 필요한 것이다. 가능한 다양한 방법을 동원해서 극복하려고 시도해야 한다. 독서는 강제성이나 의무성이 없다고 생각하기에 '시간 날 때' 하는 취미로 생각한다. 그러나 독서는 더 나은 모습의 자신을 만들어가는 강제적이고 의무적인 행위다. 그래서 슬럼프를 적극적으로 뛰어넘어 만족할 만한 결과로 가야 한다. 그것이 우리를 무한한 가능성을 지닌 존재로 만드신 하나님에 대한 최소한 예의다.

깊이 있는 독서로 이끄는
'5단계 독서법'

독서를 하다가 거치는 여러 단계를 통과하다 보면 좀 더 깊이 있는 독서로 가야 하는 시기와 만난다. 독서에 대한 습관이 몸에 배어 있고 독서에 대한 근본적인 이유에 대해 더 이상 의문이 생기지 않을 때 깊이 있는 독서로의 독서법을 소개하고자 한다.

특별한 방법이 아니라 한 권의 책을 읽을 때마다 거쳐야 하는 단계를 제대로 거치는 것인데, 그것을 '5단계 독서법'이라 부르고 싶다.

5단계 독서법은 먼저 책을 읽는 것부터 1단계에 속한다. 읽기 단계가 마무리되면 하이라이트나 중요하게 생각된 부분에 대한 느낌과 감상을 기록한다. 그렇게 끝나는 것이 아니라 3단계에 가서는 기록한 것들에 대해 생각해야 한다. 저자는 왜 그렇게 생각했을까, 나는 왜 그렇게 느꼈을까 등 생각할 거리는 많을 것인데 생각으로만 끝나지 않고 4단계에 가서는 자신에게 어떻게 적용될 수 있을지 따져 본다.

예를 들어 영적으로 성숙한 생활을 위해 독서를 했을 때 자신의 신앙생활에 대한 점검과 함께 적용할 부분을 생각해 본다. 말씀을 읽는 시간이 부족했더라면 말씀이 곧 진리라는 믿음으로 구체적으로 말씀 읽기에 대한 계획을 세워 본다.

마지막 단계인 5단계에서는 자신이 생각하고 적용하려고 하는 부분을 곧바로 실행하는 것이다. 그렇게 마지막 단계에 도달하면 독서가 실생활에 바로 적용이 되고 효과를 느낄 수 있기에 독서가 곧 생활이고 현실이 되고 있음을 느낄 수 있을 것이다.

말했듯이 5단계 독서는 앞서 말했던 3가지 원칙 무조건 읽고 기록하고 실천하는 것의 업그레이드 방법론이다. 중간에 생각하고 적용하는 단계를 집어 넣었기 때문인데 독서를 하는 이유는 생각의 지경을 넓혀 줌과 동시에 생각의 프리즘을 넓혀 더 나은 사람으로의 변화를 도모한다.

처음부터 무턱대고 5단계 독서법으로 들어간다면 무리가 될 것이다. 읽기에도 버거울 지경에 기록도 겨우겨우 할 수 있을 텐데 사색의 단계까지 간다면 무척 지난한 과정이 될 수도 있다. 또한 무리한 일정이 될 수도 있다.

5단계 독서는 일단 책을 많이 읽는 과정 이후에 시도해 볼 수 있다. 현재 나는 3년간 천 권 독파를 목표로 독서 중이며 2년이 지난 지금 600여 권을 독파했다. 당연히 5단계 독서법을 적용해서 읽고 있는데, 이 독서법을 사용한 것은 2-300권 읽고 난 뒤였다. 읽는 것에만 집중하자고 생각했기 때문인데 어느덧 습관이 잡히고 재미와 가속도가 붙기 시작하더니 스스로 생각할 거리와 나에게 어떻게 적용을 시킬 수 있을지 생각하게 되었다. 비로소 5단계 독서법에 들어서게 된 것이다.

글을 읽을 때 90% 이상이 기억에 남아 있지 않는다고 한다. 우리 뇌의 기억이 그리 오래가지 못하기 때문이고 주변 환경에 의한 것도 큰데 그렇다고 너무 실망할 일은 아니다. 그러나 생각을 하고 적용과 실천 단계를 거치다 보면 기억하는 내용의 지속성이 오래가는 것도 사실이다. 5단계 독서는 글만 읽는 것에 그치지 않고 책 자체에 있는 모든 영양분을 흡수하여 자신의 것으로 만들고 다른 사람에게 좋은 영양분이 흘러가도록 한다.

5단계 독서로 들어가려면 어떤 책을 읽느냐도 중요한 일이 될 수 있다. 어떤 책이든 무슨 생각을 끄집어내는지 개인의 역량이 되긴 하지만 생각할 여유와 적용하고 실천할 수 있는 내용이 있는 책은 질적으로 좋은 작품임이 분명하다. 그래서 웬만큼 독서의 반열에 오른 뒤에 시도하라는 것이다. 그래야 책 고르는 안목도 갖춰지고 읽는 요령도 파악할 수 있기 때문이다.

5단계 독서법에 대해 블로그나 만나는 이들에게 소개를 하다 보면 다들 생각하기 단계에서 어려워한다. 그리고 단계별 독서라고 해서 읽기가 끝나고 기록하기, 기록하기를 다 마치고 난 뒤 생각하기로 넘어가는 게 아니다. 단계는 그저 분류를 위한 것이고 모든 단계가 거의 비슷한 시기에 이뤄진다. 읽는 단계에서 당연히 생각하고 적용하는 일이 가능하고, 기록하며 생각 적용 실천이 이뤄질 수도 있다. 가장 지양해야 할 것이 '자…이제 중요한 부분에 대해 생각을 해 볼까? 무슨 생각을 해야 하나' 이렇게 생각을 강요해선 안 된다. 생각을 그때그때 떠오르는 것을 잡아서 끈을 이어가야 하는 것이다. 자연스러운 생각이 사색으로 이어질 때 그 생각은 힘을 얻는다.

또한 독서를 너무 생각과 연관시킨 나머지 조용한 곳만 찾아 마치 독서를 의식 치르듯 하는 경우도 지양해야 한다. 책은 조용할 때만 읽는 게 아니다. 조건과 환경이 완벽하게 갖춰진 곳에서 사색하는 게 아니라 지극히 일상생활에서도 가능해지도록 만들어야 한다. 일례로 나는 책이 다양한 곳을 찾아 도서관을 자주 찾지만 일과시간 중 독서를 할애하기 때문에 매우 시끄러운 곳에서도 독서를 해야 한다. 소음이 심한 지하철이나 버스, 시끄러운 카페나 버스 정류장도 독서 공간이 된다. 시끄럽다고 생각이 안 된다고 생각하면 오산이다. 기발한 아이디어나 고정관념을 깨고 나오는 생각은 일상 가운데 번쩍 떠오른다. 이미 세기의 천재적인 아이디어 뱅크들이 보여주고 있지 않은가.

생각하고 적용하기 단계에 대해 어렵게 생각하는 이들을 위해 한마디 덧붙인다. 나는 복잡하게 이것저것 따지는 성격이 아닌 데에다 그날그날 살자는 주의였기에 깊은 생각을 잘하지 못했다. 그러다 보니 초창기 독서일지를 봐도 느낀 점을 적어 놓기보다 읽으면서 좋았던 구절을 메모해 놓은 것이 많다. 그런데 생각도 훈련이고 생각도 연습인지 하다 보니 늘게 되고 지금은 독서노트를 펴면 어떤 말부터 써야 할지 떠오르면서 글이 넘칠 지경이다. 장족의 발전이다.

그렇다고 생각을 강요하지 않았다. 그저 느낌에 충실했을 뿐인데 느낌과 감정을 잘 들여다보니 생각을 하고 생각이 꼬리에 꼬리를 물더란 말이다.

예를 들면 이런 식이다. 앞서 역사서를 좋아한다는 이야기를 누누이 했기에 좋아하는 역사서를 읽었을 때의 경험이었다.

사실 학창 시절 역사 시간을 제일 지루해하고 싫어했는데 독서를 통해 만난 역사서는 흥미로운 스토리와 삶의 처세를 배우는 교과서 같았다. 특히 역사라는 것이 암울하고 고난의 시간을 견뎌내는 과정에서 뭔가를 이루고 후대에 교훈을 남기는 것인 만큼 상당히 위로를 받았었다. 마치 나의 과거와 만나는 기분이랄까.

역사를 보면 태평성대가 없었다. 전쟁이 나면 사람 목숨은 파리보다 더 못한 존재가 되는데, 세계 역사 속에 빠지지 않고 등장하는 전쟁사를 보면 그 안에서 고통받는 이들의 이야기가 있고 그럼에도 민초들이 끝까지 버티고 일어섬으로 역사를 바꾸어 놓는 반전의 드라마도 만나게 된다. 그런데 이 전쟁의 역사를 보면, 자신보다 높은 곳을 바라본 이들이 더 나은 삶을 지향하며 전쟁을 일으킨다. 현재 상황에 불만이 있기 때문이다. 그 상처받은 마음이 쌓이고 쌓여 전쟁이란 비극을 만나면 수많은 희생과 함께 변화가 일어난다. 변화를 꿈꾸던 이들은 더 나은 세상을 맞을 수도 있고 처참히 죽을 수도 있다. 세상을 바꿔 보겠다고 일어난 이들이 대부분 세상의 '을'이었다면 성공했을 확률은 무척 낮다.

그럼에도 불구하고 전쟁의 가치가 무엇이었을까. 희생을 감수하고서라도 전쟁을 일으킬 가치가 있었는가. 과연 나라면 세상의 을로 살아가면서 어떤 목소리를 낼 수 있을까, 그 목소리가 과연 옳은 곳에서 날 수 있을까 등등 나의 상황과 대비시켜 생각하는 일은 매우 흥미롭다.

또한 한국사의 안타까운 역사를 접하면서 강대국 사이에서 힘이 없는 민족으로 살아가는 일이 얼마나 어렵고 희생이 따르는 것인지, 그럼에도 불구하고 주권을 지키기 위해 끝까지 사명을 지켜온 선조의 모습을 읽으며 '과연 어떻게 사는 게 제대로 사는 인생인가'에 대해 고민하게 된다. 좀 더 현실적으로 생각할 때 '나라면 전쟁 통에 주권을 주장할 수 있을까' 생각하게 된다. 이렇듯 독서는 과거와 현재를 만나게 해 주는 교차점이고 현재 나의 모습과 묘하게 대비시킴으로 위로를 받게도 자극을 주게도 만든다.

생각의 범위를 넓게 만들어 주는 데에는 고전의 역할이 크다. 고전을 읽으면 5단계 독서가 훨씬 풍요롭게 변하게 된다. 고전은 한마디로 오래된 지식의 보고라 할 수 있다. 고전은 오랜 시간 두고두고 독자들의 사랑을 받았던 스테디셀러로, 수많은 독자의 검증을 거친 작품이며 오랜 시간 빛을 발한 지혜의 보고 아닌가. 선조의 가르침과 깊이 묵은 지혜가 있기에 그곳에서 비롯된 생각과 나에게 적용될 것이 많다.

그곳에서 만나는 철학자들의 삶의 혜안이 담긴 명언은 암울한 현실에 한줄기 빛이 되고 위대한 영웅들의 삶은 피폐한 현실을 딛고 일어서게 만든다. 고대 철학자 키케로는 '끝나 버리기 전에는 무슨 일이든 불가능하다고 생각하지 마라'고 말하며 포기를 생각하는 이들에게 다시 가능성을 향해 뛰도록 격려하며, '자신은 할 수 없다고 생각하는 동안은 사실을 하기 싫다고 다짐하는 것이다'라고 말하는 스피노자는 현실을 회피하려는 이들에게 날카로운 말 침을 보낸다. 그러는 동안 우리는 자신을 돌아보고 다시 힘을 내 보자고 다짐을 하기도 하고 자신을 혼내기도 하며 새로운 방안을 모색한다. 이 과정에서 우리는 생각하고 적용하며 실천할 것까지 해결한 셈이다.

고전에서 만나는 맹자는 내게 인상적인 말을 건넸다.

'순임금은 밭 가운데서 등용되고 부열은 성벽 쌓는 일을 하다가 등용되었다. 교력은 생선과 소금을 팔다가 등용되었고 관중은 감옥에서 등용되었다. 손숙오는 바닷가에서 등용되고 백리해는 시장 바닥에서 등용되었다. 그러므로 하늘에서 그러한 사람들에게 큰일을

맡기는 명을 내리려면 반드시 먼저 그들의 심지를 괴롭히고 그들의
근육을 수고롭게 하며 그들의 육체를 굶주리게 하고 그들 자신에게
아무것도 없게 해서 그들이 하는 것이 그들이 해야 할 일과는 어긋
나게 만드는데 그것은 마음을 움직이고 자신의 성질을 참아서 그들
이 해내지 못하던 일을 더 많이 할 수 있게 해 주기 위해서다'

이 글을 읽으며 위로를 받았다. 위대한 사람이라고 알고 있는 이
들의 과거는 보잘 것 없는 경우도 많았고, 수많은 사람이 실패를 통
해 단단해지고 분연히 일어나 역사를 바꾼 주인공이 되었다. 그 주
인공이 내가 될 수 있고 또 안 되면 어떻겠는가. 꼭 많은 이를 다스
리는 것만이 성공이 아니고 많은 돈을 쥐고 사는 것이 성공이 아니
며 어떻게 사느냐, 어떤 인생관으로 살아가느냐가 더 중요하다는 생
각으로 바꾸어 주었다. 성공의 다양한 색깔을 보여주고 그것을 선택
하도록 해 주었다.

존경하는 작가 이지성이 쓴 〈고전혁명〉을 보면 작가는 고전이
우리에게 주는 영향력에 대해 이렇게 말한다.

'고전이 우리에게 알려주는 것은 생각의 체계며 지금껏 갖고 있
던 생각을 확장시키고 깊이 있게 만들어 생각하지 못했던 것들을
생각해 내게 한다. 일례로 '화쟁사상'을 주장한 원효의 이야기를 통
해 우리는 통합적 사고를 배운다. 코끼리 한 마리가 있다. 어떤 이
는 다리를 만지고 코끼리는 굵고 짧은 원통 모양의 동물이라 하고
어떤 이는 코만 만지고 코끼리는 길고 가는 밧줄 모양의 동물이라

한다. 하지만 완전한 코끼리는 코와 다리와 몸통 등 모두 합쳐져야 한다. 서로 다른 쟁론을 화합시키고자 하는 화쟁사상은 일부만 보고 전체를 짐작하는 편협한 사고에서 벗어나게 하는 이론이자 생각체계다'

고전을 읽으므로 우리의 생각이 얼마나 편협한지 잘못되었는지 가늠할 수 있고 더 넓은 통합적 사고를 할 수 있다는 것을 알게 해주는 대목이다. 그래서 자신에게 어떻게 적용될 수 있을지 실천에 이르기까지 독려한다.

나 역시 생각의 체계가 변하거나 적용하고 싶은 부분이 생길 때 무조건 실행에 옮기려 한다. 그로 인해 내가 가진 환경에서 새로운 꿈을 꾸고 더 넓은 분야로 진짜 공부를 하기 위해 대학 진학에 도전하는 등 실천 중이다.

나의 사례로 못미더운 이들이 있다면 또 하나의 예를 들어주겠다. 독일의 고대 역사를 연구하는 역사학자 하인리히 슐리만은 가난한 목사의 아들로 태어났다. 누구보다 독서광이었던 그는 책을 많이 읽었는데 어린 시절 호메로스의 〈일리아스〉를 탐독한 뒤 인생관이 바뀌었다. 일리아스라는 서사시에 그려진 트로이 전쟁을 진실이라고 믿고 트로이 전쟁 유물을 발굴하는 것을 꿈으로 삼는다. 그리고 훗날 러시아로 이주한 뒤 이런 저런 사업을 일으켜 인도의 천일염료 장사가 되어 거부가 된다. 경제력을 갖추게 되자 본격적으로 꿈에 도전하게 된 그는 고대 유물을 찾아 나서게 되었고 고대사 연구를

독서부자가 된 배달맨

통해 마침내 트로이 유적이 실재한다는 것을 증명해 냈다.

　독서를 통해 생각하고 자신에게 적용시켜 실천에 옮긴 그의 오랜 실행력이 참 대단하다. 이처럼 독서의 위력은 삶을 반전시키는 멋진 선물이 된다. 그러므로 5단계 독서법을 통해 읽고 기록하고 생각하고 적용하여 실행하는 수준에 이를 수 있도록 부단히 노력해야 한다.

독서부자가 된 배달맨

세 살이 되도록 말을 하지 못했던 아이. 초등학교 시절엔 지적 장애인 수준이었고 중학생 시절엔 기억력이 좋지 않은 데에다 산만하여 선생님들에게 사랑받지 못했고 결국 고등학생 때 퇴학을 당한 학생. 대학 입시에 낙방한 경험이 있고 박사학위는 중도포기했지만 책에 대한 사랑이 열렬하여 열세 살에 유클리트의 〈기하학〉을 읽었고 열네 살 때엔 칸트의 〈순수이성비판〉을 읽었다. 열일곱 살엔 '나는 평생 술 대신 인문학에 취하겠다'고 선언함으로 인문 고전 독서로 인생을 풍요롭게 만들었던 그가 스물다섯 되던 해 '특수상대성이론' '광전자효과' 등에 관한 논문을 발표함으로 세상을 깜짝 놀라게 만들었다. 그는 아인슈타인이다.

예술 분야에서 분명히 천재적 재능을 가졌지만 그 천재성은 찬란한 빛을 보지 못했다. 하지만 36세가 되었을 때 인문학에 관한 독서를 시작으로 다양한 분야의 책을 섭렵하면서 그는 회화뿐 아니라 조각 항해술에 이르기까지 예술의 다양화를 창조해 냈다. 초인적인 의지로 문학 철학 역사 고전을 섭렵하며 천재성을 발휘했고 회화와 조각은 물론이고, 광학 해부학 식물학 건축학 지리 물리학 등 다양한 분야에서 천재적인 업적을 이룬 그의 이름은 레오나르도 다 빈치다.

후대에 이르러 천재로 일컬어지는 아인슈타인과 다빈치는 처음부터 재능을 발휘한 게 아니었다. 그들의 재능을 꽃피우게 만든 마중물은 독서였다. 독서를 통해 그들의 생각이 열리고 호기심은 탐구로 이어졌고 이루어질 것을 상상하며 살았던 두 천재의 삶을 볼 때 독서가 얼마나 지대한 영향을 미치는지, 독서를 통해 그들이 생각과 꿈이 어떻게 실현되는지 알 수 있다.

독서의 궁극적 목표는 더 나은 자신을 향해 나아가는 것이다. 더 나은 자신의 모습이란 나보다는 우리, 사사로운 이익보다는 공공의 유익을 먼저 생각하는 앞서가는 자의 모습이 아닐까 싶다. 그것이 결국 모두의 이익이요 나를 성장하게 하는 힘이 되기 때문이다.

그래서 독서의 열매는 변화다. 변화를 기대하지 않는 삶은 의미가 없다. 누구 말마따나 책을 읽는다고 밥이 나오거나 떡이 나오지는 않는다. 하지만 밥이 나올 것을, 떡을 기대하며 읽다 보면 어느새

위가 든든해지는 풍요로움을 꿈꾸게 되고 노력하게 된다.

　세상에서 가장 재미없는 드라마는 다음 편이 기대되지 않는 드라마다. 단언컨대 독서는 회를 거듭할수록 다음 편이 기대되는 드라마다. 다음엔 어떤 흥미진진한 일이 벌어질까, 어떤 재미난 이야기를 만나게 될까, 얼마나 감동적인 결말이 있을까, 또는 이번엔 어떤 날카로운 지적으로 자극을 받을까 기대하게 된다. 게다가 이 기대는 매번 반복되는 것이 아닌 새로운 이슈로 다가와 상황을 역전시키고 반전의 단초를 제공해 줄 것이다.

　부모님의 불화와 어려운 가정 형편으로 외로운 시골에서 자랐던 아이, 남들 앞에 나서는 일이 두려워 표현보다 숨기는 것이 더 편했던 아이, 모성애의 부재 속에서 어린 나이에 할머니 아버지를 잃고 상처를 가득 안고 가장이 되어야 했던 아이, 소년가장으로 동생을 책임지며 일찌감치 차가운 사회로 나와 철저한 을로 살아야 했던 청년이 있다. 30대 이후의 삶은 생각하지 못할 정도로 먹고 사는데에 급급해하던 청년이 어느 날 독서를 통해 자신의 존재를 들여다보게 된다. 그 후 치열한 독서를 통해 자존감을 회복하고 숙명의 굴레 같았던 환경을 뛰어넘어 10년 뒤 20년 뒤를 꿈꾸는 청년이 되었다. 매일 밤 책을 통해 수백 명의 사람들과 소통하는 친화력 있는 블로거가 되었고 독서하는 청년으로서 늦깎이 학위에 도전하며, 자신만의 일을 성공적으로 개척하여 청년들의 멘토가 되었다.

　이 스토리의 주인공은 바로 나이며 독서를 통해 꿈꾸는 반전 드라마이기도 하다. 벌써부터 기대가 되어 가슴이 뛴다.

'상대방의 재산이 나보다 10배가 되면 몸을 낮추고 100배가 되면 두려워하며 1000배가 되면 부림이 받게 되고 10000배가 되면 노예가 된다'

〈사기열전〉에 나오는 글귀로, 재산 대신 독서력을 사용한다면 그만큼 독서력이 지닌 어마어마한 에너지를 짐작할 수 있을 것이다. 돈이 사람을 종으로 삼는 등 무릎을 꿇리는 것이라면 지혜와 지식에는 사람을 자유롭게 살리는 에너지가 있다. 큰 나무에 새들이 많이 와서 깃든다는 말처럼 지혜와 지식이 있는 부자는 큰 나무가 될수 있다고 믿는다.

그래서 나는 기꺼이 독서 부자가 된 배달맨이 되려고 한다. 독서 부자라 해서 의아하게 생각할 수도 있겠다. 독서 부자란 양적으로나 질적으로 독서에 능통한 사람을 일컫는다. 생각 같아선 평생 다섯 수레의 책을 읽으면 좋겠지만 일단 지금 정해 놓은 목표를 향해 꾸준히 걸어가되 궁극적으로는 두보 시인이 말하던 독서인이 되었으면 좋겠다. 그리고 그 읽은 내용을 바탕으로 기록을 남기고 책을 통해 깨닫고 생각하고 적용하여 실천한 변화를 되도록 많은 사람과 공유하는 독서가가 되고 싶다.

주 5일 독서법은 전문가의 노하우가 담긴 것도 아니고, 책의 고수가 대단한 요령을 전달해 주는 비법도 아니다. 분명한 사실은 세상에서 아웃사이더로 살아가던 한 이름 모를 청년이 독서를 통해

생각하는 힘을 기르고 생각하는 방향을 바꾸고 생각의 결과를 인생으로 보여주는 과정에서 나름 터득한 무식하지만 용감한 치열한 고민이다. 그 치열한 고민을 평생 이어나가고 싶다. 또한 나와 같이 이런 고민을 해 나가는 이들이 좀 더 많아져서 함께 독서 부자가 되어 많은 이가 깃들어 쉴 수 있는 큰 나무가 되길 기도해 본다.

지금도 독서는 내 심장을 뛰게 만든다. 끊임없이 사고하고 느끼고 실행하는 원동력이 되어 또 다른 기적들을 만들어 내고 있다. 거친 세상에서 야생화처럼 성장한 잡초 같은 인생이 풀꽃 같은 꿈을 꾸는 그 기적들이 독서를 통해 만들어지는 것이다.

이제 이 기적의 주인공이 당신이 되기를 바란다.

[본문에 등장하는 책과 저자의 별점 정리]

1) 사마천 〈사기열전〉 〈사기이야기〉 별점 : ★★★★★

: 2000년 역사를 자랑하는 인간 군상의 이야기가 수록되어 있어 다양한 처세와 행동거지를 배울 수 있는 책이다.

2) 초한연 〈초한지〉 별점 : ★★★★

: 항우와 유방, 그리고 한신을 전개로 한 흥미진진한 전쟁으로 최고의 이야기 거리를 제공한다. 결국 끝까지 가는 인물은 장량과 번쾌 정도다.

3) 펄벅 〈대지〉 별점 : ★★★★★

: 눈물범벅으로 만든 대서사시.

4) 김병완 〈48분 독서법〉 별점 : ★★★★★

: 독서 동기부여 최고의 책이다. 중앙도서관 대출 1위

5) 이지성 〈리딩으로 리드하라〉 별점 : ★★★★★

: 인문 고전을 어떻게 읽어야 하는지에 대한 방향 제시

6) 리처드 버크 〈갈매기의 꿈〉 별점 : ★★★★

: 갈매기는 자신의 가능성을 무한히 펼쳐 꿈을 이루어 냈다.

7) 지승룡 〈민들레영토 희망스토리〉 별점 : ★★★★

: 위기의 경험은 기회를 낳고 결국 성공으로 인도한다.

8) 센다 다큐야 〈인생해석사전〉 별점 : ★★★

: 재미있게 풀어 보는 인생사전

9) 헤르만 헤세 〈수레바퀴 아래서〉 별점 : ★★★★

10) 〈거지왕 김춘삼〉 별점 : ★★★★

: 아버지가 생각나고 고향이 생각나는 책

11) 김용 〈사조영웅전〉 별점 : ★★★★

: 처음 책의 맛을 알게 해 준책

12) 카뮈 〈이방인〉 별점 : ★★★★★

: 처음 도서관에서 나를 반긴 책

13) 사이토 다카시 〈독서는 절대 나를 배신하지 않는다.〉 별점 : ★★★★

: 독서는 곧 힘이고 나의 든든한 지원자다.

14) 김영하 〈말하다〉 별점 :★★★

: 말들의 향연을 즐길 수 있다.

15) 손 무 〈손자병법〉 별점 : ★★★★★

: 병법의 최고봉

16) 플라톤 〈국가론〉 별점 : ★★★★

: 국력, 주권, 철학자의 해석

17) 정약용 〈목민심서〉 별점 : ★★★★

: 마음과 몸의 수련

18) 〈1만 페이지 독서력〉 별점 : ★★★

: 1만 페이지는 일반 책 40권 분량이다. 일 년에 1만 페이지만 읽어도 인생이 달라진다

19) 김기동 〈인자가 온 것은〉 별점 : ★★★★★

: 읽으면 읽을수록 본이 되고 실천하고 싶은 책

20) 사뮤엘 〈자조론〉 별점 : ★★★★

: 나 자신을 가꾸어 나가게끔 도와준 책

21) 츠카코시 히로시 〈나이테경영 오래 가려면 천천히 가라〉 별점 : ★★★★

: 천천히 가는 것이 가장 빠르고 안전한 길이다.

22) 공자 〈논어〉 별점 : ★★★★

: 예란 무엇인가를 알게 해 준 책

23) 이이 〈격몽요결〉 별점 : ★★★★★

: 독서법, 처세법, 학습법 등 다양한 인생의 지혜가 담겨 있는 책

25) 이노우에 히로유키 〈생각만 하는 사람 생각을 실천하는 사람〉 별점 : ★★★

: 생각만 하는 사람 실천만 하는 사람, 그리고 생각과 실천을 같이 하는 사람

26) 데일 카네기 〈자기관리론〉 별점 : ★★★

: 철저한 자기관리를 하게끔 도와주는 책

27) 김상철 〈프레임〉 별점 : ★★★★★

: 새로운 시각, 고정관념 탈피

28) 김병완 〈당신의 뇌를 경영하라〉 별점 : ★★★

: 뇌를 움직이고 사용하게 만든 책

29) 김병완 〈기적의 글쓰기〉 별점 : ★★★★★

: 첫 책을 낼 수 있도록 용기를 북돋워 준 책

30) 송광택 〈나를 단련하는 책읽기〉 별점 : ★★★

: 책을 통해 내공을 쌓는 방법을 알려 준다.

31) 이지성 〈고전혁명〉 별점 : ★★★

: 고전만이 답이고 살길이다.

본문에 등장하는 책과 저자의 별점 정리

[정연훈의 닥치고 독서를 통한 독서리스트]

1. 이방인 −알베르 카뮈
2. 나를 단련하는 책 읽기 −송광택
3. 무지개가게 사람들 −무지개가게 사람들
4. 원숭이는 적을 만들지 않는다 −사쿠라이 히데노리
5. 아프니까 청춘이다 −김난도
6. ceo군수 김홍식 리더십 −김홍식
7. ceo라는 이름의 고독 −맨프레드 케츠 브라이스
8. 서른 기본을 담아라 −류가와 마카, 수메이징, 장쿼
9. 읽어야 이긴다 −신성석
10. 세계역사 이야기(고대 편) −수잔 와이즈바우어
11. 시련은 있어도 실패는 없다 −정주영
12. 48시간 독서의 법칙 −안상현
13. 마오쩌뚱 −앤포크너
14. 링컨 −브렌다 하우게
15. 카네기인간관계리더십 −최염순
16. 박은식 한국통사−윤민정
17. 위대한 황금유산
18. 모세처럼 기도하고 여호수아처럼 실행하라 −전옥표
19. 처칠
20. 나를 사랑하는 자신감 −로버트
21. 콜럼버스 −로빈
22. 무인의 세 소년 −벨런타인
23. 계속모드 −오오하시 에츠오 지음
24. 소심해도 괜찮아 −혼다신이치
25. 1%의 가능성에 배팅하라 −최웅수
26. 마이크로트랜드−김태수
27. 이상한 생물 이야기 −kdirk와 아쿠오
28. 관계 −안도현
29. 여자는 어디에서 오는가 −전경린

독서부자가 된 배달맨

30. 질문의 책 -그레고리 스톡
31. 1%만 알고 있는 고전의 힘 -미니
32. 세계화 -실뱅알르망, 장클로드 뤼아노 보르발랑
33. 10가지 생존의 기술 -조길선
34. 소년의 겨울 -손성재
35. 성공한 리더는 독서가다 -신성석
36. 스물일곱 이건희처럼 -이지성
37. 인간관계를 열어주는 108가지 따뜻한 이야기 -이상각
38. 정리의 기술 -송진구, 장순욱
39. 단순함의 법칙 -존마에다
40. 붉은 꽃 이야기 -한강
41. 남자 병 안 걸리고 사는 법 -이시히라유미
42. 학교가 알려주지 않는 세상의 진실 -민성원, 이계인
43. 초한지1 -김홍신
44. 연애하는 남자 -김계희
45. 성공한 사람들의 독서 습관 -시미즈 가쓰요시
46. 몰입의 즐거움 -미하이 칙센트미하이
47. 남편으로 행복하게 살기 -김학중
48. 초한지2 -김홍신
49. 설국 -가와바타야스나리
50. 말 잘하는 사람이 성공한다 -용혜원
51. 돈의 교양 -이즈미 마사토
52. 소나기. 별 -황순원
53. 생산적인 삶을 위한 자기발전 노트
54. 연어 -안도현
55. ceo 책에서 길을 찾다 -진희정
56. 초한지3 -김홍신
57. 202가지 지혜
58. 아침 형 인간 -사이쇼 히로시
59. 초한지4 -김홍신
60. 증기 기관차 미카 -안도현
61. 독서의 천재가 된 홍 대리 -이지성, 정회일
62. 나비 -이희정
63. 초한지5 -김홍신
64. 왕초보 주식교실 -이원복

65. 생각만 하는 사람 생각을 실현하는 사람 -이노우에 히로유키
66. 초한지6 -김홍신
67. 모두가 안다고 착각하는 연애코드24 -박정선
68. 독한 놈이 이긴다 -항성진
69. 이방인 - 알베르 카미 (2독)
70. 초한지7 -김홍신
71. 남성독신보감 -시모다 가게키
72. 숨결 -이외수
73. 생산적 책 읽기 -안상현
74. 당신의 강점에 주목하라 -낸시 엔코위츠
75. ceo의 저녁식탁
76. 나를 변화시키는 좋은 습관
77. 소리 나는 모래 위를 걷는 개 -케키단 히토리
78. 내 인생의 사과나무 -김성주
79. 그놈의 옷장 -민희식
80. 데일카네기의 자기관리론 -데일 카네기
81. 사람은 무엇으로 성장하는가 -존맥스웰
82. 유재석처럼 말하고 강호동처럼 행동하라 -서병기
83. 생산적인 책읽기 -안상현(2독)
84. 모두 변화한다 -모엔
85. 광란자 -바스콘셀로로스
86. 잠자기 전 30분 -다카시마 데쓰지
87. 부자가 되는 100가지 방법
88. 방랑자 -칼릴 지브란
89. 단순한 열정 -아니 에르노
90. 나는 매일 진화한다 -권율
91. 긍정의 힘(실천편) -조엘 오스틴
92. 서른 살엔 미처 몰랐던 것들 -김선경
93. 그대가 성장하는 길 -m메리마고
94. 눈 -막상스 페르민
95. 나이 들지 않으면 알 수 없는 것들 -쿠르트 호크
96. 노인과 바다 -어니스트헤밍웨이
97. 심플하게 산다 -도미니크
98. 친절한 조선사 -최형국
99. 아침에 투자하는 5분이 성공을 결정한다 -이정환

독서부자가 된 배달맨

100. 누가 내 치즈를 옮겼을까? -스펜서 존슨
101. 나의 할아버지 -이상희
102. 1만 시간의 법칙 -이상훈
103. 눈송이의 비밀 -케네스리브레히트
104. 민들레 영토 희망 스토리 -김영한, 지승룡
105. 내안의 우주 목 -김종록
106. 일단 저질러 봐 -구자홍
107. 이랜드 사람들 -남동희
108. 스펙 없이 성공하기 -정동민
109. 선물 -스펜서 존슨
110. 초보자를 위한 주식투자 -미래증권연구회
111. 치즈랑 소금이랑 콩이랑 -카쿠타 미츠요, 이노우에 아레노모리 에토에쿠니 가오리
112. 3무 경영 -하지해
113. 잠깐 멈춤 -고도원
114. 악수한 사람을 놓지 마라 -김대중
115. 오프라 윈프리 이야기 -주디L. 해주데이
116. 남자의 자리 -아니에르노
117. 나만 모르는 내 성격 -오카다 타카시
118. 사기열전 -김민수
119. 서른 머뭇거리지 않기로 결심했다 -한창욱
120. 리딩으로 리드 하라 -이지성
121. 48분 기적의 독서법 -김병완
122. 나가사키 -에릭파
123. 서른과 마흔 사이 -오구라 히로시
124. 작은 씨앗을 심는 사람들 -폴 플가이쉬만
125. 잠 -무라카미 하루키
126. 누가 내 지갑을 조종하는가 -마틴 린드스트롬
127. 나무를 심는 사람 -장 지오노
128. 힘은 당신 안에 있다 -루이스L. 헤이
129. 된다, 된다 나는된다 -나시다 후미오
130. 탈무드 잠언 집 -김하
131. 사기열전 -김민수 (2독)
132. 상어와 금붕어 -존 고든
133. 처음 읽는 아프리카의 역사 -루츠 판 다이크

134. 우동 한 그릇 -그리 료헤이
135. 부유한 노예 -로버트 라이시
136. 당신도 그림처럼 -이주은
137. 서른 살 직장인 책 읽기를 배우다 -구본준, 김미영
138. 사기열전 -김민수(3독)
139. 존 비비어의 관계 -존비비어
140. 게공선 -고바야시 다키지
141. 격몽요결 -이이
142. 끌리는 사람은 1%가 다르다 -이민규
143. ceo의 서재 -한정원
144. 공부의 힘 -사이코다카시
145. 전쟁의 슬픔 -바오닌
146. 갈매기의 꿈 -리처드 바크
147. 당신 자신이 되라 -양창순
148. gung ho -켄 블랜차드
149. 오늘의 아프리카 -시라토 게이치
150. 30대에 하지 않으면 안될 50가지 -나카타니 아키히로
151. 사기열전 -김민수(4독)
152. 스물일곱 이건희처럼 -이지성(2독)
153. 오자서와 손무 -조병덕
154. 48분 기적의 독서법 -김병완(3독)
155. 그래도 연애는 해야 하니까 -김신회, 김기호
156. 일상의 발견 -김용석
157. 하악하악 -이외수, 정태련
158. 인간관계에서 진실한 마음을 얻는 법 -양창순
159. 크기의 과학 -존 타일러 보너
160. 인생 9단 -양순자
161. 만병을 고치는 녹차 혁명 -오구니 이타로
162. 고전에서 발견한 삶의 지혜 -이택용
163. 코코넛 깨트리기 -메리 조 맥케이브
164. 청춘불패 -이외수
165. 최악의 상황에서 살아남는법 -조슈아 피븐, 데이비드 보르게닉트
166. 그래도 계속 가라 -조셉m 마셜
167. 100년 전의 한국사 -감남수, 윤종배, 이제은, 최병택, 홍동현
168. 군주론 -니콜로 마키아 벨리

169. 우리 문화 박물지 -이어령
170. 그러니까 당신도 사아 -오히라 미쓰요
171. 프랑켄슈타인
172. 독학의 권유 -이중재
173. 김병만 달인정신 -김병만
174. 채근담 -홍자성
175. 먼 나라 이웃 나라 -이원복
176. 48분 기적의 독서법 -김병완(4독)
177. 독한 놈이 이긴다 -황성진
178. 세계 지도로 역사를 읽는다 -타케미츠 마코토
179. 홍어 -김주영
180. 그림에, 마음을 놓다 -이주은
181. 나는 까칠하게 살기로 했다. -양창순
182. 35세 독립 -가와사키 히로시
183. 인생에서 가장 소중한 것은 서점에 있다 -센타 타쿠야
184. 기쁨의 힘 -도미니크 샤뽀
185. 세 바퀴로 가는 과학 자전거 -강양구, 강재호
186. 지금 당장 도서관으로 라가 -유길문, 김승연
187. 네 뜻대로 살아라 -요제프 킬슈너
188. 보통날의 물리학 -이기진
189. 용병 2000녀의 역사 -기쿠치 요시오
190. 맛있는 물리 -이기진
191. 문정희 카르마의 바다 -문정희
192. 당신은 혼자가 아니에요 -오히라 미쓰요
193. 세계사 칵테일 -역사의 수수께끼 연구회
194. 나는 누군가의 꿈입니다. -김덕희
195. 내 인생의 한사람 -안도현 외 -10명
196. 끝나지 않은 사랑 -박희병, 정길수
197. 1만 페이지 독서력 -윤성화
198. 철학이 뭐에요? -크리스티네 슐츠
199. 왕가리 마타이 -윤해윤
200. 생각과 행동 사이 -도요타 게이치
201. 김성근이다 -김성근
202. 사기열전 -김민수(5독)
203. 과학 시크릿 -이진산, 강이든

정연훈의 닥치고 독서를 통한 독서리스트

204. 잘못된 건강 상식에 속지마라 －이노우에 겐지
205. 자조론 －사무엘 스마일즈
206. 사업의 마음가짐 －마쓰시타 고노스케
207. 적극적 사고방식 －노먼v.필
208. 시골의사의 아름다운 동행 －박경철
209. 내일을 바꾸는 3분 습관 －모치즈키 도시타카
210. 웃어라 인생아 －강영권
211. 그대, 스스로를 고용하라 －구본형
212. 프레임 －최인철
213. 독서 천재 가된 홍대리 －이지성
214. 카메라는 나이를 묻지 않는다 －사토 토미오
215. 총각네 야채가게 －김영한, 이영석
216. 다산 어록 청상 －정민
217. 수만 가지 책 100% 활용법 －우쓰데 마사미
218. 산처럼 바다처럼 －정상옥
219. 소립자란 무엇인가? －뉴턴코리아
220. 수상록 －프란시스 베이컨
221. 마늘의 힘 －주부의 벗사
222. 내 영혼의 산책 －박원종
223. 도쿄 뒷골목 이야기 －강석균
224. 니체의 말 －사라토리 하루히코
225. 인기 고양이도감 －일동서원 본사편집부
226. 성공하는 사람들의 독서습관 －안계환
227. 세상에서 가장 따뜻한 발레수업 －최희선, 권동빈
228. 거대한 침체 －타일러 코웬
229. 어려움을 이기는 10가지 법칙 －김옥림
230. 비데의 꿈은 분수다 －정덕재
231. 1910 오늘은 －김홍식
232. 베이컨 신논리학－홍성자
233. 처음처럼 －신영복
234. 나는 도서관에서 기적을 만났다 －김병환
235. 실학의 꽃 정약용 －우승미
236. 백범 김구 －김민수
237. 자본론을 읽어야 할 시간 －이케가미 아키라
238. 인 라이어 －헬렌s.정

239. 아프리카의 눈물 −장형원, 한학수
240. 세계사를 움직이는 다섯 가지 힘 −사이토 다카시
241. 일곱 개의 포춘 쿠키 −존 러벅
242. 생각을 겨냥한 총 −양미경
243. 기대의 힘 −나카타게 류지
244. 책만 읽는 바보 −이만수
245. 친밀함 −이무석
246. 세상의 모든 거북이들에게 −로버트 링거
247. 전쟁 세계사 −김성남
248. 초한지2 −요코야마
249. 초한지3 −요코야마
250. 지금은 서툴러도 괜찮아 −곽경택, 김용택, 성석제, 오소희, 이해인
251. 초한지4 −요코야마
252. 사물의 사생활 −이민우
253. 초한지5 −요코야마
254. 청소년 한국사 수첩 −최경석
255. 대륙의 붉은 별 마오쩌둥 −조현용
256. 소크라테스처럼 읽어라 −오준호
257. 호치민 −김정희
258. 안코비치박사의 상식카페 −크리스티안 안코비치
259. 48분 기적의 독서법 −김병완(5독)
260. 명성황후 −이은유
261. 거대 사 −데이비드크리스천
262. 초한지7 −요코야마
263. 초한지8 −요코야마
264. 디퍼런트 −문영미
265. 넬슨만델라 −이원준
266. 빌브라이슨의 아프리카다이어리 −빌브라이슨
267. 관계의 힘 −레이먼드조
268. 초한지9 −요코야마
269. 마틴 루터킹 −정지아
270. 초한지10 −요코야마
271. 사기열전 −김민수(6독)
272. 초한지11 −요코야마
273. 이외수우화상자 −이외수

274. 민주화의 통일의 선구자 문익환 −김형수
275. 초한지12(완) −요코야마
276. 대통령의 독서법 −최진
277. 한권으로 읽는 세계사 −오귀환, 이강룡
278. 잠보, 탄자니아 −손주형
279. 지하로 부터의 수기 −표도르 도스토예프스키
280. 자조론 −새무얼 스마일즈(2독)
281. 더 좋은 세상을 만드는 영향의 법칙 −링 덩컨
282. 제로니모 −이성아
283. 청소년을 위한 이야기 세계사 −만프레트 마이
284. 승부 뇌 −하얏 나리유키
285. 남자를 이끄는 힘 −이외수
286. 1년에 1000권 읽는 독서 멘토링 −마쓰모토 유키오
287. 인생의 격차는 30대에 만들어진다
288. 다케시의 낙서 입문 −기노타노 다케시
289. 20세기 세계 역사 −비토리오 주디치
290. 드래곤의 전설 이소룡 −권정형
291. 도살장 사람들 −조엘 에글로프
292. 설탕의 세계사 −가와기타 미노루
293. 도전, 1인 기업 프로젝트 −이경상
294. 처음 읽는 우주의 역사 −이지유
295. 줄기세포발견에서 재생의학 까지 −샐리 모건
296. 당신 참 괜찮은 사람이야 −양창순
297. 책, 인생을 사로잡았다 −이석연
298. 1분 스티브 잡스 −구와바라 데루야
299. 패션의 여왕 코코샤넬 −이신조
300. 예의의 기술 −p.m포르니
301. 철저 도해 살아 있는 태양 −뉴턴 코리아
302. 대학중용 −마혀준
303. 위대한 혁명가 카를 마르크스 −박성원
304. 무엇이 기본기 인가 −강준린
305. 아침 1시간 노트 −야마모토 노리야키
306. 대한유사 −박영수
307. 십팔사략1 −고우영
308. 상처 많은 꽃잎들이 가장 향기롭다 −조양욱

309. 쥐를 잡자 -임태희
310. 동행 -임정일
311. 십팔사략2 -고우영
312. 막스베버 프로테스탄트 윤리와 자본주의 정신-윤원근
313. 선비들의 고단한 여정 -이용재
314. 조선의 천재 장승업 -은미희
315. 관계 -존 비비어(2독)
316. 길은 만들어 가는 것이다 -최덕규
317. 공부의 기쁨이란 무엇인가 -김병완
318. 김대중 잠언집 배움 -최성
319. 십팔사략3 -고우영
320. 충무공 이순신 -부희령
321. 십팔사략4 -고우영
322. 망국의 역사, 조선을 읽다 -김기협
323. 십팔사략5 -고우영
324. 뻔뻔해야 성공한다 -정기인
325. 이현주 목사의 대학중용 읽기 -이현주
326. 십팔사략6 -고우영
327. 십팔사략7 -고우영
328. 네가 보고 싶어서 바람이 불었다 -안도현
329. 사기열전 -김민수(7독)
330. 실팔사략8 -고우영
331. 세상에서 제일 쉬운 만화 경제학 -조립식, 조윤형
332. 십팔사략9 -고우영
333. 경제기사-x파일 -금나반기자들
334. 장자 -장자
335. 48분 기적의 독서법 -김병완(6독)
336. 뜨거워야 움직이고 미쳐야 내 것이 된다 -김병완
337. 모세처럼 기도하고 여호수아처럼 실행하라 -전옥표(2독)
338. 십팔사략10(완) -고우영
339. 새가 날아든다 -강정규
340. 말에서 내리지 않는 무사 -허영만, 이호준
341. 애덤 스미스 국부론-손기화
342. 바람이 머무는 곳 -김계옥
343. 아, 호동왕자 -강숙인

344. 오직 읽기만 하는 바보 -김병완
345. 단숨에 읽는 세계사 -역사연구모임
346. 내일 더 나은 나를 위한 100가지 습관 -드라고스 로우아
347. 과학 한잔 하실래요? -강기석
348. 그림 너머 그대에게 -이주향
349. 세상에서 가장 쉬운 철학책 -우에무라 미츠오
350. 김홍도 조선을 그리다 -박지숙
351. 만만한 손자병법 -노병천
352. 당신은 지금 무엇을 생각하는가? -이규성
353. 모래 시계가 된 위안부 할머니 -이규희
354. 성공하는 남자의 디테일 -김소진
355. 가슴 뛰는 성공 너만의 강점으로 승부하라 -김병완
356. 안철수의 28법칙 -김병완
357. 행복을 불러들이는 아침 5시 부터습관 -하코다 타다야키
358. 이기는 정주영지지 않는 이병철 -박상하
359. 손자병법36계 -범대진
360. 김병완의 초의식 독서법 -김병완
361. 세상에서 가장 재미있는 과학지도 -배정진
362. 1승 9패 유니클로처럼 -김성호
363. 힘들면, 도와달라고 말해요 -하세가와 야스조
364. 한비자-권오경
365. 나를 사랑하게 하는 자존감 -이무석
366. 절대강자 -이외수;정태련
367. 시인의 꿈 -p.b셸리
368. 이석 목사의 하늘 양식1 -이석
369. 신자유주의 세계화의 공간들 -데이비드 하비
370. 걸어 다니는 철학 -황세연
371. 이건희 경영정신 -김병완
372. 사이토다카시의 공부의 힘 -사이토다카시
373. 네가 나를 사랑하느냐 -유기성
374. 우주 특별한 베트남 이야기 -권쾌현
375. 아프리카 야생중독 -이종렬
376. 아름다운혁명가 체게바라 -박영욱
377. 거친 밥 한 그릇이면 족하지 않는가 -이승환
378. 나의 권리를 말 한다 -전대원

독서부자가 된 배달맨

379. 우주지도 -지식리트머스
380. 두근두근 처음 하는 주식투자 -이주영
381. 아틀라스 한국사 -한국교원대학교
382. 하루습관 -하마구치 나오타
383. 처음만나는 이슬람 -하룬 시디퀴
384. 18시간 몰입의 법칙 -이지성
385. 한국전쟁 이야기 -이임하
386. 아버지의 정원 -정석범
387. 현대 정주영처럼 -박시온
388. 괜찮아, 마음먹기에 달렸어 -크리스토프 앙드레
389. LG구인회처럼 -이경윤
390. 안부전화 -최남호
391. 논어 -공자
392. sk 최종현처럼 -이경윤
393. 의사에게 살해당하지 않는 47가지 방법 -곤도 마코토
394. 나를 단련하는 책 읽기 -송광택
395. posco박태준처럼 -이경윤
396. doosan박두병처럼 -박시온
397. 김부식 삼국사기-김대현, 이인섭
398. 지구 -newton
399. 아침 30분 독서 -마쓰야다 신노스케
400. 삼성 이병철처럼 -박시온
401. 중국인의룰 -미즈노 마스미
402. 켄블랜차드의 리더의 심장-켄 블랜차드
403. 만만한 손자병법 -노병천(2독)
404. 나비의 무게 -에리데 루카
405. 채근담 -(2독)
406. 정정일 삼국지1 -장정일
407. 바이크 북 -마크 스토리
408. 백만 불짜리 매력 -브라이언 트레이시, 론 아덴
409. 사기열전 -김민수(8독)
410. 세계 식량 위기 -장폴 샤르베
411. 나이테 경영, 오래 가려면 천천히 가라 -츠카코시 히로시
412. 내 서른 살은 어디로 갔나 -신현림
413. 장정일 삼국지2 -장정일

정연훈의 닥치고 독서를 통한 독서리스트

414. 내 생애 최고의 날들 −김만옥
415. 자조론 −사무엘 스마일즈(3독)
416. 장정일 삼국지3 −장정일
417. 발견은 기쁨이다 −김희현
418. 다리건너 저편에 −게리폴슨
419. 장정일 삼국지 −장정일
420. 홍사장 책 읽기 −홍채화
421. 철학을 담은 잔소리 통조림 −마크 젤먼
422. 하리하라의 과학 24시 −이은희
423. 지루하게 말해 짜증나는 사람 간결하게 말해 끌리는 사람 −히루
　　치 유희치
424. 미셸 오바마 기죽지 말고 당당하게 −데이비드 콜버트
425. 마흔, 역사를 알아야 할 시간 −백승종
426. 내 월급 사용.설명서 −전인구
427. 사랑 후에 오는 것들 −츠지 히토나리
428. 김대중 잠언집 배움 −최성(2독)
429. 정정일 삼국지5 −장정일
430. hyosung 조홍제처럼 −박시온
431. 인생 해석사전 −센다 다쿠야
432. 서른, 법과 맞짱 뜨다 −한정우
433. 역적의 아들 정조 −설민식
434. 세상 끝의 풍경들 −김만태
435. 전락 −카뮈
436. 책, 열 권을 동시에 읽어라 −나루케 마코토
437. kolon이원만처럼 −박시온
438. 48분 기적의 독서법 −김병완(7독)
439. 50대가 두렵지 않은 여자들의 51가지 비결−사쿠라이 히데노리
440. 밥상이야기 −김현
441. 아틀라스 세계사 −지오프리 파커
442. 치자꽃향기 −진효임
443. 혁명의 세계사 −박남일
444. 내 인생의 첫 책 쓰기 −오병곤, 홍승환
445. 미래를 여는 건축 −안젤라 로이스턴
446. 교양인의 행복한 책 읽기 도서의 즐거움 −정제원
447. hanwha 김종희처럼 −고수정

448. 인생을 바꾸는 기적의 글쓰기 -김병완
449. 너도 보이는 것만 믿니? -벤 라이스
450. 코끼리 에게 날게 달아주기 -이외수
451. 생존과 허무 -쇼펜하우어
452. 조선을 떠나며 -이연식
453. 주먹이 운다 -이성현
454. hanjin조중현처럼 -고수정
455. 하이얀 슬픔을 방목하다 -진진
456. 과학 향기 -klstl 과학향기 편집팀
457. 당신의 뇌를 경영하라 -김병완
458. 권리를 위한 투쟁-윤지근
459. 프레임 -최인철(2독)
460. 생각의 함정 -사오유에
461. 키케로 의무론-윤지근
462. 책 수련 -김병완
463. 살다가, 문득 -최해춘
464. 라이 벌 세계사 -강응천
465. 기적의 고전 독서법 -김병완
466. 부자통장 -박종기
467. 상상력을 디자인하다 -김영환
468. 내 인생, 조금만 더 행복하기 -김병완
469. 장보고 -이상인
470. 충무공 이순신 -부희령(2독)
471. 격몽요결 -이이
472. 병법서설-박철호
473. 나를 변화 시키는 좋은 습관 -한창욱
474. 세계사를 보다-리베르
475. 세계사 콘서트-원효상
476. 조선왕조 실록7-박시백
477. 조선왕조 실록6-박시백
478. 지금당장 도서관으로 가라-유길문, 김승연
479. 조선왕조 실록5-박시백
480. 선비들의 평생 공부법-김병완
481. 조선왕조 실록1-박시백
482. 조선왕조 실록4-박시백

정연훈의 닥치고 독서를 통한 독서리스트

483. 조선왕조 실록3-박시백
484. 격몽요결-이이 *3독
485. 조선왕의 독서법-박경남
486. 지금 시작하는 인문학-주현성
487. 행운을 놓치지 않는 50가지 습관-센다 타쿠야
488. 마누라 자식 빼고 다 바꿔라-서울경제신문기자
489. 글쓰기 클리닉-임승수
490. 돈키오테-미겔 데 시르반테스
491. 동물농장-조지오웰
492. 지식e2 -지식채널e지음
493. 하이데거 존재와 시간-임선희
494. 관계의 재발견-김만기